The Life and Imagination of a Novelist

一个小说家的生活与想象

刁 斗 著

作家出版社

刁斗，著名作家，1960年生，辽宁沈阳人。1983年毕业于北京广播学院（现中国传媒大学）新闻传播系，当过两年半新闻记者、二十年文学编辑。早年写诗，现专事小说写作。

视创作，尤其是小说创作为人生最重要事。崇尚精神自由、意志独立，坚持"我手写我心"。作品钻探人之大欲，深入人性幽微，烛照社会嬗变，以语言文字幽默筋道、叙述技巧浑然老道、思想意蕴丰厚坚实独树于文坛。主要作品包括：《私人档案》、《证词》、《回家》、《游戏法》、《欲罢》、《代号SBS》、《我哥刁北年表》、《亲合》等八部长篇小说，诗集《爱情纪事》，小说集《骰子一掷》、《独自上升》、《痛哭一晚》、《为之颤抖》、《重现的镜子》等。部分作品被翻译成法、英、日等文字在国外出版。

曾获第九届庄重文文学奖（2003）、第十届曹雪芹长篇小说奖（2008，《代号SBS》）、第三届红楼梦奖·世界华文长篇小说奖提名暨决审团奖(2010，《我哥刁北年表》)、第二届在场主义散文奖·新锐奖（2011，《一个虚无主义者的正常死亡》）等重要奖项。

目 录

上卷 生活中的想象

下卷　想象中的生活

上卷

生活中的想象

自由在我

> 我比以前更是一个个人主义者了，除了产生于自己身上的东西，其他一切对我来说都几乎毫无意义。

> ——奥斯卡·王尔德

人的存在，首先是在时间里的存在。

时间是线性的，看不见也摸不着，但为了把话说得明白，我想对贯穿于人这一生的那个时间段，进行一点添帮补底的加工改造，赋予它一个容器的形象。我的意思是，人这一生所用的时间，就是一只箩筐的容积，我们在有生之年所做的事情，就是往这箩筐里填装东西：装睡眠呀，装吃喝呀，装恋爱婚姻呀，装炒股搓麻呀，装起义造反呀，装为奴做娼呀……这种填装行为，有时候是不自觉的，但更多的时候可以自觉；有时候是被动的，但更多的时候可以主动。一个人，什么时候把那只属于自己的箩筐塞满了，什么时候他的生命即告终结。

　　基于以上认识，我看到了问题的两个方面：一是人这一生的"箩筐"有多大，那基本上是老天爷管的事，我们自己不必操心；二是要往"箩筐"里装些什么，那被装进去的东西质量如何成色怎样，我们自己则应该做主，客观因素的制约不能起到决定作用。前者就不必举例说明了，从一岁那么小的"箩筐"到一百岁那么大的"箩筐"，我们肯定都目睹过至少也都有所耳闻，需要多说两句的是后者。比如，同样是用文学写作这种行为填装自己生命"箩筐"的人，在苏联的斯大林时期和在中国的毛泽东时期，就遇到了同一个问题：诚实的书写是罪过，欺世的谎言能取宠。但我们现在审视过去，看到的却是两种迥异的景观。在苏联，有一批业已成名的作家，像布尔加科夫，像阿赫玛托娃，像帕斯捷尔纳克，宁可在生命的"箩筐"里堆满痛苦灾难，也要发出与自己的生存信条和艺术准则无有牴牾的声音，让后来者闻之如听天籁；而在今日中国，我们除了去捧读当时"未名"的北岛们的诗歌外，在那些功成名就的作家们生命的"箩筐"里，却很难找到什么体面的东西。我不知道这其间的差异，是不是与沙皇的传统要比秦始皇的传统更仁慈些有关。因为像索尔仁尼琴，像布罗茨基，他们最终是可以流亡国外的；而胡风则要到监狱去经受二十几年折磨，老舍则更要违背天意地自行修改自己"箩筐"的尺码。但即使这样，我们也不能不检索一番，在胡风"反革命"之前的几年里，在老舍"太平湖"之前的十几年里，他们那并非一物不留的生命"箩筐"中，盛装的，是否也是布尔加科夫、阿赫玛托娃、帕斯捷尔纳克等人装进自己生命"箩筐"里那种质量和成色的东西。

在这里，我不是要对比中俄两国知识分子的人文传统，我试图引出的，其实是关于自由的话题：从本质上说，自由取决于个体的选择。

当然了，自由存在于感觉之中，它是一个相对的概念。比如，人不能决定自己"箩筐"的大小，这不自由，但人可以大体决定往"箩筐"里装什么东西，这却是自由；有时往自己的"箩筐"里装东西要受到外部力量的左右，这不自由，但除非特殊情况，人却有权利不往自己的"箩筐"里装自己不喜欢的东西，这就又自由了。说到底，自由的标志，不是无所不能的本领，而是断然拒绝的勇气；想干什么就能干成什么不一定自由，但不想干什么就可以不干则肯定自由。同样是毛泽东时期的人文知识分子，沈从文和陈寅恪就拥有自由，因为他们主宰了自己。当沈从文无法保证自己文学的诚实时，他可以避免染指，而是去故纸堆中，把尽管无奈但却同样有价值的服装研究盛入自己生命的"箩筐"；当陈寅恪意识到北京并不能让他的学术纯洁时，他可以安于岭南一隅，把为一个别样的妓女立传树碑当成自己生命"箩筐"中的重要内容。

从这样的角度上看自由，我便也能看清我自己的自由状况。

我不是一个"没有职业的纯粹靠写作谋生的自由作家"，多年以来，我一直有一份简单的工作并能得到一笔固定的收入，这笔收入，差不多满足了我买书抽烟交房租的花销。但我想，这并不妨碍我参与讨论所谓"自由作家"这样的问题，尽管我也知道，"自由作家"这样的命名有多么言不及义。

我是从一九八九年开始逐渐明确地认识到我应该往自己生命的"箩筐"里装什么的。在那之前，我比后来幼稚和贪婪：幼稚表现为我一直以为我能对民族呀国家呀阶级呀主义呀什么的负起某种责任，乐于去为大而无当的理想和一知半解的意义卖命献身；贪婪表现为我一直很看重人家分房子分官衔分职称分奖金时是不是能有我杯羹，因为那既是一些可以改善我物质生活的切实利益，更是我们社会里对一个人价值的确认依据，我曾误以为那依据也有些道理。结果现实生活及时地击了我一掌，从多个层面对我进行了教育启发，使我在大半年的阅读与思考后，找到了后来这十年里我充填自己生命"箩筐"的新的态度和新的方式。

我认为，我唯一拥有的东西只是感官，能尽情享受我的感官，特别是尽情享受我心脏所释放的种种感觉，差不多是我唯一的需要，而身心自由，则是保证我得以有一个较高享受质量的唯一条件。在我的生存实践中，我发现我所找到的新的态度新的方式，很合我胃口，能给我带来多项收益，而它的最大好处，就是让我越来越抵达了自由而远离了不自由。现在我已经把自己想明白十年了，我不知道，老天爷为我定做的"箩筐"还剩有多大的空间余地，但我想，不管它要在一年后封顶还是一百年后封顶，我都愿意用我现在的态度和方式去填充它。

我从十几岁开始就喜爱文学，热衷写作，一直在追求一种人与文双重自由的美妙境界。可在前十多年里，民族国家阶级主义这个写作的出发点和房子官衔职称奖金这个写作的落脚点，像一把双刃剑那样砍削着我，把我雕塑成了一个戴镣的舞者，我那种看去中规中矩的生活和写作，完全被安置在一个虚假暧昧的境地之中，我根本就没什么自由可言。可这十年，我对我和我的写作都有了一个基本的定位，写作，已经变成了一桩像生理需要或心理需要那样只与我身体发生关系的事情，于是我发现，属于我的世界反倒广阔清晰了。这样一来，虽然我还是经常要被"自由"这一类辉煌字眼搅得心绪不宁，但我已很少再考虑我自己的自由问题。我的意思是——不怕你说我自作多情或伪装深沉——我现在想的，更是人在天地间、人在社会上、人在人群中、人在自我里的自由问题；而那个人，则可以是我，更可以是古今中外黑白黄棕所有的人。

我除了是一个生物学意义上的人，还是一个社会学意义上的小说写作者，但不管作为一个普通生命，还是作为一个经过社会分工被划归到"作家"圈中的小说写作者，我都对自己具备了自由的起码条件感到满意。就客观因素说，首先我拥有充足的时间，由于我已经有能力排除掉任何我不喜欢的事情对我生命的消耗，所以我的全部时间，都可以用于满足饮食男女读书写作这些我唯一想做的事情，也就是说，不再同流合污和自取其辱，使我获得了绝对的自我支配权；其次我的工资和稿费能为我提供最基本的物质保障，而我那为数极少的三五亲人，不光从不在经济上给我增加任何麻烦，还都乐于在我购房子买电脑外出旅行这样的关键时刻实施赞助，使我在生活上没有丝毫后顾之忧。就主观因素说呢，首先写作是我最热爱的事情，写完了没处发表也热爱，发表了没有稿费也热爱，读者看了骂我写得臭还是热爱；其次我想写的东西源源不绝，有趣的故事呀，好玩的想法呀，既清楚又模糊的字词句呀，它们每时每刻都在我脑袋里喊着叫着要夺门而出，甚至我已经意识到了，即使有一天，日益严重的颈椎病不再允许我把它们变成文字，我只能在脑子里边阅读它们，它们给予我的愉悦仍将妙不可言；还有就是，我这人无党无派，不社不群，少师少友……我认为，这样一些充分的主客观因素，足以成为我自由的根脉，而我作为一株自由之草能在风霜雨雪中自得其乐，也就变得顺理成章。对了，我的自由是在自得其乐中体现出来的，我一向把自得其乐看做人生的一重至高境界，并固执地认定，自由是抵达它的唯一途径。

当然我也非常清楚，我所罗列的那些能让我自得其乐的主客观因素，实在脆弱得不堪一击，因而它们托举出来的那一片自由，充其量只是一块易碎的玻璃，一粒来路不明的小石子就能把它打得七零八落。我知道，除了赤膊上阵的强权政治可以使人丢掉自由，各类隐迹潜形的物质的精神的利益诱惑也同样会让人远离自由，自由的敌人无所不在且能量巨大。但我却愿意这样看待自由这块易碎的玻璃：只要有生命之光的灼照辉耀，一大块能熠熠闪烁，一小块也同样晶莹四射。

在我看来，自由作家这样的名号，既不是荣誉头衔也并非贱蔑称谓，而应该是给予一切用自己头脑思考、依自己意志行文的文学写作者的中肯判断，它最终要实现的，必须是自由写作。自由写作指向一种纯洁的精神，听命的是一颗不羁灵魂的召唤与指引。因为任何来自外部的蛊惑与压迫都不是改变内心色泽的理由，所以，自由写作绝不存在双重标准，也没有随意伸缩的上限下限。对于一个写作者来说，外在自由可以是变量、是有条件的，但内在自由永远应该是常量、是不许讨价还价的。我的意思是，自由并不是个多少的问题，而是其强度大小的问题。

在这里，我想举一下唐朝诗人刘禹锡的例子。

流传至今的刘禹锡诗文为数不少，我们知道，这是一个在艺术追求上能保持自己独立风格的人。刘禹锡与韩愈、白居易等声名赫赫的诗文大家都交情深厚，也了解他们的艺术流派势力强大，甚至在唱和诗里，他还能惟妙惟肖地仿效白居易的诗风。但在自己的写作中，他却始终恪守自己节制约缩的艺术表现手法，直至创造出一种民歌风的新体裁。但我要说的，并不是刘禹锡如何尊重自己的艺术追求而自创新体，而是要说，他对自己政治信仰那种一以贯之的忠诚态度。八〇五年，刘禹锡因政治革新失败而遭到贬谪，落魄十年后方被召回长安。照理说，为官从政者曲意媚上天经地义，若刘禹锡从此就摇尾乞怜了也无可厚非。可十年落魄的刘禹锡却信念不改，不光在心里依然不买当朝权贵的账，在笔下，还写出了那首明知会获罪却仍要一吐为快的《元和十年自朗州召至京戏赠看花诸君子》："紫陌红尘拂面来，无人不道看花回。玄都观里桃千树，尽是刘郎去后栽。"这样一来,他的归京之日,自然也就成了他的再度受贬之时,他的斗争换来的是他的自由又遭到新的剥夺。然而事情没完。八二八年,即刘禹锡上次回京二度获罪的十四年后,他又一次奉召重回长安。这一回,这位年已五十六岁的流离之人,面对掌握他生杀大权的权势者们,是不是能变得圆滑甚至卑琐呢?没有,刘禹锡没变,他二度归京后,立刻就痛快淋漓地又写了一首《再游玄都观》,重提旧事,再昭心迹:"百亩庭中半是苔,桃花净尽菜花开。种桃道士归何处?前度刘郎今又来。"这是一个何等豪迈潇洒的"前度刘郎"啊!有了这样一种历二十四年厄运遭逢却信念不改的精神力量,刘禹锡作为一个痴迷语言的艺术家,在强大的韩、白诗文成就的阴影里仍能自成一格独创新体,也就不足为怪了。

心灵自由是一切自由的根本,没有心灵自由,身体的自由写作的自由发表的自由就都是空话。

对于任何一个渴望实现自由写作的人来说,实现自由写作的过程也都是一个增强抗干扰能力的过程,因为许多干扰自由写作的因素都是防不胜防无孔不入的:推开了政治干扰还有经济干扰,脱离了体制干扰还有市场干扰,挣出了物质干扰还有精神干扰,免除了婚姻干扰还有血缘干扰……但是,千万不要把抗干扰的过程理解成为逃避的过程。抗干扰的过程更是拒绝的过程,而拒绝则是主动的选择,是去粗取精去伪存真,只有有选择能力的心灵才会与自由结缘。至于被动的逃避,即使获得了自由也没快乐可言,况且那样的自由是否真有生命力也值得怀疑。要知道,不论打右派蹲牛棚的折磨还是买轿车购华宅的诱惑，不论文载道诗言志的鼓动还是评优秀获大奖的吸引，都是非常好对付的，任何外部强加的干扰都好对付。最为艰难的，只是怎样解决掉自己内心中的内部干扰，解决掉自己对自己的干扰。一种连写作本身都构不成干扰的写作，才是真正的自由写作。

如何实现自由写作，我不知道别人是怎么做的，在我，由于写作已经成了我感官享受的一个部分，而我的生命"箩筐"在盛装自觉主动的填充物时，又只接收能够激活我身体的东西，所以，我有理由认为我所从事的写作抵达了自由的境地。至于以后，我该怎样依据我的生存信条与艺术标准把我的自由写作进行得更加尽善尽美、纯粹洁净，那就是另一篇文章涉及的话题了。

我的女性观

我最早对女人产生兴趣，是一九六九年前后，那时候我不足十岁。

在那之前，我倒是早就分得清男女，知道我和我爸是一回事，我妈我姐是另一回事，在学校，还知道坐同一座位的男生女生不能"过界"。但也仅此而已。事情悄悄地发生变化，源于我爸变更了工作单位。我爸原来在出版社工作，可沈阳南湖的工业展览馆改号易帜办成了专门歌颂毛泽东丰功伟绩的"红太阳展览"后，我爸被派到那里去负点小责。那时候，我是一个嘴馋的男孩，为了逃避家里的窝头咸菜，就经常追随爸爸去红太阳身边混"政治饭"吃，结果，展览馆这台冷酷的阶级斗争拓荒机，竟阴差阳错地开启了我的性别意识，把一颗温情的种子撒进我心田，使我从此懂得了爱恋女人。

那会儿在我爸手下，充任展览解说员的，是一群有别于我的女生同学和邻居阿姨的"另类"女人（现在看来，其实二十上下的她们也都是孩子），她们不叽叽喳喳或野蛮粗俗，不瘦小枯干或臃肿蠢笨，她们个个模样漂亮、体态婀娜、说好听的普通话、按照那个时代的时髦标准穿着打扮。后来我想，当时我那么愿意去展览馆，除了愿意吃展览馆食堂的白馒头外，再就是去看那些解说员了，甚至一段时间后，我去展览馆的唯一目的，只是为了在摆满毛泽东的图片、画像、雕塑的展台间，和解说员们谈天说地，嬉戏玩闹。肯定与负点小责的爸爸有关，那些女人味十足（与那个时代的大部分女人比）的解说员们虽然清高骄矜，却都愿意和我交往，她们与我藏猫猫、过家家、背绕口令，兴会淋漓时，个别人还敢于偷偷模仿"资产阶级的生活方式"：夸张地搂我，吃力地抱我，莫名其妙地与我贴脸甚至亲嘴（我那时白皙文静腼腆，会背的诗词已超过百首）。至今我也想不明白，她们在与我打成一片时，除了认为我是个可爱男孩，是否也意识到了我还是男人？反正我意识到了，她们是女人，而且她们这些女人的体味和怀抱，还有着与妈妈的姥姥的体味怀抱大异其趣的神奇美妙与舒适温暖。这样，她们的体味和怀抱便帮助我完成了人生长途中的首次自我确认（下一次是一九八九年），使我这个混沌男孩，眨眼之间就变成了男人。如果我的记忆无大出入，我认为，我作为男人首次出现的勃起与梦遗，应该就发生在那个时候。当然由于"身在此山中"的缘故，那时我只顾享受解说员们给予我的身心快乐了，无暇对我何以会快乐想得太多；直到一九六九年年底，爸爸被赶往农村劳动改造，我再不能去展览馆与解说员们打成一片了，我才一边承受着情感失落的巨大打击，一边开始艰难而懵懂地去感悟女人，以及感悟与她们有关的一切事情，直到现在。

现在，回头检索三十年前情感欲望的微妙变化，梳理和辨析一个少年人似是而非的性心理状况，我得承认，我很难保证其间不无想当然的成分，夸大其词的演绎与轻描淡写的遗漏都在所难免。比如，有没有搞乱逻辑上的因果顺序，我就叫不太准：是与解说员们的亲近关系催生了我初萌的性意识呢，还是性意识的萌动使我把我与解说员们单纯的孩子/成人关系篡改成了暧昧的男人/女人关系？要知道，作为一个十岁的孩子，即便有点早熟，我的经验储备和认知能力，也不足以帮助我理智透彻地判断女人。我对自己的十岁没什么把握。一个男人谈论女人，总得活过了二十岁、三十岁、四十岁，才能有点资格吧，甚至仍没资格。

我现在活到四十岁了，可我发现，我对自己有否资格谈论女人仍无把握，女人于我，已经越发是镜花水月了。若一定要把我的肤浅观点提炼出来，我也只能说，女人是滋养我生命的最重要的两种养料之一，另一种是小说。

说滋养我生命的养料是女人和小说，即使用"最重要的"限定一下，听上去也像是谎言，容易让人从多个角度提出质疑。好像是这样。但别误会，我的意思并不是说像粮食，像睡眠，像居所，尤其是像金钱那样的生活必需都不重要。不，我很清楚，它们重要，在许多时候，在更多的时候，它们都比小说和女人重要得多。但在此我让它们退居二线，却不是为了自欺欺人，或矫情拿捏装痴卖俏。毕竟我早过了十岁那样的蒙昧年龄，连二十岁三十岁那样的草率年龄偏激年龄都过完了，我自觉我已能比较理性地了解自我把握自我，我估计，我现在得出的任何结论，都接近或属于成熟结论。一个人的生存理念，不能凌空蹈虚，总要以他的价值观和幸福观作为依托。而具体到我身上，那些对我来说有价值的和幸福的事，我认为，就是当我的衣食住行等基本问题在一个较低层面上得到解决后，在许多时候，在更多的时候，我能较多地获得一些既有物质意义也有精神意义的生命体验：比如与女人恋爱（我一厢情愿地单恋单爱也算），比如写作小说（也包括了阅读小说思考小说和谈论小说）。别人也许不这么看，不觉得既有物质意义也有精神意义的事情就一定重要；没关系，我说的是我的观点。别人也许认为恋爱和小说也都只有单一的品质，只有物质意义或只有精神意义；也没关系，我是在说我的理解。

小说为什么会成为滋养我生命的重要养料？我不想多说，它属于其他文章谈论的问题；现在我要解释的是，为什么我把女人当成滋养我生命的重要养料。

说到这里我需要岔开一句。从我的表述中，你或许嗅到了一丝自以为是的大男子主义的恶俗气味，好像那些有着鲜嫩肉体冰雪灵魂的活生生的女人，在我这里，已经与粮食、房屋、金钱，即或是小说，这些僵死的无生命的物质成了没有差异的同一类"东西"。是的，我是这么看的，但这跟大男子主义没有关系，也不是对女性的挖苦轻慢或者亵渎（本着严于律己宽以待人的原则，我一般倒更不吝啬挖苦轻慢亵渎男人）。我是一个个人主义者，比较自我中心，向来觉得在我之外的宇宙社会、人群事件，只有对我发生影响时才有意义；否则，在我的感知兴趣之外，一个天才的诞生与一片树叶的飘落，一个国家的分裂与一对情侣的交媾，其间没有任何区别。当然了，在我把人，把蝼蚁，把河水的流动与灰尘的覆盖做等量齐观时，我自己也早就是天地间一个普普通通的存在物了。我和我头上飞翔的蚊子与桌上精巧的笔记本电脑，不过都是进化的结果，所不同的只是，我进化成了我的样子（包括相貌也包括思想），它们进化成了它们的样子（包括外形也包括功能）。

可是，为什么我偏要把女人当成滋养我生命的重要养料呢？为什么不是蚊子或电脑？这很好联系。你知道的，我没说我看重被蚊子吸血或上网聊天这样的体验，我看重恋爱；而我是一个异性恋者，只恋爱女人，这样女人在我心目中的地位格外高大便理所当然。事情明摆着，若我选择垃圾，选择猫狗或男人做恋爱对象，那么垃圾、猫狗和男人，在我心目中的地位也不会渺小。我这人很自尊，其表现形式为，既尊重我所做出的一切选择，也尊重我的选择对象。你如果认为我把女人摆到一个高高在上的位置上加以赞美，也是为了曲线自诩，我不会否认，弦外之音正是我热衷追求的言说效果。

我也知道，许多男人赞美女人（拐带得许多女人也人云亦云），都不使用我这样的理路口径。他们盛赞的是女人如何真善美，如何能无条件地吃苦耐劳忍辱负重，包容一切原谅一切，说女人多爱心有母性，像大地一样宽厚仁慈。可我对这样的赞美不以为然，还总要拿小人之心揣度君子之腹地觉得，他们那赞美，对女人来说是口蜜腹剑的捧杀手段，而对男人，则能翻译成交头接耳时的私房恶语：你不论怎么得罪女人也没关系，反正她总会护犊子般地"爱你没商量"；即使你玩命地折磨她榨取她损害她，她也能无怨无恨地托着你捧着你，绝不忍心把你甩到外太空去。其核心意思可归纳为：女性属群是集体傻瓜。

那么，女人值得（男人）赞美爱恋，靠的就是这傻瓜特质吗？难道男人不值得（男人）赞美爱恋，是因为男性属群代表假恶丑，男人全都好吃懒做拈轻怕重心胸狭窄品行卑劣吗？我不同意这样推论。我也是男人，我觉得，我可从来不少爱心缺母（父）性，我甚至还宽厚仁慈得如同蓝天呢。这么说吧，女人身上的傻瓜特质，不论价值连城还是一文不值，我同样具备。我把女人这个性别属群看得重要，没那么多冠冕堂皇的高尚理由或阴毒念头——或许也有过，先哲睿语与世态表象，都能以假乱真混淆视听；但现在没了——我之所以赞美女人爱恋女人，最根本的一点，就是女人能影响我的大脑皮质活动肾上腺素分泌和体内化学鸡尾酒的调配组合。我这个人，喜欢快乐，作为判定我是否快乐的标尺准绳，就是某事某物能否让我心脏产生那种带有疼痛的强烈悸动；若心脏有了那样的悸动，我就能活得理直气壮，反之则如同苟且偷生。而以我的经验，多少年里，只有女人和小说、小说和女人，以及与她/它们相关的一切，才能（以一种排名不分先后的次序）给我的心脏带来那种灵肉俱颤的神奇刺激，也正是有了此等依据，我才创造了我的"养料学说"。几年以前，我发表过一篇小说，名字就叫《为之颤抖》，那种颤抖的感觉，美不胜收妙不可言。

还是不说小说，光说女人。在我认识的男人里边，好像真没有厌女主义者，不光不厌，还都喜欢，至少是需要吧。当然每个人喜欢或需要女人的理由各有不同，这导致了他们对待女人的态度也五花八门：有的垂涎三尺，一脸下作；有的由衷欣赏，怜香惜玉；有的表面上不动声色，心里边欲念翻卷；有的玩笑中咄咄逼人，私下里恭敬有加；有的热衷于掰着手指头数数，如同贾母一语道破的那样，"见一个爱一个"；有的"三千宠爱在一身"，好比脸色一变就赐美人自尽的"痴情"皇上，以一当十；有的把女人理解成优雅的化身，有的视女人为最好的玩物，有的看重女人的花瓶特点，有的突出女人的工具性能……种种理由是罗列不尽的，而且各种理由还常常要纠缠在一起交叉渗透。那么在我看来，怎样的女人能让我悸动呢？不是我耍滑头，要做出标准答案，一时我还真难一言以蔽之。只是我知道，一个女人要是只会无条件地吃苦耐劳忍辱负重，包容一切原谅一切，那我看她，就没什么感觉，顶多有些怜悯同情，就像怜悯一个认为公道可以主持正义的书呆子，同情一个坚信权力能够代表真理的天真汉。吃苦耐劳忍辱负重，包容一切原谅一切，它们可以是我妈的品质我姥的品质，但女人若就因了这样的品质体现价值，至少在我这里是行不通的。当然我的意思，不是说我妈妈我姥姥不是女人；她们是，她们在她们的男人眼里，还都是些挺棒的女人。我把她们划出去另算，是因为我与她们间牵拉着一条血缘的脐带，她们在我眼里，便只能是女亲人、女先人，而她们身上的女人特质，则必然受到遮蔽抹煞；毕竟我只是在血缘概念上才是个别女人的儿子孙子，我更主要的角色是个独立的男人。所以，我需要关注的，应该是在普遍意义上与我处于对等地位的生理解剖概念上的女人。

我的话似乎越说越直白了，很容易授人以低级下流之柄：闭嘴吧，你这个发情周期以年计算的动物，你爱恋女人，只不过是基于性的原因。怎么说呢？这样总结我大体没错，让我不能苟同的是，性的原因在我这里属于高级和上流。

多年以来，我的肉体的与精神的快乐感受，都离不开女人，因为有了女人，我的生命才真实可感，我的生活才多彩多姿，我也才能在奥勃洛莫夫与西西弗斯这两个榜样之间选中后者。但以前，在我以为（以不诚实为前提）面具与脸皮是同一件东西时，对此我总羞于启齿；现在我能分清它们是两回事了，于是，我也就不介意大言不惭恬不知耻和解剖自己严于解剖他人了。要知道，作为一个人，我所充当的其他角色，都是变动不居和简化片面的：上学时我是个读书的人，工作后我是个做编辑的人，在强权的威慑下我是个没有思想的人，在婚姻的研磨中我是个丧失个性的人……而只有"性的人"（借用大江健三郎的小说名字）这种角色，才会陪我始终伴我永远。它与我结合，比小说还早，它离我而去，大约又会比小说更晚。以性为出发点去看我自己兼看女人，怎么看我们都是天造地设的统一整体，纯洁得没有一点瑕疵；可一旦把女人看成别的，即使只把她的性器官看成别的，比如看成政治砝码或牟利商品或交际工具，那我也会觉得受到玷污的不光是女人，也包括我。我不愿意自取其辱，我内心的感受高于一切。因而，我认为我没权利表里不一地绕性而行，我负有擦亮性这盏导航灯塔的义务责任。

强调一句（冒着画蛇添足的危险），我所理解的性是肉体与精神的和谐律动，性交只是抵达性的途径之一。

我对女性的观念，在早已确定了热爱赞美这个大主题后，也走过一条曲折弯路。前边我说过，与女人有关的那些高尚理由或阴毒念头，我也有过；再有就是，以前我还有过与假冒伪劣的贾宝玉们呼朋引类的伪善历史。那种时候，若女人有了缺点毛病，我坚决舍不得攻击谴责，而只惋惜她枉具女身却异化成了男性。其实，真贾宝玉的观点虽然确实放之四海而皆准，但那也是要加些注解旁白才能服人的，因为说女子清爽，可并不一定是说某一个具体的女人，比如江青吧（如果她确如传媒报道的那样），"搅得周天寒彻"（毛泽东语）时也清爽若水。

这样我似乎就陷入了一个两难的困境。说女人是滋养我生命的重要养料，可我并不是在具体地指称哪个女人，因为若具体，首当其冲的理应是我妈。我妈不光给了我生命，还一把屎一把尿地拉扯我成人，我敢说，若现在我不小心当右派了（我一般不会犯别的错误），而这世界上只有一个人能对我相濡以沫，那准是我妈。但如此望文生义地解析阐释我的"养料学说"，又非我本意。我的困境在于，作为一个单一的个体，我没办法与女性这个性别属群对峙或对接，把我与女性性别属群联结起来的，只能是一个个姓张姓李的名三名四的具体女人；可这么一来，在物质变精神后精神还得再变回物质，那个不依我的意志为转移的轮回圈圈，便不能不让我略感气馁。

我得承认，精神一摇身变回物质，就不那么有趣了，至少，其缩减之后的有趣之处，已逼仄拘泥，再不会像三十年前展览馆解说员们的体味和怀抱那样神奇美妙舒适温暖。对此我只有徒发感慨，如果总能用十岁的眼睛去看女人，那多好呀。可"回归种子"（借用卡彭铁尔的小说名字）的情结太学究气，光提出了问题却无力解决，要摸着石头涉水过河，我就必须直面其势汹汹的"现实主义冲击波"。现实是一种这样的情形，尽管女人的属群形象在我心中始终高大，可当她们作为具体的性别对象作用于我时，随着她们间接和直接冲击我的频率越来越高，我发现，她们个体身上那种能滋养我的养料成分含量却越来越低。比如吧，念书时，我通过阅读小说，为自己寻到的养料之一是间接冲击我的作家丁玲。记得有人以少见多怪的口气说到她与丈夫的年龄差时，我曾冲动地表示，丁玲这样的女人青春永在，虽然我比她小得更多，若她接纳我，我依然会毫不迟疑地应召而去。可是后来，我抛弃了她。抛弃她的原因不是年龄差距，不是地位容颜那类问题，而是因为她的文章。她的文章使我感到，再继续从她那里汲取营养，我完全可能也面目全非。再比如，几年前，我通过身体接触，为自己选择的养料之一是直接冲击我的……这我就不想详述细说了，我不能在厚着脸皮自曝隐私时，还捎上别人。好在我的意思也大体清楚了，在那个抽象的属群意义上，一个女人不管是天使还是魔鬼，都能在我的主观观照下，以精神的方式内化为让我甘之如饴的美味佳肴；但作为具象的社会一分子，作为一个作家一个政客一个商人一个职员，她多么完美，也只能外化为一个客观的物质实体，要与男人，与猫狗或垃圾一样，接受我一视同仁的化验解剖：有的惹我垂涎，有的令我作呕，更多的让我眼口肠胃都没感觉。这很正常，毕竟除了性器官我还有些别的，女人也一样，除了性器官也有些别的。所以，不论"现实主义冲击波"多么强大，我都认为保持头脑清醒不算落伍。当女性性别属群由一个个姓张姓李的名三名四的具体女人出任代表时，即使她的鲜嫩肉体冰雪灵魂有某级组织做过鉴定，也不能代替我对她养料价值的甄别审核，剜到筐里就是菜的轻率行为已不属于我了。很简单的道理，因为她是我的养料，而不是某级组织的养料。

听我这么口吐狂言，大概有人要嗤之以鼻了：你还挑三拣四呢，别自作多情了吧，人家女人，根本就不屑做你的养料。是有这可能。但实在对不起，不管个别的她还是属群的她们，既然生为女人了，生为一个有可能走进我眼走进我心的存在物了，那当不当我的养料可是由不得她的。这就好比，我的小说发表出来，读者偏要拿它当色情手册或道德守则，难道我能管得着吗？事实是，我的"养料学说"主要是我自己的读本，更多的时候与他人无涉；若有涉，向内建立也是我的工作重点，向外寻取只起辅助作用。

我一向认为，由于进化的同步，男人也好，女人也罢，从本质上说都没什么两样，两者拥有着一个共同的名字就说明了问题：人。若一定要刻意把男女特点对立起来，在我看来，那至少有牵强附会之嫌和为我所用之意。比如，在这个男人窃取了主宰权的世界上，社会规约和文化习俗，一般愿意这样划分两性的势力范围：男人应该争强好胜，女人则要随遇而安，女人若争强好胜就面目狰狞了；男人应该刚毅果决，女人则要优柔寡断，女人若刚毅果决就情薄义淡了；男人应该标新立异，女人则要诚笃虔敬，女人若标新立异就淫猥邪恶了……可实际上，这种利用女性生理特点与遗传法则而约定俗成的欺世戒条，完全是洗脑毒心的陷阱骗局。男女是有别，可那别，差不多也就是两者间撒尿方式各有不同之类的别法，而绝非男主女次男重女轻男贵女贱男智女愚那样的别。我们只须略加观察，就能窥破这样的事实：男人一干不成事情了，就说女人是祸水，男人一俗常平庸了，就说女人"无才便是德"，男人一阳痿早泄性无能了，就说女人红杏出墙水性杨花天生是贱货。可殊不见，当女人争强好胜时，当女人刚毅果决时，当女人标新立异时，被反衬出面目狰狞情薄义淡淫猥邪恶的，恰恰是一群干不成事情又俗常平庸还阳痿早泄性无能的卑琐男人；而女人，一旦用争强好胜刚毅果决标新立异这样的饰物武装起来，她们与生俱有的聪慧高贵坚定顽强与温柔美丽，就会格外地风采无限魅力无穷。当然也有许多女人，甘愿随遇而安优柔寡断诚笃虔敬，自觉地拜倒在男人的长筒裤下当"第二性"，但那至少在我目力所及的范围以内，主要是她们自己的原因。不是更有许多男人也乐于为奴安于受辱吗？他们也许不是针对女人的"第二性",却完全可以称得上是名副其实的"第二人",同样的甚至更加的可悲可叹。

我不管男人,只论女人。对我来说,女人的确是性的符号,是她们的性别之根生成了她们的养料之果,才使得我这个男人能在她们的滋养下茁壮成长,才使得我的心脏能持续不断地享受到那种带有疼痛的快乐悸动。但这只是事情的一个方面。在另一方面,不论生理的遗传的女人多么值得我热爱赞美,她们也终究还是社会的文化的人(而不仅仅是性别概念上的女人),于是当我判断她们的价值提取她们的意义时,便也就逃不开社会的文化的通行标准,即男人女人的共同标准。这样的结论不那么浪漫,但没关系,没人能拔着头发一飞冲天,我不是早就在展览馆的解说员那里承受过情感失落的巨大打击吗?我的女人,她们是人,并且首先是人,她们不需要得到有别于男人的特殊待遇,即使这待遇是真诚的生殖崇拜而非虚伪的女士优先。自然我也听到过这样的说法,说男女天生就是冤家,顶好也是欢喜冤家,在永无休止的两性战争中,她们始终是男人(我那个属群)针锋相对的对手和你死我活的敌人。结论是,为了男人的扬眉吐气,不能让女人解放翻身。我不认为这样的说法没有道理——不包括结论,这道理至少可以证明,世上的女人,绝不会一律成为权力和金钱包租的"二奶";另外,我也从没说过我的养料就是真空袋里的无菌食品,只给了我清香而没给我辛辣,只给了我甜美而没给我毒害,只给了我健康而没给我疾病。但我还是觉得,为了活得诚实清白,我和我的对手或者叫敌人,应该平等地厮杀搏斗，在同样条件下的灵肉交锋，才更符合自然的法则。否则，若我和我的对手敌人间是狼羊之战，是鹰鸡之争，那不论胜负，我都不会享受到心脏那种带有疼痛的快乐悸动。而我知道，若我的心脏不再悸动，我对快乐的感觉也就丧失殆尽了，可那样的话，我还有必要活下去吗？

　　眼下我的计划是活下去。所以，我得说谢谢女人，当然还有小说。

我与书

善饮者称：杯里乾坤大，酒中日月长。这话说得漂亮。我不善饮，只爱文字，不妨照猫画虎地也替自己升华一句：书里乾坤大，读中日月长。这舌学得不够漂亮，就那意思吧。

在我的长篇小说《证词》里，男主人公离家出走时，对他了解颇深的妻子给他写下了这样的忠告："不论以后你干什么，我希望你都不要抛弃书。书这东西的好处在于：它既是你之外的别人、社会、世界，同时它又什么都不是。"这话也是我说给自己的。

我平时做得最多的事情，就是读书。一年中的大部分日子，我的生活都较为规律，甚至说单纯或单调也不过分：每天的时间，除了要在床上和饭桌前消磨掉一半，另一半，就用在了写作和读书上。我的颈椎病比较严重，不敢太久地伏案打电脑，这样，在写作与读书这两者中，分配给后者的时间就尤其富余。经常有朋友在电话里问我在干什么，我总回答，读书呢。惹得朋友常起疑心，觉得我这人不大地道。谁都说刁斗写作的产量不低，可天天读书，小说都是什么时候写的？好像我是在用悠闲的读书掩盖辛劳的写作。其实我没有作秀的意思。我的生活，主要由读书和写作构成，这二者，同样要劳我筋骨耗我心血，但同样让我乐此不疲。我们不妨计算一下：一天写作七八百字，一年的产量就不该算低；而写七八百字，即使再加上思考和修改，也确实要不了太多时间。另外我也知道，别人在电话里问我干什么呢，那不过是一般的寒暄，我完全可以只回句没事儿也就行了；可我偏偏一本正经地告诉人家我读书呢，很容易被理解成我在装模作样地伪装高雅（假设读书高雅的话），未免矫情做作。事实上不是这么回事。我在电话里如实告诉人家我读书呢，一来是我的潜意识要求我对一个并非见不得人的事实应该做出准确的陈述；二来呢，也是我对读书之举的那种喜欢，已经有点像传教士乐于见缝插针地广布福音了。我的活思想是，万一别人与我通话以后，能受到启发也找本书看，那即是我给了别人一个好的影响。我认为，这样的影响相当于行善积德。

我喜欢读书，不是坐在教室养成的习惯，也不是为了写作才发展出来的爱好；读书的乐趣，是少年时代的我继发现了自己奥妙无穷的身体奇迹后，所寻到的又一处快感源。我小的时候，家里别无长物，却存了几箱子书如同至宝，我受爸妈和姐姐影响，没事就到书本里玩乐一番，结果，三看两看就看上瘾了。

照理说，那会儿我爸去农村走五七，我妈去工厂三班倒，后来我姐也下乡当知青了，在我那大字不识的姥姥的监护下，我若顺势就茁壮成长为窃国的侯或窃钩的贼，也没什么不正常的。当时的学校不正经上课，我学习再好，也显不出比别人高到哪去；可我恰恰是个喜欢出风头的早熟男孩，既然在班级里学校中没有更多露脸的机会，那么跑到社会上去抽烟喝酒打群架，去奇装异服追女孩，便成了我出人头地的唯一方式。所幸的是，由于我已经染上了读书的瘾，读书的瘾又生成了我似是而非的道德感与羞耻心，我便没做什么过头的坏事，也就是积累了一些窃国窃钩的粗浅经验。与此同时，书还让我有了另一种觉悟，在一些与书无涉的情境之下，使我看到，书所辐射出来的力量有多么强劲。比如，我读的书多，打架时便能有类似"四渡赤水出奇兵"那样的计谋，令那些长我许多的"大哥"都高看我一眼，尊称我为"刁参谋长"；再比如，我读的书多，就可以夸这个女孩像"夜莺"，赞那个女孩似"玫瑰"，还能给她们讲白茹银环林道静的故事，于是女孩子们看我的眼神就经常能泪水汪汪含情脉脉，让我心旌摇荡很是受用。等到后来，我这个中学教育基本空白的人却靠读闲书考上了大学，还因为喜欢读导致了喜欢写并因为喜欢写而混到了今天这个得以穿暖衣吃饱饭的地步，这都得感谢书的恩惠。所以，我让读书的嗜好在我身上薪尽火传地发扬光大，绝没有半点伪装高雅或矫情做作的成分。

我读书，主要是读各种小说，兼及文史哲类的其他著作，还有一些归属难定的杂籍异册。这么多年里，我从未感到过书源的枯竭，光我手头，可读之书就读不胜读。按说我年龄也老大不小了，可在我身上，为读书而废寝忘食的事仍时有发生。我读书，一般来讲目的性不强，既不是为了写作某个具体作品，也不是为了得到某种物质利益，更不是听从了某人的动员号召。比如读外语，它能解决我的职称问题，除了弄一虚名，工资也能再多一些，这理应成为我首当其冲的目的性阅读。可我觉得，读金庸读克里斯蒂更让我开心，而开心肯定比职称重要，所以我就不读外语光读金庸读克里斯蒂，不要职称光要开心。我这样描述自己，并不是要把自己打扮成个不食人间烟火的书呆子形象，我知道那形象没什么光彩，我也没想骗一顶"精神王者"的冠冕戴到头上，因为我根本就搞不清楚何者为王。我读书，完全取决于我的生理需要或心理需要，完全是为了刺激心脏。我的意思是，从青春期开始，对"激动"这种状态我就格外喜欢，它让我快乐让我舒服，我渴望那种骚动不安的神秘感觉能源源不断；而读书，恰恰是能持续地让我内心骚动灵魂不安的事情之一，它丰富了我尊重和爱惜自己宝贵生命的方法手段。

就此，我想说：读书是我的一大享受。但愿这样的表白不会被认为是我在往自己脸上贴金涂釉。

刺激心脏的办法多多，像我前边提到的，抽烟喝酒打群架，奇装异服追女孩，都能给心脏带来刺激，而我这人，也实在是个有刺激就能快乐舒服的人。但我前边还同时提到，读书也让我有了些道德感与羞耻心，并且逐渐地，书还帮我为自己确立了一整套较为成熟的生存原则，使我成了个很乐于在自我规范的框限下享受生命的人。这样一来，在我圈定的种种让我不至于逸出原则框限的享受方式中，读书自然就占据了重要的位置。但我必须强调一句，并非所有的书都能成全我的享受，满世界里，滥竽充数的书为数太多，它们只能降低人的欲望导致人的疲软。不过没人会因为空气中有细菌就拒绝呼吸，我眼前的滥竽再多，也不会干扰我的读书热情，要知道，多疯狂的采购员也不会买走商店里所有的货物。况且，一个能和书达成默契的人，起码也该算个聪明人吧，而聪明人，是不会受出版商的花言巧语与"护封评论家"的昧心之言所左右的，他能从感觉上就判断出某本书对他来说有无价值。

我从书里得到的刺激，是多方面的。除了有趣的观念和阐释那观念的有趣方式，除了好玩的故事和讲述那故事的好玩手法，常常一个标题、一个作者名字、一个句子、一个情节，甚至一段空白或一串星号，就能诱我深入其中。比如有一本叫《福柯：思想肖像》的书，它的书名就让我兴奋，这除了对传主福柯我略知一二并颇有兴趣外，"思想肖像"也对我心思。当年我爸是吃哲学饭的，我小时候受他影响，对做哲学学问的人大有好感，而哲学是由思想酿造的，我还曾一度想让自己的"思想"也能放之四海呢。现在旧梦依稀，我的"思想"如烟似雾了，可福柯的思想却凝成了"肖像"，我觉得我完全有理由让它伴我一段时光。再比如，有一个英国人的名字翻译成中文，可表现为"福特·马多克斯·福特"这样一种跌宕的形式，它呈现出来的回环顶针式的文字游戏特色，使我没法不对它兴味盎然。我一直以为，游戏文字是一种高级的智力活动，作为一个崇智的人，我写小说，理由之一就是我在对文字进行排列组合时，能感受到种种智性的妙趣。而现在，这个《好兵》的作者连名字都让我如此着迷，难道《好兵》还不值得我流连一番吗？"约珥拿起架子上的那件东西，仔细端详。他的眼睛涨疼。经纪人以为他没听见，又问：'我们是否到后面看看?'就是做出了决定，约珥也不急于答复，他习惯在回答之前暂停片刻，甚至在回答诸如'你好吗?'或者'有什么新闻吗?'这类简单的问题时也是如此。好像话语是私人财产，不该轻易割舍。"这一段话，是以色列小说《了解女人》的第一自然段，它以一种压迫感让我呼吸急促。"她进来了，动作从容、庄重而不矫揉造作，小心翼翼，落脚轻盈（就像他所教导的），不拖泥带水而且谨慎沉着，迅速朝揉乱的床单和衣服瞄一眼，犹豫一下对自己说，不行，得再来。她进来了，动作从容，庄重而不矫揉造作，小心翼翼，落脚轻盈，不拖泥带水，既不手舞足蹈，也不摇头晃脑……"这一段话，是美国小说《打女佣的屁股》的开头部分，它用一种荒诞感让我神志迷乱……对不起，篇幅有限，我并不想靠无尽无休的抄录举例，来说明什么书或什么文字能给我的心脏带来刺激；我顺嘴提到上述作品，只是这几本书，刚好是我最近正读的，它们分别放在我的枕头边、书桌上、沙发旁、厕所里。

　　书是一种妙不可言的精神结晶体，"它既是你之外的别人、社会、世界，同时它又什么都不是。"但说到底，读书的行为，也不过是一种平凡质朴的个人爱好，与喜欢养花或喜欢喂鱼没什么不同。我之所以不谈养花也不谈喂鱼，是因为我既不养花也不喂鱼，我只读书。可话说至此，有一个小小的悖论又凸现了出来，不管我读书多么没有功利用心，我的话，也还是有些难以服人：毕竟我是写小说的。好在这一点我早想到了，我想用一句题外话来提出反问：写小说，难道就是件功利的事吗？照我的理解，写作也如养花喂鱼，同样是平凡质朴的个人爱好，其纯粹度，应该与阅读的纯粹度有相等的标高，因为它们首先都属于为了满足个体生命需要而外化出来的刺激性行为。倘若阅读和写作不能给我们自身带来生理心理的骚动不安，不能让我们心脏的悸动传导出快感，那么写作也好，阅读也罢，岂不都成了没有色情滋润的婚姻生活。所以，在我这里，由于阅读和写作还有符合我生存原则的歌哭悲喜和苦辣酸甜，都已经成了刺激我生命的基本元素，这时若说我的阅读与我的写作有这样那样的互动关系，我也可以首肯认同。

阅读与白日梦

十多年前，有家时尚杂志做我的报道，其中有个环节，需要我在一个拟有近二十个问题的固定表格上填写答案，星座怎样血型如何，喜欢什么颜色中意哪类异性，等等。那种表格比较八卦，是给演艺或体育明星量身定做的，让一个写小说的也披挂它，显得不伦不类——小说读者关注作者，与饭眯痴迷明星不一样吧？可既然接受了人家采访，就不好破坏人家的规矩，虽不情愿，我还是回答了那些问题，只是，有些问题答得敷衍，甚至轻佻。但有个问题，我答得看似轻佻敷衍，实则倒是认认真真：

问：你的业余爱好是什么？

答：做白日梦。

是的，做白日梦，或叫胡思乱想，或叫浮想联翩，或叫思考，或叫琢磨，我一般将其称之为想事儿：想我如果是个会飞翔的隐身人该干些什么，想公平和正义哪个价值更大并且为它们排序是不是阴谋，想我若彻底放弃对职称的欲求，内心是否真能清静，想广受赞誉的《朗读者》（本哈德·施林克）与《追风筝的人》（卡勒德·胡赛尼）那类小说，何以在我这里只能当旅途读物却不能成为枕边读物，想……想事儿，这的确是我最钟爱的事儿。如果把我睡觉之外最常态的生活分成四份，应该是十分之四读书，十分之三想事儿，十分之二写作，十分之一操持其他。

梦是一种生理现象，与打嗝放屁没什么区别。但我又认为，梦还是情感是否充盈与思想是否活跃的表征与折射，是一项与死颉颃的生命奇迹。爱也是。我不赋予上行的嗝与下行的屁任何微言大义。梦以诡异、荒诞、非理性、反逻辑、没有规律和不负责任作为特点，允许卑微和丑陋扬眉吐气，放任淫猥和凶残恣意横行。但它又含蓄、隐晦、洁身自好、自给自足，只在缥缈的精神世界丰富人生自由人性，不去呆板的物质世界制造混乱滋生罪恶。至于有人以梦营私，比如传布汉高祖刘邦他妈生他之时梦到了什么预示了什么，或我小学同学傻柱子他爷弥留之际梦到了什么说明了什么，都与梦无涉，是梦外的手脚。也就是说，即使有些梦衍生了孽端引发了灾厄，也过不在梦，而在解梦者与信梦人。我不想说弗洛伊德也是刘邦他妈或傻柱子他爷，但他对梦的过度阐释，我从接触那天起就只当笑话。为无羁之梦铺轨道设航线，本身就是看低了或庸俗化了神秘的梦，如此那般反刍的梦，只能与无知接轨与蒙昧通航。顺便说一句，对给过我并仍在给我诸多启示的弗洛伊德，我从来都感激不尽，我现在作文的这个题目，就来之于他的恩惠：《作家与白日梦》，这是他一篇文章的题目。

　　有本小说叫《梦幻宫殿》，讲述一个极权国家，如何通过设置管理睡眠与梦幻的机构，去控制与镇压自己的国民：请像纳税一样，向国家上报你的梦吧，国家将通过为你释梦，判定你忠诚还是忤逆。我最初听说这本小说，不知道它的背景是奥斯曼帝国，还以为写它的是中国作家，比如死去的王小波，比如活着的阎连科。不是，它的专利，归阿尔巴尼亚人伊·卡达莱所有。我略感遗憾。也没特别遗憾。《美丽新世界》（阿道斯·赫胥黎）和《一九八四》（乔治·奥威尔）的作者还都英国人呢。毕竟，阿尔巴尼亚这只巴尔干半岛的社会主义雄鹰，与中国有过连体婴儿般的兄弟情同志谊，制造"梦幻宫殿"不算剽窃。后来得知那书命运坎坷，我的遗憾就更没有了，还很民族主义地暗自庆幸，因"释梦"而噩梦加身的非我同胞。我看怕了胡风坐牢与老舍投水那样的悲剧。

　　我的心理很阴暗吗？二十多年前，也就是阿尔巴尼亚政府宣布《梦幻宫殿》为禁书和卡达莱背井离乡的那些年头，也是印裔英国小说家萨尔曼·拉什迪隐名埋姓东躲西藏的梦魇岁月。他的小说《撒旦诗篇》，惹恼了当时的伊朗宗教领袖霍梅尼，霍氏的一纸追杀令，让拉什迪逃到天涯海角都睡不踏实。我也惦记他，但想得更多的，还是中国作家。李建彤发表小说《刘志丹》后，也惹恼过当时的中共领袖毛泽东，毛氏利用"利用小说反党"的著名论断，不仅将李建彤及其一批党内高官斩落马下，还顺势将大部分中国小说打成毒草，只赐予个别图解政策和歌颂领袖的宣传材料以香花的美名。好在宗教裁判所的勾当太老鼠过街，如今拉什迪已逃过劫难，李建彤也早就得到了平反，我这杞人，或可该做南柯梦了。

久病成医，久梦得道。看得多了想得多了，我方知道，古往今来的"梦幻宫殿"，不论堂皇还是简陋，都与过日子的仓储库房没什么两样，好坏美丑，正邪是非，它收罗它们一视同仁。上帝眼里无善恶，天地视万物为刍狗。

借助书本，我收罗过许多有趣的梦，其中有两个，尤其让我迷恋不已。一是英国诗人柯勒律治那醍醐灌顶的惊天一问：一个人在睡梦中去了趟天堂，别人给他枝花，以证明他确有此行；他醒来后，发现那花果然在手里，那么，将会出现怎样的情形？另一个，是阿根廷小说家博尔赫斯的短篇小说：《两个人做梦的故事》。博氏的小说并非原创，说它抄袭了《一千零一夜》中《做了一梦又变成富人的破产者的故事》并不为过。我曾对比这两则短制，发现抄袭者对原创者的改动只寥寥几笔，其中还包括把巴格达换成开罗、把总督换成队长这种看不出意义的笨拙调度。可神奇的是，博尔赫斯竟能在信手拈来间凸显高明，他只随意点染几笔，冶炼过的故事就凝成了小说，升华了的传奇就化作了寓言。

与故事比，我高看小说的感染力；与传奇比，我高看寓言的多义性。

接受莫名其妙的感染，体味似是而非的多义，这是我读小说的乐趣所在。当然我没起始就这样。少小读书，我另有一套取舍标准：情节引人入胜，事件惊险离奇，人物鲜活生动，主题明晰"正确"，做到这些就算好了。是后来才不觉得好的。不觉得好，倒不是那些东西就有了毛病，而是那些东西走向我的姿态吓到了我。它们再现生活，记录历史，匡扶正义，抨击罪恶，教化人性，规范道德，还基本以图解式的、说明式的、结论式的、定评式的口吻与我交流。可是，我有我的情感流程，我有我的认知立场，那些小说越像填鸭场里的饲料配方，就越让我无法满足，就越令我质疑反感。我的日趋膨胀的精神之胃，对精神食物的品类质量，有了更高的标准和要求。读小说是智力活动，也是思想活动，而智力与思想，都倾向于深入并复杂。我没否认小说的消遣功能，还始终认为，除了被迫，任何阅读都有消遣意义，包括读虚假的广告空洞的社论。但我要说，在理解评价消遣的时候，我们往往以貌取人，错误地认为，消遣是件简单的事，打发它，只靠低下的智力和肤浅的思想就可以了。其实，消遣也有个生长过程，成熟的标志是向内扩张：由抚慰感官，到愉悦心魂。至于有人消遣的水平长期停滞，比如，五岁时以"离离原上草"亲近自然，五十岁了对自然的了解还局限于"一岁一枯荣"，并且又不是器质性的傻瓜白痴，那至少在消遣的意义上，我拿了贿赂也瞧他不起。我不是宠物狗，一块骨头能啃一辈子，我喜欢在更宽广的意义上消遣自己，表现在小说阅读上，就是乐于通过打磨智力淘洗思想，去暗示、引申、象征、比附等风光旖旎的艺术景点探奇览胜，以感受那些人物的幻影、事件的幽灵、情思的诡谲与意趣的朦胧。

幻影，幽灵，诡谲，朦胧，这是不是有点梦的味道？没错，小说与梦，的确有着同样的美学质地与诗性系谱。小说即梦。

久患眼疾而壮年目盲的博尔赫斯，可能是世界上把小说与梦的界限取消得最为彻底的人。他年方六旬，与青年时代的恋人始结连理。但很快，又离婚了。有人不解地问他何以如此，他遗憾地说："她不会做梦。"

有一次与朋友聊天，我提到了"她不会做梦"这一轶事，不想竟惹来朋友的指责。是指责博尔赫斯。他以如此荒谬的理由抛弃女人，朋友说，比实施家暴还性质恶劣。朋友认为，这个号称博学的人，不过是个冒牌货色，其实根本不懂科学。朋友接下来的科学解释是，原则上，做梦是人人都会的事，人的大部分睡眠时间都是有梦睡眠；而之所以有人长期无梦，只是此人睡醒之际，恰恰总赶上无梦睡眠。况且，朋友说，多梦的人肝有问题。

我愕然。从此我不再与这个懂科学的朋友谈论文学，包括其他。朋友的伤心溢于言表。朋友解释说，其实自己是有梦的人，几乎夜夜做梦，梦中还曾出现过我。我没继续配合朋友做有我的梦。这个朋友是个女人。

我最早意识到我的梦与阅读有关，是十岁，或出一点头。在那之前我已开始阅读，也会做梦，但像许多人一样，阅读和做梦是两码事。举例说吧：我读《十万个为什么》；我渴望同学青青能当我老婆。可与前者有关的是求知本能，与后者有关的是生理本能，两个本能彼此分裂，在任何一个点上都不搭界。十岁或十岁出点头以后就不一样了，那一年，我爸从下放的农村回家探亲，带了半麻袋肮脏的手稿。那是一个只有小学文化的农民写的长篇小说，叫《向阳花》，是作者欲与冯德英的《苦菜花》、《迎春花》一争芬芳的泣血之作——冯德英的两花我都闻过，意识形态说它们臭，但普通读者都觉得香。可这《向阳花》，依我爸的阅读意见，即使中国在浩然的《艳阳天》之外还需要小说，它也没有绽放的可能，它质量太差。我爸让我和姐姐看它，是把它当成了励志教材，让我们学那农民的勤奋精神。可没人能想到，这粒在我爸眼里干瘪的花籽，被我这懵懂少年植入心田后，竟摇曳出一蓬比"科学"还执拗的文学之梦。种瓜得豆的喜剧就此上演。自那以后，阅读就成了我梦的前奏，或者说，我的梦成了阅读的延伸与补充：阅读与梦，梦与阅读，首尾相连彼此渗透。我从那时起迷恋写作，其理由之一，不能说不是一个善良的愿望：为他人做梦提供酵母。当然很快我就看明白了，这世上的做梦之人，大多不屑于我那路梦，更不需要我那路无助于升官发财的幼稚的酵母。这对我多少算个打击，但不大，没导致我放弃写作。我把为他人写调整成了为自己写。后来我看明白的另一件事，意义更大些，就是发现，阅读其实是勘误的过程：剔除谵妄之梦，剿灭凶邪之梦，清理褊狭之梦，过滤无知之梦，以此保证我的梦只有益身心而无害他人。

读《十万个为什么》与渴望青青,在并非"书中自有颜如玉"的意义上建立起了呼应啮咬的唇齿关系。它们成了一枚硬币的两面,成了我的同一件事情。

我早年的梦,多主题宏大,多暴虐残忍,要么是挺进异邦去解放天下三分之二受苦人,要么是惩治同胞去屠杀尚未绝迹的地富反坏右,年轻人理当多做的丰饶春梦,却只能在血腥的夹缝中昙花一现。那时我读的大部分书,都影响着我去敌视工农兵之外的大部分人,去憎恨美苏日等大部分国家,去践踏尊重、理解、慈悲、怜悯、责任、爱等大部分支撑人性的情感底线。那时候,从《红楼梦》或《水浒传》中,我真的只能看出阶级斗争或者投降,如果忍不住去"贾宝玉初试云雨情"或"杨雄醉骂潘巧云"那种地方偷窥几眼,我就有罪恶感,会觉得自己卑鄙可耻。我记得读过残损破烂的《前夜》(屠格涅夫)以后,恨不得也像里边的进步青年英扎洛夫一样,为了磨砺革命意志,立刻去钉板床上睡革命觉。如今三十多年倏忽而过,作为一个以"消极自由"为立世原则的文化宿命论者,我早已消沉了翻覆天地的革命意志,可对英扎洛夫那种苦心志劳筋骨饿体肤的孟子信条,仍坚定地尊崇着和不太坚定地实践着。

说到这里,想岔开一句。恰好行文至此的时候,我看到了《世界文学》上陈超的文章,忆及青春期地下阅读,他也提到了睡钉板的细节,但他认为,它的出处是《怎么办》(车尔尼雪夫斯基),而践行者是拉赫美托夫。我不觉一愣,难道我张冠李戴了屠氏车氏这俩俄罗斯人？《怎么办》也曾让我百感交集，它与那部同样著名的英国小说《牛虻》（丽莲·伏尼契）一样，都有主人公制造自尽假象的基础性情节，还都是投水。一部小说大厦立足于那样松垮的基石，也只有在那个无从比较良莠的年代，其千疮百孔才可以原谅。还说《前夜》与《怎么办》。这两本书，现在我书架上都有不缺页的，想要翻阅，从书桌前走过去只要八步，顶多十步。但我不想为核实记忆去打扰它们，我愿意保留它们旧有的梦态。至于我与陈超谁对谁错，那不重要，重要的是，我们没有作为供奉，被最终钉死在恶的祭坛。

（不好意思，容我再啰嗦一句。写完全文，我还是打扰了《前夜》与《怎么办》。陈超正确。谢谢他纠正了我固执三十多年的一个记忆错误。）

我没成为恶的供奉，挽救我的，可能首先是法国文学，是罗曼·罗兰，是《约翰·克利斯朵夫》。自从我十五六岁的一个下午，不知从谁手里拿到那部浩瀚的小说，我的人性就开始了蜕变，我的精神就开始了重塑，我的梦，就开始了勾勒别样的图案，直至今天，担任我"情感教育"（福楼拜作品名）的首席导师仍是法国文化，缑我以艺术"地粮"（纪德作品名）的头牌大厨仍是法国作家。当然，在文学意义上，我与罗曼·罗兰已渐行渐远，他同胞普鲁斯特对他"肤浅"、"不真诚"的责难，也能代表我的意见，特别是，我了解到他《莫斯科日记》的出版内情后，心头好像挨了一刀。现在，我时常会畅游其间的，已是普鲁斯特那部同样浩瀚的《追忆似水年

华》，而《约翰·克利斯朵夫》只能作为一汪濡湿的纪念，封存在
我的标本瓶中。但我还是希望，普鲁斯特能对罗曼·罗兰手下留情。
艺术的司法独立确应保护，但裁决作为被告的艺术品时，又怎能不
考虑到种种因缘际会的节外生枝？一件艺术品，没法躲开时代的误
读与历史的错判，因此，至少在一个特定的历史时段结束之前，得
允许不同的陪审团成员在不同的评价体系里为它定案。这会伤害艺
术，却能慰藉需要麻痹的人的心灵。艺术总该服务于人吧。毕竟，
在一张虎狼横陈的恐怖睡榻上，《约翰·克利斯朵夫》那矫揉造作
的人道主义情怀和个人主义精神，曾滋润了我苦闷苍白的青春之梦，
甚至，滋润了两三代中国人的青春之梦。

我的阅读书目里，那种适合"评书连播"的端庄小说越来越
少，另一些很难萃取"内容提要"的戏谑之作，成了伴我入梦的缠
绵情侣。与它们眉目传情，能让我发现我迷恋什么。我喜欢轻浮，
喜欢孟浪，喜欢异端邪说，喜欢肆无忌惮，喜欢不正经和没正形，
喜欢艰涩的思辨混乱的呓语犹疑的呢喃放诞的调笑，喜欢S/M式的
疼痛与快慰。早期解释我的好恶，我只以我的消遣怪癖自圆其说，
许久之后，近三十岁时，在我的世界观经历了一次火星撞地球般的
震撼以后，某日重读《韦克菲尔德》（纳撒尼尔·霍桑），通过这
个"卡夫卡式"的短篇故事，我一下联想到了卡氏的全部作品，进
而又联想到了许多别的。我骤然觉悟到，是我向往真实渴望真相的
强烈欲求，确定了我的阅读取向。

好奇之心人皆有之，选择小说这个消遣工具满足好奇的人，内心多半细密敏感，对真实与真相期待更多，这一点，我没必要格外强调。我是想说下一句话。作为一个内心高度活跃的读者，在期待真实真相的同时，我又清楚，所谓客观的叙述诚恳的表达，其实很难，因而就稀缺。在许多时候，甚至大部分时候，叙述只能制造谎言，表达只能编织假相，越是言之凿凿的叙述和深情款款的表达，其谎越大，其假越甚。感觉之外找不到真实，想象之外看不到真相。这一道理，黑泽明以电影《罗生门》做过解释，虽然那解释有点机械，但也足以说明问题。需要多一句声明的是，谎言未必是有意的制造，假相也不一定是成心的编织，它们之所以无法革除，只因为当"真"成了叙述和表达的专属特权时，"真"也就成了任人打扮的单纯女孩。这多少有点像权力与腐败的辩证关系。为了约束写作的权力，许多艺术家冒险探路，自绝于"真"，其最为声势浩大的体制改革，就是在种满玉米高粱的写实主义集体农庄的田边地角，开垦出一畦畦培植奇花异草的现代主义荒地。

乍看起来，那些不守成规的垦荒者刁钻顽劣，那些稀奇古怪的花与草眉目不清，好像他们/它们的使命，就是以危险和难度发布战书，捉弄读者智力，挑衅读者观念。但细细品味，又并非如此，他们/它们的所为，倒更像邀你参加一个好玩的游戏，并循循善诱地向你渗透：危险唤醒快感，难度催生妙趣，而享受欣快与美妙，岂不就是人生的至乐？为了最大强度地刺激读者意识的流动，他们/它们在把握事物关系时故意强调关系的阴影，在定型无绪情感时特别彰显情感的杂质，他们/它们的制密、探密、解密和泄密，不是到事件为止，到情节为止，到人物为止，而是让附着其上的情感、趣味、思想以及其他的人类价值，被梳理整合淘洗之后，再任由读者抽取出来，放大开去，展开独立的理解与认知，从中领受某种隐而不发的言外之意。他们/它们不指点江山，不大包大揽，不一锤定音，虽然貌似独行侠我行我素，但当一名让游客信赖的贴心导游，仍然是也许更加是，他们/它们那颗清高之心的崇高理想：请各位相信，与写实主义那种浅表的真实片面的真相比，我们呈现的，才是本质的真实立体的真相——即使乖张如《泽诺的意识》（依塔洛·斯韦沃）或《好兵》（福特·马多克斯·福特）或《惨败》（凯尔泰斯·伊姆雷）中那些面目模糊形迹可疑的叙述人，总偏执地、讥诮地、孤傲地、怠惰地、自筑樊篱地、言不及义地、呆头呆脑又藏藏掖掖地刁难各位，可与巴尔扎克狄更斯托尔斯泰们的叙述人一样，我们唯一的期望，也是各位能接受我们。

我接受了。我是说，与接受明晰的高老头的故事比（巴尔扎克《高老头》），与接受准确的大卫·科波菲尔的故事比（狄更斯《大卫·科波菲尔》），与接受具体的安娜·卡列尼娜的故事比（托尔斯泰《安娜·卡列尼娜》），我的确更接受他们/它们的故事——雅考伯·冯·贡滕在仆人学校学习的故事（罗伯特·瓦尔泽《雅考伯·冯·贡滕》）："我们这些班雅曼塔学校的男孩子成不了什么大器，也就是说，我们在今后的生活中都将是些渺小的、微不足道的东西。我们上的那些课，内容无非就是让我们如何记住忍耐和服从这两件事情，这是两种重要秉性，足以令我们在事业上一事无成和无所作为"；施蒂勒试图证明自己不是自己的故事（玛克斯·弗里施《施蒂勒》）："当年轻的海关人员不顾我礼貌而又明确的警告，带着受到法律保护的高傲神情强调说，有人会告诉我，我实际是什么人时，我这一记耳光打响了。他那顶深蓝色的帽子在月台上做螺旋式滚动，比预料的滚得还远"；维特根斯坦的侄子疯癫的故事（托马斯·伯恩哈德《维特根斯坦的侄子》）："坦白地说，在大部分时间里我们接触到的头脑都很无聊，同其在一起与同一些畸形的土豆在一起没大区别，裹着他们那无病呻吟的身体的是相当乏味的衣衫。他们生活得可怜巴巴，可遗憾的是，却丝毫不值得别人同情"……这类故事，淡化外在冲突，弱化人物性格，躲避价值判断，回避主题阐释，说不清楚道不明白，可以意会难于言传。然而，较之那种着意引我入瓮的脉络线索，这种并不强加于我的滑稽或荒唐、怪诞或无聊，和它们缓缓释放的情致意趣与津津乐道的谬论歪理，却更能激活我感觉器官，更能拓展我想象空间，能让我更真确地体认我存在其间的这个世界，以及属于我个人的生命和生活。

抵达生命的真实，呈现生活的真相，这是小说的全部意义，而小说意义的最终实现，只有通过读者感知活动的填补和融会方能完成。

我的逐渐学会吸纳真实与真相的梦，在与阅读的相濡以沫中，慢慢找到了自己的情感母基与心灵归宿，渐渐获得了自己的智力场域与思想方向：

自由。

自由这枚果实，只能长在真的树上。

一个人的全部精神努力，即是趋向自由，而小说与梦，因其对人类想要到达超出可能的彼岸的那种无望之望善意地持有尊重、呵护、鼓励的态度，因其具有从虚无中创造虚有的特殊力量，因其极端的个体化和私人性，正是孕育自由哺育自由的合格母亲。

自由是否定，是对现实和结论的不信任，是颠覆和弃绝固有的秩序，是为了了解镜子背面的秘密而不惜打碎镜子的迂腐却也英勇的牺牲；自由是超越，是置身其中的超然物外和格格不入的置身其中，是飞翔时，虽无意归来，却仍不乏牵挂的回眸睇视；自由是由唯我达至的忘我，是爱和欣赏，是非功利与玩乐至上，是对无用激情的激发和放射以及对没有结果的事物的关心和投入，是在一夜情与一生情里，同样把创造性感与美作为指归，是在亲朋好友的追悼会上，忽然想到死者生前的一件趣事，暗自发出的会心的微笑……

我书架上，中国书杂，混搭现象比较普遍，那些汉译本，则基本按照语种排列——同一语种的再分国别，而同国的作者，我以序齿划分先后。比如，英语英国的劳伦斯·斯特恩的《项狄传》，和英语美国的库尔特·冯尼古特的《五号屠场》，同样以胡诌八扯的碎嘴子风格让我喜欢，但它们一个安家于六号架上数第一格右数第一的位置，一个落户在四号架上数第四格左数第五的地角；还比如，萨特与加缪，这对阶段性友人的矛盾世人皆知，可在我第一架的上数第七格下数第二格里，他俩的书再加上波伏瓦的书——我愿意让波伏瓦萨特这对情侣合二为一，包括理当独立的作品，尽管，有史料证明，可能仅仅出于好奇，波伏瓦也上过加缪的床——却铁哥们一样比肩而立。至于那对终生恋人的书不下三十本，还多厚如砖头，而加缪只有可怜的八本，其中还六七本都轻薄如絮，但那不能说明什么。我向来对萨特波伏瓦宠爱有加，可我完全相信，几万字的《局外人》，足以令几十万言的《自由之路》及《女宾》者流高山仰止。

我想说的是，并没多少特殊理由，我书架上，色情小说却专格存放。

我喜欢读色情小说，包括非色情小说里的色情描写。如果有人说色情下流，我没想抬杠，但只能说，为了色情我不在乎下流。有人把色情称作"情色"，以松绑色情与性的裙带关系，以缔结色情与美的秋波关系。我理解其苦心但不能认可。倒不在于这么干叠床架屋，有悖生理作用于心理的生命逻辑，而在于，使用这种不自然、不坦荡、不诚实的变通方法，相当于对虚伪且无聊的社会禁忌的屈膝投降和卖身投靠。色是欲望需要，情是感觉升华，因色生情是真实的人性，相反的情形倒不正常。我反对异化色情，反对虚头巴脑地以"情"暗度"色"之陈仓，反对一切伤害性的美与尊严的下流行径。我认为耍流氓下流，假正经下流，道德主义下流，愚民政策下流，硬拿不是当理说下流，马列主义口朝外下流，称妓女为小姐比卖淫下流，假工作之名挥霍公款比贪污下流，在小说中，把色情写得只见性欲不见性感下流——我承认，我读到的许多色情，都不解渴，止于抚慰感官，难以愉悦心魂，时见失足于淫秽一途，就好像，我读过的"底层写作"，大多只见树木不见森林，程式化地解释人生苦难，戏剧化地透视人性悲剧，热衷于与市场或意识形态打情骂俏。我也知道，把艺术中的色情混同于男科医院小偏方的，不都伪君子，其中为数不少的人，只是混淆了作者的意图与作品的意志，把写什么而不是怎么写当成了称量作品的唯一砝码。一部作品"上流"或下流，与作者的期待和讲了什么并无关系，有关系的，只是那作品作为独立的存在，怎样展示了它所展示的什么。有时候，某人想写下流故事，自娱自乐或调戏公众，可一不小心，出手的却是上流小说；而更多的情形是，某人欲奉献载道言志的上流小说，按奖项的好恶立意言说，可结果是，拿出来的东西特别下流。

后一种例子我不举了，太多，也得罪人。我说一个前边的例子。

我"色情专格"里的书，未经专家讨论裁定，只系我个人的大体归类，不足为训不足效仿。在它们中，从萨德到莫索克，从《肉蒲团》到《姑妄言》，从法国大革命时期的活跃分子雷斯蒂夫的《性欢》到中国当代小说大家贾平凹的《废都》，从乔治·巴塔耶那本笔涉人类学社会学政治学的《色情史》，到刘达临那套收有大量春宫画性用具照片及分析性文学性医学性传统性习俗的《中国情色文化史》，最让我看重的，是法国小说《O娘的故事》。这本出于女性之手的色情小说，我有两个译本，我更喜欢把"O"译成

"O娘"的那个。依中国读者的阅读习惯，"O娘"亲切、上口、性别特征明显、更像人名；而单个的"O"，虽然有对空无和女性性器象征的意味，但生硬、孤立、多少有点碍手碍脚，影响我在作品里自如地徜徉。不好意思，我也以单音节称呼过女人，在某些我渴望煽情的时刻。

O娘冷静，甚至冷漠，看不出多么喜欢煽情，至少不会喜欢与我煽情，即使她知道，我对她爱得如痴如狂，还一朝爱上就没动摇过。她太忠实情人勒奈，如果煽情，她的情除了为勒奈煽，也只能为勒奈给她安排的其他男人或女人煽。勒奈不会把我安排给O娘，他肯定猜得出，我与他天生是两路人，至少，我不会把情人安排给别人，除非我情人自己愿意。但勒奈不许我亲近O娘，不影响O娘久住我梦中，这个能放纵出忠贞、淫荡出纯洁、疼痛出快乐、绝望出幸福的爱之尤物，其实是我骨子里最本色的自己。

远在接触O娘之前，我已知道，罗伯-格里耶那个顽皮的妻子卡特琳娜，用笔名写过色情小说，但那时我还没买到《图像》与《女人的盛典》。我一直欣赏罗伯-格里耶，爱屋及乌，一读到妙不可言的《O娘的故事》，我就把那个波莉娜·雷阿日的作者署名派给了卡特琳娜，而把小说前边署名让·波朗的序言，那同样妙不可言的《奴役中的幸福》，给罗伯-格里耶安在了头上。让·波朗不是罗伯-格里耶的笔名，而是一位举足轻重的法国大编辑家的真名实姓。但那时我比现在更孤陋寡闻，不知道波朗，被个错误的猜测蒙了十年，直到三年前，关于多米尼克·奥利的传记来到我手边。

奥利是个个人修养与专业素养都为人称道的文学编辑，聪慧而含蓄，高贵又美丽，三十五六岁时，与年长她二十出头的波朗开始恋爱，直至波朗八十多岁生命结束。因为是同事，他们倒能经常见面，可私下的约会却总不尽兴，思念永远煎熬着他们。不仅仅因为波朗工作繁多，还有妻子和其他女人——奥利自己也有别的男人以及女人——而在于，他们高度的和谐与浓稠的爱感，让他们的朝夕厮守也很像一瞬，也不能满足，也无以缓解思念之苦。奥利为了寄托思念，就把思念化成了梦，再记下那梦交情人把玩。于是，《O娘的故事》横空出世，一封私人情书成了公众的财富，一部小说成了爱的丰碑。

这是一段只能属于梦幻的文坛佳话。应该感谢波朗公开了奥利的情书，就像应该感谢马克斯·布罗德背叛了卡夫卡的焚稿遗嘱。

多说两句。虽然《O娘的故事》与卡特琳娜无关，可我没为此感到遗憾。几乎在"找到"奥利和波朗的同时，我也读到了卡特琳娜的《新娘日记》，以及罗伯-格里耶的代后记：《给新娘的一封信》。书中那些色情的笔触，只片言只语，也不属于《图像》或《女人的盛典》那种文学表达，但它却袒露了O娘故事的另一侧面：优雅的放纵、天真的淫荡、潦草的疼痛、轻松的绝望。这样一来，我爱卡特琳娜，已不仅仅是爱屋及乌那种爱了，尽管，对罗伯-格里耶，我欣赏的程度愈加深入。

早至大学毕业不久，我阅读的重点就迁移了：不再多看中国读物，只大量吞食欧美译作，包括文史哲，也包括自然科学的普及版本。那时中国的假冒伪劣，没铺天盖地成现在的样子，所以，我当时的选择，与鲁迅"少读中国书"的建议应该无关，甚至因为逆反心理，那时我对从识字之初就知道其"骨头最硬"的鲁迅还不大买账，一见他面就挑毛病。比如对《狂人日记》这篇中国现代小说的开山之作，我就常以"直白"讥之，觉得"救救孩子"的启蒙使命固然峻急，但去小说中"呐喊"仍嫌僭越。我还认为，《孔乙己》可以短小，《出关》可以精练，但为避免失重，"狂人"的故事则不妨体量大些，像《阿Q正传》那样，以更多扎实的细节撑开篇幅，抻长我的阅读时间。

我迷恋译作的主要理由，是认祖归宗，这可能与米兰·昆德拉的一个说法更多暗合：小说是欧洲的作品——我庆幸的是，在接触昆德拉前，我对这"作品"已有了自觉：虚构的而非纪录的，创造的而非复制的，谐趣的而非教化的。就二十世纪的小说家来说，那些百读不厌的欧美名字，我可以不费吹灰之力地列出十个，可罗列十个十读不厌的中国名字，我必须使出吃奶的劲儿，其间还得夹点私货。哲学美学也是如此。全部思想史都是如此。

不带成见地阅读鲁迅，始于三十岁，那时我迷茫得像无头的苍蝇。当然不止于小说，鲁迅的小说少得可怜，击打我时，其力量远不及欧美小说。可我终于发现鲁迅的好，又与小说有关，是他那不知算不算某一级别人文社会科学规划项目的《中国小说史略》及《中国小说的历史的变迁》，让我开始了为他着迷：迷他的洞见与笔力，迷他的姿态与立场，迷他的思想方法与文体风格。

二十世纪中国的思想史上，我看鲁迅是一座高峰，还是第一高峰，其他高峰不论多高，比他也要差上一截。文学家鲁迅没发明理论，只以省思建立高度，但他对中国传统文化及其喂养的人性的发现与指认、分析与剖解、揭露与批判，作为一笔必将影响深远的精神遗产，可能是二十世纪中国留给未来的最大财富——二十世纪中国的精神遗产，还有一大笔也将影响深远，即"文革"这枚毒瘤的生成与发作。作为省思者，鲁迅的重要难以估量，比之孙中山那种行动者，也有过之而无不及。历史是嘲弄目的论的，不存在具有决定性意义的作用与原因，因此，行动这匹奔马只接受偶然性驱遣，它的功利主义取向与工具主义策略，决定了它只能以博彩撞运的方式造就和左右历史的进程；省思却不这么简单，它指向判断和推理、规律和必然、指向一语道破天机的启示和一语成谶的预见，它穿越具体的问题和事件，在不朽的精神层面上，"为往圣继绝学，为万世开太平"。我越来越认为，没有鲁迅这轮太阳，不论电灯多么耀眼，我们也看不到真正的光明。但我们的时代奉行目的论，只给书生鲁迅发打手文凭：你发光就行，管你是灯光还是阳光。而如今，鲁迅的打手文凭也过期了，那些他打过的东西东山再起，还成了审核他资质的考评权威。鲁迅成了多余的人，被抛弃在故纸堆里。这让我感到几许悲凉。好在智者鲁迅已料到了这些，对之我也有心理准备。一个获利于物质主义的空心社会，没法不对建立恒久且高贵的价值体系充满忌惮，为了拖延瞒和骗的即时价值的崩盘时间，它固守空心的不二法门，当然是拒绝那种目光敏锐的、头脑清醒的、思想深邃的、文字犀利的、仗义执言的、勇于抗辩的"硬骨头"人物。我没太深化心中的悲凉，只自顾玄想，若后世的鲁迅再写小说，还至于煞费苦心于光明的尾巴吗？反正没吃过人的孩子我找不到了。

与中国历史上首次使用"小说"一词的庄子一样，鲁迅也发明过许多比喻。比喻算不算寓言的雏形？有幢行将坍塌的铁屋子封闭完好，但里边还躺了群熟睡的人，这让其中的一个清醒者特别为难，想不好是否该叫醒众人。不叫吧，那些人将死得糊里糊涂，未免有点太窝囊了；可叫呢，他们即便知道了面临的惨剧，却因找不到生路，也只能继续坐以待毙，还又多了重精神的折磨，如此，他们会不会比死在沉睡中更可怜呢？

鲁迅的这则寓言式比喻，始终让我纠结不安，作为一个濒死的人，我是希望清醒地死呢，还是死得糊里糊涂？或许，能清醒地感受铁屋子坍塌，也算读书人应尽的责任：朝闻道，夕死可矣；但是，死前的我，绝不可以惊恐慌张，或自悯自怜，不论躺着坐着还是站着，都要示人以安详的睡态，连大睁着的一双眼睛，也只流露静谧的虚幻之光：就好像我不是等死，而是遨游在白日梦中。

"铁马冰河身外事，唯有宝黛梦神州。"

"一梦睡成五十身，删繁就简余精神。白纸偶解黑字意，问题常疑主义真。冷眼度人是非浅，热心玩世天地深。我材生来自己用，自唉血肉自运斤。"

上引两节顺口溜，都是我写的，时间跨度为三十四年。

刚识字甚至不识字时，爸妈就逼我背唐诗宋词，而后自己就喜欢了，至今还常常扯嗓子嚎诵。我喜欢的，尤其是七律，那种节制而又丰腴的节奏韵律，比之起伏跌宕的长短句，仿佛更鲜明悦耳和牵我情思。我想，可能是词与谱在后世的离异，让词的音乐美残疾了吧。我不懂，瞎猜。我想说的是，在我的写作中，我对文字游戏总乐此不疲，可能就因为开蒙阶段，七律那些对仗用典的繁文缛节，打给我的烙印太深刻了。像后来被黄苗子称为"放浪形骸第一，自由散漫无双"的聂绀弩，连"昨斗地富反坏右，今享肉烟蛋豆糖"都对得出来，真让我觉得好玩死了。当然，更是"平生所学供埋骨，晚岁为诗欠砍头"（陈寅恪）与"无端狂笑无端哭，三十万言三十年"（聂绀弩）那种感怀悲世，让我懂得了，游戏又是何等庄严的事情。

几十年里，在旧体诗这只老瓶子中，我也装过几滴新酒，年少时曾冠名"七律"，后来方知，我那错置平仄误设音韵的顺口溜，称为"打油"都该脸红，上引的涂鸦便是例子。可我还大言不惭地拿它们献丑，本意是想说两句别的。

前边那行"七律"的尾句，是我从一九七六年的日记中拣出来的，映衬它的背景大而严峻。那年年初，周恩来死了，民众自发地写诗撰文，去天安门广场表达哀思。政府反感民众的做法，不知是否因为周的深得民心而心生醋意，就定性这事为反革命事件，继之，还在全国范围内收缴那些悼周的诗词。十六岁的我应该还算孩子，又偏居外省，对周恩来，和对所有的当权者一样知之甚少，想悼念也不知该悼念什么。恰好我爸去北京出差，抄回不少"反革命诗词"，又被政府的收缴令吓得欲尿裤子，这才唤起了我的逆反邪劲，于是，比照着"盖世英才德和望，岂容小丑否与非"或"洒泪祭雄杰，扬眉剑出鞘"这样的句子，我写了一首"七律""反诗"——我上边没全文引用，是怕尾句之前更蠢的胡话笑掉人下巴。现在想来，我英雄气长地顶烟而上，与周恩来其实没什么关系，完全是一种对暴虐强权的敌视心理，让我甘冒"反革命"之险。"永远站在鸡蛋一边"，这是日本小说家村上春树在耶路撒冷获奖时的演说题目。我也是，而且我从来都只是鸡蛋，与石头为伍我就是叛徒。后来，认定别人反革命的当权者又被新当权者认定为反革命了，悼念周恩来的"反革命诗词"得以公开出版，还由当时的国家首脑华国锋题写了书名：天安门诗抄。我很快买了那本特殊的诗集，但没怎么看，看也没再血脉贲张。

后边的"打油"，则背景狭小理由庸常。去年我五十岁，有那么几天，我这从来没过过生日的人，可能受治于一场小小的感冒，竟对那个偶然的日子感情暧昧起来，于是，就诌出了这首含有总结意味的《五十自度》。

现在，我在这篇文章结束的时候引出它们，是想到了它们共有的那种避世的调子与孤绝的气息，尤其前者，十六岁的我，还没恋爱过的我，把江姐成岗许云峰（《红岩》人物）视为榜样的我，竟对红楼梦境中的一双痴男女情有独钟。难道，这跨度三十四年的两首小诗能暗通款曲，是因为它们都用了那个字吗：梦？把两段梦联系起来玩味品咂，我还真有点佩服自己，我那视生如梦的生命感受，居然是我始终如一的生命意识。"目标始终如一"，这是我早年读的《马克思传》里，唯一能让我记到现在的箴言警句。

箴言警句蛊惑人心。在中国读者心目中，蒙田（又是法国人）是个箴言警句的烹饪好手，但他一直泽被于我的，倒是一些不那么箴警的平实白话，比如，某段伊壁鸠鲁式的快乐梦语："如果有人对我说，把缪斯当成玩具和消遣是对她们的亵渎，他是没有像我那样，不知道快乐、玩耍和消遣的价值。当然我没说其他目的是可笑的。我日复一日地生活，恕我直言，我只为我自己生活，我的目的仅止于此。我年轻时学习是为了炫耀，后来，是为了使自己变得聪明，现在完全是为了取乐，此外别无所求。"

蒙田这话，足以帮我长梦不醒。

我的名字叫

土耳其人帕慕克有本小说，书名与故事同样迷人：《我的名字叫红》。那真是一个奇妙的构想：画布上的一片红色，像你我他这样的人一样，又与树狗马这样的物一起，能款款道来娓娓述说。意象太美了。倏然之间，一抹颜料就有了生命，而它的生命，起始于它有了个名字：红。

名字的确只是代号，德华曼玉并不意味着比狗剩丫蛋圣洁高贵。但名字又是区别于每个个体的重要标识，与我们的尊严和耻辱息息相关。你可以分别用"岳飞"与"秦桧"这两条信息刺激大脑皮层，看看会有怎样的反应。

在我的小说《代号SBS》中，为书中人物，我设计了两套名字符码。有些人的化名完全是数字："211"、"212"，有些人的化名则类似网名："香荷满径"、"冬日阳光"。其中有个女角色化名兰花花，直到全书结束，与她经历了一场艳遇的男主人公，才知道她的本名叫王秀花，这时，男主人公发了句感慨："这样一个无足轻重的大路货名字，都削弱了我原本对这名字持有者所深怀的爱意。"

可见，我和我小说中的人物，都把名字这个形式化的东西看得挺重。忽略形式同样是鄙薄内容。我喜欢"像爱惜羽毛一样爱惜名字"与"人过留名"这样的话，它们表达的，是对名字尤其是名字持有者的认可与尊重，尽管，它主要指的是名声与业绩。

名字不论是否好听，都出之于长辈的爱心美意，有相当多的人，因为看重名字，干脆放弃旧号自改新名，甚至花钱请人赐名。可使用名字时，不知基于怎样畸形的心态，中国人的习惯却很反常。本来，费劲巴力地选个名字，就是供人叫的，但一旦被叫，又像受了冒犯。特别是那些有资格领导三个以上人的人，总把名字看成宠爱度不高的后宫佳丽，养在那里，却不享用。他们更愿意被称为"主任"或"经理"。谁都知道，如今的官衙里商圈中，各个梯队的"主任""经理"多如蚊蝇，顺序排位的话，"鸡肋"都比它们名次靠前。可"主任""经理"们宁可屈居"鸡肋"之后，也不愿让人把自己那些更具质感更有生机的个性化符号挂上嘴边：德华或曼玉，狗剩或丫蛋。

有句话叫上行下效，我们社会中，"上"是各个梯队的"主任""经理"，"下"是他们麾下的三个以上的广大群众。群众之间，没弯弯绕，呼名唤姓不以为忤，直来直去透着真率。可有一天，群众忽然发现了问题——群众的眼睛是雪亮的嘛："上"们握手言欢时已不喊名字，"下"们勾肩搭臂时还点名道姓，这似乎与榜样拉开了距离。他们略一踌躇，即奋起直追，发明了更喜闻乐见的人际称谓。

他们没官衔，少名分，但有年龄，分男女，便在序齿性别上大做文章。群众果然是真正的英雄，他们的文章打人伦牌，一出笼就广受欢迎。眨眼之间，长城内外，大江南北，"哥""姐""弟""妹"之声不绝于耳。

又有句话叫众擎易举，其意思是，众人合力就举得起来。谁是众人？自然是群众。群众固然人微言轻，但众口铄金的也是他们。现在为"下"的群众手臂如林，把人伦的旗帜举了起来，为"上"的"主任""经理"们，再高视阔步也不能不屑了。人伦是种积淀深厚的民间力量，科层制度尚未孕育时，它已长成了俊男靓女。为什么那些说完"上智下愚"的人又要说"民贵君轻"，为什么那些认为"民可使由之不可使知之"的人也会认为"得民心者得天下"？就是因为他们拿民间的人伦没有办法，一如父母无奈于孩子。好在"上"们比父母高明，允许称谓问题上有灵活性，在不至于动摇"主任""经理"权威的前提下，他们笑纳了"哥""姐""弟""妹"的柔情蜜意。

就这样，从庙堂之高至江湖之远，"主任""经理"率领着群众，通过包裹着森严等级的脉脉温情，巧妙地将人名及附着其上的个性化颜色悄悄抹掉了，再以皆大欢喜的公共符号作为原色，铺陈出一幅男耕女织的田园风光图。作为一个看重名字的人，我特别想套用帕慕克的迷人句式，为这幅图画做出命名：《我的名字叫哥姐弟妹》。

粗粝沈阳

我有个朋友在外地出差，碰到个赵本山的忠实观众。那赵氏拥趸听我朋友操一口纯正的沈阳土话，便问他是否铁岭人，与赵本山老乡。铁岭是个毗邻沈阳的农业小市，除开拥有全国产粮第一大县昌图县，近年来，更因出产了演小品的大众明星赵本山而声名鹊起。我的朋友如实回答，他是沈阳人，与赵本山不算严格意义上的老乡。可赵氏拥趸没听说过沈阳，问我朋友，沈阳？沈阳离铁岭多远？我朋友便有些气急败坏，说不远，沈阳是铁岭郊区。赵氏拥趸对我朋友充满同情，安慰说，郊区也行呀，你说是赵本山老乡不算吹牛。我的朋友哭笑不得，只能说，赵本山倒的确把家安沈阳了。那赵氏拥趸忙说，这就更老乡了。不过，他又补充道，他安在沈阳的不能算家，只可以说那是他郊区的行宫别墅。回沈阳后，我朋友对我大发感慨，说赵本山实在应该出在沈阳。朋友是个关心家乡声誉的人，他的言下之意是，若赵本山属沈阳地产，会更有助于提高沈阳的知名度。

　　我不知道，我朋友这个"沈阳是铁岭郊区"的故事有无虚构成分，但他最后的感慨，说赵本山应该出在沈阳，倒点出了赵本山这个铁岭乡村人与沈阳城的微妙关系——沈阳这座大名鼎鼎的老牌重工业城市，即使到了今天，从骨子里看，也的确可以随处找到被赵本山疏浚之后又搅动起来的乡村精神的鲜活潜流：质朴又狡黠，宽厚却封闭，旷达而怠惰，热情但愚鲁。正因为如此，也许比较能够代表这样一种沈阳风格的，倒真是舞台上那个来自铁岭乡村的赵本山。

　　我说"比较"能够代表沈阳风格的，是赵本山，也就是说，沈阳还有赵本山不足以代表的另一个侧面。那另一个侧面是什么呢？毫无疑问，即是一座老牌重工业城市的勃勃蘖枝与袅袅余烬：繁忙紧张与拘泥刻板，豪气磅礴与粗枝大叶，堂堂正正与安土重迁，宁折不弯与自得其乐。我想，在赵本山成名前，他肯定没见过半个城区导弹发射架一样朝天空吞云吐雾的黑烟囱，他肯定没听过数以万计十万计的产业工人按响车铃晃动饭盒和大头鞋砸响柏油路的杂沓之声，他肯定没想过那些坚硬无比的钢锭铁坯怎么会被人一点按钮就顷刻间变得水一样稀泥一样软。然而，有另一个人，她肯定看过听过也想过这些，因为与赵本山比，她得天独厚地从小就生长在黑烟囱下、车铃饭盒大头鞋声中、水一样稀泥一样软的钢锭铁坯旁，也许，选择她来支撑赵本山不足以代表的沈阳风格的另一个侧面，还真就不算乱点鸳鸯谱。是的，她是女人，以一个阴柔的角色来充任一种阳刚的象征好像牵强；但从另一个角度看，又唯有她，为沈阳风格的另一半示范代言，才能与赵本山这一典型案例构成多重意义的呼应共鸣。这位女性，就是歌手那英，她同样是个经常在舞台上电视里抛头露面的大众明星，估计其拥趸比赵本山不少。当然，这一点，只是她与赵本山呼应共鸣的诸要素之一。

如此一来，有了赵本山与那英的联袂演绎，有了土里刨食的散淡与大机器生产的雄浑的巧妙嫁接，沈阳的人性化形象也就棱角分明了。打个不确切的比方说，是赵本山式的魂与那英式的形，恰到好处地表征和凸显了完整的沈阳风格——对此我愿意称之为粗粝。

沈阳的气候是粗粝的：夏季短暂但异常炎热，春秋只是几场蔽日黄沙的匆匆席卷，更多的时间是漫漫严冬、风刀雪剑、滴水成冰、寒刺骨而冷浸心；沈阳的食物也是粗粝的：高粱米干饭，大楂子粥，玉米面窝头，炒白菜帮子，酱猪头灌血肠煮白片肉，㸆土豆烤地瓜炖宽粉条；沈阳的家居设置还是粗粝的：铁锅瓷盆一律深大厚重，桌椅板凳全都拙朴憨实，炕琴立柜要么横贯室内要么立地顶天；沈阳的企业产品更是粗粝的：电缆模具，齿轮轴承，机床锅炉，飞机大炮……

这的确都是粗粝的注脚，可这就是沈阳吗？显然不准确，今天的沈阳与我上边的描述已区别甚大，包括气候。但这又肯定就是沈阳，也只能是沈阳。即使那些符号化的东西已越来越成为沈阳文件夹中存储的记忆，即使沈阳与广州的区别已只是电台里是否播出粤语节目，我们也不难看到，粗粝作为一种背景和底色、基因和根脉，早就深烙在沈阳人的生命里和生活中了。所以，要了解何谓粗粝生活，最合适的去处无疑是沈阳这座塑自泥土又由金属铸就的北方城市。

有什么样的人才有什么样的生活。现在外地人评价沈阳，是不是还用那四个字我不太知道，但至少在一九九〇年代之前的漫长时段里，"傻大黑粗"，一直是沈阳的护照与品牌。傻、大、黑、粗，这种讥讽揶揄，最初是关于沈阳民用产品的四字箴言，但一经流行，便即刻成了对沈阳人生活方式与生存状态的结语定评。作为沈阳人，我对这四字箴言的一部分所指不能接受——倒不是因为我儿不嫌母丑或老牛护犊子；同样，作为沈阳人，我对这四字箴言的另一部分意旨则予以认同——这也不是因为我吃里爬外总觉得别处的月亮比自家圆。我的不能接受和予以认同，都只因为作为一个沈阳人，我对家乡故土有一种更深切复杂的体察与理解。

在听我逐一分析傻大黑粗这个四字箴言时，我希望读者眼前能有一部动画片同时上映，以比照我的文字重叠观赏。至于那动画里的故事内容，最好由赵本山与那英合作表演：让他们舞台上的小品歌曲与舞台下的访谈花絮熔于一炉。当然了，若对赵那二位没什么印象，光读我文字也可以的，这并不影响读者神游沈阳。

先说"傻"。沈阳由罪犯流放地和军事要塞发展而来，原住民大多是强人兵士及其后代，这类人往往嗜征战骑射善身体劳作，而对后世的心理遗传，缺乏商业机谋与知识修饰。一般来讲，沈阳人的口头禅是"无所谓"，把衣食住行一概视作"小事"，马虎草率不求精细，即使评判从政经商治学那类"大事"，"大概其"或"差不多"也是最高标准。于是，"喊哩喀嚓"、"嘎吧溜脆"成了沈阳人的典型风格，说话直来直去，办事风风火火，对"老娘们家家"的"磨叽"作风深恶痛绝。结果，人一爽快利落，心里就没那么多弯弯绕，脚下就不太会使花绊子，加之讲义气信承诺又无城府少怀疑，好听点讲叫敦厚淳朴，难听点说就有了傻气；而敦厚淳朴的人，受骗上当在所难免。不过，沈阳人吃亏往往吃在他人的小算计小伎俩上，若当面锣对面鼓地设擂台比高下，倒未必总是沈阳人一败涂地。公正地说，沈阳人的傻，应该叫做实，而实，就不一定是心里没数，也不见得就是手中无招。非不能尔，是不为也。如果谁带有智力判断成分地认定沈阳人傻，那他的倒霉将必定无疑。说到这里，不妨岔开一句。许多去过西欧北美的人，都说外国人特傻帽，好糊弄，好像老外进化得晚。可我觉得，这种看法，即使抛开其间玩笑的成分，也能证明，我等孔孟子嗣已被自欺欺人的虚礼伪仪毒化到了何种程度，居然对率直坦诚丧失了起码的认识能力。其实，这种能力的丧失已然让我们吃尽了苦头，不是吗？每每关键时刻，我们虚礼伪仪的小聪明总要在率直坦诚的大傻瓜那里屁滚尿流。

至于"大"，我以为从贬意的角度看语焉不详，而我知道，外地人对沈阳"大"的评价，绝不是伟大那种意思。那大什么呢？好大喜功？巨奸大蠹？大言欺世？可这实在不光是沈阳人的专利特权。要么是大块头大身量？大大咧咧大手大脚？这恐怕也算不得做挖苦文章的上好材料。大块头大身量的确笨拙，可并不比瘦小枯干瘪瘪瞎瞎更伤眼刺目；大大咧咧大手大脚也应该批评，但肯定没有斤斤计较抠抠搜搜那般糟糕。我以为，在四字箴言里，用大与傻黑粗组合并列有凑字数之嫌，这源于国人对三字经四字令特殊的把玩热情。但既然凑数凑上了它，我也就不该绕道而行，我想，用那个大字来附会沈阳人的爱面子好虚荣也许说得过去：摆谱装大嘛。沈阳人的爱面子好虚荣十分普遍，比实在实惠得近于傻的情形普遍多了，尤其是沈阳男人，都能把面子虚荣看得重于——不至于重于泰山，也重于半年薪水了。沈阳男人也有许多怕老婆的，这很正常，沈阳女人也多刚烈勇武之辈嘛；可有趣的是，不论关上门多么懦弱的沈阳男人，出得门去，在外人眼前，都可以蛮不讲理地对老婆吆三喝四，而更有趣的是，这种时候的沈阳女人，对丈夫绝对逆来顺受。近几年，有不少沈阳男人失业下岗，他们大事做不了，小事又不做，宁可闲在家中喝酒打牌侃大山，甚至靠妻子挣钱养家糊口，也很少能放下架子，把家务劳动从"女主内"的"家政法典"中收编过来。沈阳饭店里的菜量一般都大，吃完剩半桌子的情况十分多见，可沈阳人，即使引车卖浆的穷人，回家有了上顿没下顿，在饭店吃完饭也不怎么打包。他们长于以挥霍充大方，用虚弱的大方赢取肤浅的尊重。直到近几年，在沈阳的饭店里饭后打包才不会惹来鄙夷的白眼。再举个例子。还是近几年，沈阳有一批腐败领导被绳之以法了，其中多数人，不查俨然就是清官，因为平常没什么花销，弄到钱，都交给了老婆孩子情人和外国银行；可他们中有个副市长和个什么局的局长却过分张扬，前者去澳门豪赌一掷就能两千多万，后者居然比着苏州园林的样子修别墅建庄园。你一定猜到了，恰恰他俩，在那批腐败领导中，是为数不多的土生土长的沈阳人。待这两个热衷于显摆不在乎露富的领导被判死刑后，连沈阳的老百姓都吸取了教训：摆谱装大要倒霉呀，驴粪蛋儿表面光屁用没有。

说到"黑"，其实也不乏可商榷的地方。它针对的是皮肤吗？在我看来，沈阳皮白肤嫩者大有人在，除成都等少数几个城市外，没准和大部分城市的人一同搞抽样调查，沈阳"白人"还比例挺高呢。但抓住沈阳的黑说事我仍能接受，其部分理由与女人有关。女人爱美这是天性，希望皮白肤嫩在情理之中。可沈阳这地方，少水多风，干燥寒冷，为了让自己美艳鲜亮，女人只能浓妆重抹，都顾不上自己本色深浅了，结果就弄得唱大戏般地不伦不类。不过皮肤黑白皆属小节，说明不了什么问题，说沈阳黑，我倒更愿意提及环境污染。夏天似乎还看不出什么，可每到冬天，说沈阳是黑色的城市并不过分。按理说，冬天的沈阳白雪覆盖，即使街路上居民区里由于人踩车轧雪脏了，那公园深处或楼房顶上总该冰清玉洁吧？同样不行，所有的雪上都落一层粉尘，好像天上下完雪又下了场炉灰。如此客观条件，对人的影响是多方面的：比如穿着打扮，即使如花女子的行头，在更多时间里也只敢色泽老旧；而许多"小资"时尚，之所以一引入沈阳就市场萎缩发育缓慢，也因为展览"潮流"与"情调"的舞台太不理想。既然无处示"白"，就窝在家里藏"黑"吧。沈阳人的胸襟阔大与没心没肺，都源于无可奈何。不过近几年，对干净白皙心向往之的沈阳人已开始觉悟，大张旗鼓地发展起了洗浴事业，我估计，按数量比，现在沈阳的浴室澡堂在全国各城市中能排名第一。也许，即使沈阳人真的天生黑色素沉积量过大，可经过这一番浸泡搓洗，过几年，他们中的糙爷们也会变成四川嫩妹子的。但我个人对沈阳人这种近于偏执的卫生观持保留态度。据说，钢筋铁骨的古罗马人最后"糠"得都撑不开弓举不起剑了，就是桑拿房蒸的。另外，沈阳人的黑，可能还有心狠手黑一解，意思是沈阳人尚武好斗，一言不和便拳脚相加，白刀子进去红刀子出来。但我认为这是误会。沈阳人不喜欢拖泥带水地解决问题，急眼了，的确喜欢张嘴就骂举手就打。可这更适合称之为鲁莽或暴躁，只与理性贫弱与修养匮乏有关，和与心狠紧密相连的手黑截然不同。真正的手黑，是杀人不见血，是咬人不露牙，是摧毁对手的精神意志而不是伤害对手的皮囊肉身。前边说过，沈阳人把面子虚荣看得重于半年薪水，这种人，其实想黑都黑得业余，谁和他们起了冲突，只要能先挤出笑脸抱拳求和，那眨眼间干戈就会化成玉帛。若争端平息后又唠投机了，沈阳人还肯即刻把家里的好烟好酒都翻腾出来，再冲灶间的媳妇高喊一声：翠花，上酸菜——

四字箴言中，最后的粗字用得精彩，它是点在沈阳这条龙额际上的漂亮眼睛：既是对前边傻大黑的总括，又给那之外的诸多余味留足了扩张空间。有好事者若翻开词典将会发现，有粗字组装其间的形容词，在沈阳都能找到用武之地。可能那些词中贬多褒少，但你结合上边我对傻大黑的逐一分析加以体会，恐怕得出的结论会出乎意料：沈阳人粗的结果能导致可爱。但愿这不是我的一厢情愿。我不知道别人如何划分可爱的品类，我认为，以下四种比较典型：孩子的天然真率、女人的明媚鲜活、男人的诚笃睿智、老人的慈悲通达。而沈阳人的生活方式与生存状态，几乎是孩子气的天然真率的最好写照。这里有个极端化的例子不妨一举。所有城市的足球场都是叫骂的海洋，沈阳球迷也骂人这算不得什么；但南京球迷的"呆逼"像恋爱中的打情骂俏，北京球迷的"傻逼"也只像长辈对孩子恨铁不成钢的申斥责骂，全属于偏正结构的操行鉴定，唯有沈阳球迷那山呼海啸的"操你妈"，整个是一次动宾组合的打家劫舍。可如果在足球场上，你是一个与踢球看球全无干系的旁观者，我敢说，即使你比教育部下派的德育督导还绅士淑女，对那此起彼伏的"沈阳骂法"也会会心一笑。因为你刚一皱眉，就会惊讶地发现，这句比"南京骂法"、"北京骂法"恶劣两倍半的脏话经沈阳人一喊，居然能把德育里边最忌讳的性意味消解得一干二净，还并不比诗人鸟瞰上海浦东新区时高声吟哦的"生活啊"更伧俗鄙陋。这种神奇的效果，大约也只有孩子的可爱才能生成出来。

沈阳是个尚未开蒙的生猛孩子。但这也不坏，谁都知道，孩子的别名叫一张白纸，能写新文字好画新图画。然而我必须承认，沈阳有一个致命的地方比不得孩子，那就是，敢于想象一向是孩子的伟大禀赋，可沈阳人的想象力却太不发达。

从土里刨食的角度说，农业的沈阳从古至今都能自给自足衣食无虞，它不需要想象；从大机器生产的角度说，工业的沈阳对人的最高要求只是当好齿轮螺丝钉，它更是拒绝甚至扼杀想象。这样，保守闭锁，小富即安，唯命是从，按部就班，就成了沈阳人思维行为的主旋律，连艺术创造与思想交锋也只能进行内部循环式的自娱自乐，自产自销，自生自灭。这里有个不恰当的例子，也许能变相地说明点问题。如今大陆的演艺明星，多以模仿港台腔为闯江湖的正途捷径，只有很少人不把乡音视作旁门左道，而敢于把出处亮在明处的寥寥几人里，那英就是突出的一个；顺便说一句，这也是我选择她为沈阳风格的另一半示范代言的又一要素；再顺便说一句，单纯的模仿并不存在，想象力是模仿的重要依托。当然，我不想借此赞美那英如何不随波逐流，也不想评价大陆人操港台腔好还是不好，我只想强调，连沈阳口音都有一种排斥异己的冥顽根性，更何况那些固执坚挺的意识积淀与理念薪传了。必须承认，一个人以怎样的声气语调遣词造句，这既是思想外化的必然，也是思想框限的结果。还有，前边分析"大"时，我曾想到过那里所包含的胆大的成分，胆大妄为嘛，沈阳人敢铤而走险也名声在外。可在那一节我故意略掉了这层意思，而是留到这里说。据我观察，沈阳人的妄为并非胆大使然，实为无知所致，所谓"脑袋掉了碗大个疤"的气魄，其实是无知者那种可怜的无畏。因为沈阳人所妄为之事，多半对他人对自身都只起破坏作用，是非创造性的，这等事，有知者即使胆大也不为之。我以为，真正的胆大，那种建设的胆量与创新的胆识，是需要以有知为前提的，而想象力，恰好也是有知的重要依托。

　　不过已有端倪显示出来，现在沈阳人在勾勒自己的粗粝生活时，正在越来越多地使用一些精雕细刻的杂糅技法。

照片里的西藏

去西藏的日子定下来后，我整理行囊的第一件事，就是把相机和胶卷装进包里。早就听人说过，在西藏随便拍些照片，拿回来就值得在报刊上发表——倒不是说任什么人一到西藏就都能让摄影技术提高得如何了得，而是说西藏的风光太出色了。等我在西藏切身地感受了一番，我发现上述观点果然不谬，那些个山光水色蓝天白云，漂亮得让你无话可说。于是回内地后，一讲起西藏，我就进一步发挥别人的观点，说即使是一个平庸的画家，只要勤奋用功，在西藏待上三年五载，肯定能拿出一流的画作。所以，不会画画的我虽然也不谙摄影，但毕竟拍照片还不至于把人脑袋拍成狗脑袋，这样，我把相机胶卷作为进藏旅行的首要必需品也就顺理成章了。当然我那个家用相机的牌子不值一提，而我之所以一家伙买来好几个正宗进口胶卷带在身边，也只是因为我怕在西藏那种旅游热点地区碰上假货。若到时候捧回一堆别说达不到发表水平，连人脑袋和狗脑袋都让人分不清楚的照片来，可就太扫兴了。

我是和朋友一路开车向高原挺进的。从沈阳出发，迢迢万里，沿途可供拍照的风光景致数不胜数。可朋友说，这些景色与西藏一比，就不足挂齿了，还是省着你的胶卷拍西藏吧。朋友在西藏已生活多年，他本身又是画油画的，无论他的审美经验还是审美品位，其权威性都不容怀疑。我便收起相机凝神窗外，看那些"不足挂齿"的景色稍纵即逝。说心里话，轻易放弃沿途美景，我不能不间或生出遗珠之憾。那么好看的自然景观，没及时收入取景器内，说消失它可就毫不客气地无影无踪啦！

好像是车过都兰以后，还在青海界内，朋友就提醒我该拿出相机了。这回你拍吧，朋友说，往后你就可以随便喊停车咱们下去拍照。我看出来这的确就是货真价实的青藏高原了。其实早晨车过青海湖时，我就看到了什么叫青藏高原，什么叫青藏高原的风光景色了。这一段路程，有六七个小时的样子，我始终不错眼珠地看着窗外，对着我看到的一切惊叹不已，只是忘记了拍照的事情。这会儿朋友提醒了我，我也把相机拿了出来，可这时候的我，却不知道该在哪里下车，不知道该朝着哪个方向举起相机。前后左右上上下下，无一不是拍照的最佳景致。我在选择，车在疾驶。

这时是黄昏的日落时分，我只能说这时的我其实已是一幅最恢弘最壮丽的《高原落日图》里的画中之人。这是一片难得的一马平川的广袤世界，公路像被人用尺逼着画出来的一样，平坦笔直，在阳光的照耀下，就如同一脉流质的金子在波动荡漾。向远处看，天地的衔接仿佛没有过度，斜垂的天和翘仰的地所共同结构的，不是生硬的夹角而是流畅的椭圆；朝近处瞧，那些一丛一簇稀疏低矮的康巴草，也并不只是反衬大漠的空旷荒凉，反倒用虬结的劲须和老绿的色泽把大漠点缀得颇有生机。时不时地，还会有一座两座三座四座或白头或棕身的大山小岭从不同的方向以不同的角度扑面而来，它们在太阳的光照折射下和我们汽车的飞速移动中，忽远忽近，时隐时现，亦真亦幻，能产生出变幻莫测的离奇效果。当然最迷人的还是距我们近在咫尺的天空了。太阳尚未隐形之前，那种明亮可称之为单纯，不是单调的单纯，而是辉煌的单纯。比如那种明亮所涂抹出来的无际无涯的白，绝对是一种既包容了五颜六色又穿透了五颜六色的白，白得大而无当，白得荡气回肠。而等到明亮开始迁移为幽暗时，极富层次的天空又转化为一种复杂，那种由互不雷同的云霞形状与水乳交融的色彩关系编织起来的复杂，既神秘玄奥得触目惊心，又朴素亲切得伸手可及。那种复杂，只能是一个好女人所独有的复杂。我曾无数次地在不同的地方目睹过落日景观，也曾在许许多多的诗文歌赋中阅读过关于黄昏的描述，但这青藏高原的黄昏落日，似乎是汇聚了所有黄昏落日的精华之后的一次集中展览。然而，我的惊讶并非到此为止。我们的汽车驶近格尔木时，太阳已经消失了很久很久，彩云也早就变成了重浊的铅云，黑暗如城郭似关隘地阻隔在我们面前。可令人不可思议的是，在那城郭关隘的缝隙之间，却时时会闪烁出横空出世般的耀眼的明亮。不知是由于城郭关隘的千变万化导致了明亮的千变万化还是相反，反正我们面前的黑暗呈现出来的是一种虚假的黑暗，失真的黑暗，使人产生一种恍在梦中如在画里的奇特感觉……

我的朋友说，你要是再不拍照，天可就完全黑啦。我脱口应道，不拍了；这里的一切，怎么都像假的一样。

在这之后，我们过格尔木，过五道梁，过沱沱河，过唐古拉山口，惊心动魄地进入了西藏。在西藏，我待了不少日子，不仅读了许多与之有关的地理历史宗教书籍，也兴致勃勃地去了不少地方。像车过都兰后那样令人震撼的美丽，不管早晨还是傍晚，不管白天还是深夜，在我的游玩途中可谓比比皆是，但我依然一张照片也没拍过。朋友问我为什么，我也说不好为什么，只能十分牵强地解释说，大概是因为我把西藏分解出了三类地方吧。我说，第一类地方，和我居住的城市沈阳，和我们这万里征途中经过的城市北京石家庄太原兰州等地都没有两样，不值得拍；第二类地方，和我到过的其他风景区，泰山黄山峨眉普陀什么的，也都大同小异，拍出来了也看不出区别；而第三类地方，那些更广大更普遍更能够标明为西藏的地方，美固然是美了，有特点固然是有特点了，可它们美妙奇特如同海市蜃楼，连我自己都怀疑是否真有其景，我是没法拍的。我笑着说，我可不想回去给别人看照片时，让别人说我弄虚作假，拍的是油画。

现在想来，在西藏我一张照片也没有拍，其实是我深思熟虑后所做出的决定。在我看来，西藏已并非一种实有或者叫实在，它与我们生活的浊世同处一界，显然是造物主一次偶然失误造成的结果。最简单地说，它至少也应该是一幅油画，当然是比波提切利的《春》

还要瑰丽一万倍的一幅油画。它的一切真实都只能是画出来的，是假的。在羊八井的温泉里游泳，你会觉得身旁那错落有致的皑皑白雪是假的；去贡嘎的老百姓家做客，你会以为土屋后边湍急清冽的雅鲁藏布江是假的；那个找不着历史寻不到出处的古格王国遗址必然是假的，它肯定是被一个幽默大师为了恶作剧才摆在那里的；那幢突兀地耸立在拉萨市中心的布达拉宫也只能是假的，它那身洁白的衫裙若不与哈达和唐卡同一质地，难道还会与黑砖黄泥同宗同祖吗？还有那曲以西的暴风雪，还有林芝以东的泥石流，它们假得已经失去了灾难的属性，让你只知道欣赏，不知道害怕……

假的并不是伪造出来的，而是幻想出来的，西藏不属于制作而属于想象。整个西藏，整个青藏高原，它的地理历史和宗教，共同决定了它不是物质世界的产品而是精神世界的结晶，它来之于天地的造化和自然的奇迹。所以，单独的美个别的美具体而微的美都只是它的表象，只有集合的美整体的美无所不包的美才是它的本质。要把这样一种美剪割得支离破碎，即使是用照相机的镜头把它剪割得支离破碎，我也担心我犯下的不会仅仅是一个舍本逐末的过失小罪，我担心我将犯下的，会是一种破坏罪和亵渎罪，就像当年的革命毁弃了甘丹寺一样，就像今天的建设污染了拉萨河一样。我是一个对天地造化自然奇迹充满敬畏的人，如果可能，我只愿意让我的心成为一幅无边无际的大照片，将西藏，将青藏高原，包括它们所有的美也包括它们所有的丑，都印上去。

天边外

　　小时候，我常听姥姥这样感慨：人是地里仙。

　　人是地里仙，大概很有点《封神演义》中土行孙那种遁地术的意思：快，迅捷，来去只在倏忽之间，既有对时空的敬畏，又不乏人的主体精神。那时候，我爸常去北京听党中央瞬息万变的各种声音，我舅常去东京向日本人推销他们统治东北时就垂涎三尺的镁矿石，每当我爸从北京回沈阳我舅从东京回大连路经沈阳时，我姥姥都会这么感慨。

　　后来，我长大成人了，也常出门。特别奇妙的是，只要我独自旅行，只要那旅行中有机会让我看着车窗外胡思乱想，即使去铁岭（距沈阳车程仅一小时），我也能情不自禁地想到姥姥的那句感慨，若胡思乱想的时间充裕，我还能想到姥姥那样感慨时的音调口吻、表情神态：她努力做出淡然甚至不屑的样子，显得见怪不怪；可她的淡然与不屑，却无法掩饰她对一件很容易让人习焉不察的平凡事物所包含的不平凡因子的陶醉与痴迷。我不知道，我时常喜欢四处走走，不能忍受长时间地待在沈阳，是否与姥姥早年那频繁的感慨有些关系，与我从小就渴望成为"地里仙"有些关系。

除了读大学那四年，我的居住地一直是沈阳。与我去过的其他城市比，沈阳没什么好，也没什么不好，我与它的关系，就像大部分人的夫妻关系，习惯了，适应了，既自然而然又无可奈何地彼此接受了，那就夫妻下去吧。但我又不能安安生生地在沈阳待的时间太长，当然待长了也没什么，死不了人；可待长了，比如超过了一个季度四五个月，我就闹心，就烦躁，就茫然无措，就六神无主，就什么东西也写不下去，就如同性欲了或烟瘾了。这时候，没能力没条件的话，不用远，只跑铁岭住三五天，我的欲与瘾也能得到平复，欲消瘾退了，我也就可以重回沈阳写小说了。

我的这种欲与瘾，我把它称为离开的需要，它源于我对那种离开的状态的想象性热爱。离开是个动词，但有时我把它当形容词理解。表面看，它创造的是一段物理意义上的空间距离，可在我这里，它参与的，更是一项既有主观需求又有客观契机的里应外合的精神调适活动，而这一活动对我来说，就如同大雁需要迁徙长虫需要蜕皮那么重要。离开，当然是对家的离开，但矫情一下升华一句，也可以把它看成是对僵化、刻板、熟腻、一成不变、按部就班、死气沉沉的拒绝和反抗。这里的悖论在于，我喜欢变动不居天马行空，喜欢自由自在没收没管，喜欢离开；可如果我没有家了，没有固定的居住地了，甚至没有因长时间耗在一地而产生的渴望离开的欲与瘾了，我便无从享受那种离开的快乐。也就是说，一旦没有了离开的对象，我的拒绝与反抗就不能成立。

去哪都是离开，去铁岭都算嘛；可从我的心理感受上说，真正的离开，其实是要过了山海关才作数的。从中国的地域特点与人文习俗上看，黑吉辽三省虽然面积不小，可在人们眼里，却是不分彼此的浑然整体，这三个省份，一向被人统称为"东北"——我不知这是否与它们同样经历了"满洲国"的历史有关。作为东北人，在我这里，与作为沈阳人的概念是一样的，这样，尽管长春哈尔滨比铁岭都远，甚至远上不少，但去那些地方，我的"离开"只等于实现了一半——离开沈阳了，可没离开东北，几乎相当于还在家里。但如果往与铁岭长春哈尔滨相反的方向走，往山海关那个方向走，情形就会大不一样，对我这个偏于一隅的东北人来说，山海关那边就是南方！

是的，在我这里，南方不是地理概念，而是方位概念，东北以南皆为南方。而我那周期性的离开，去"南方"已足够让我有脱缰之感，若去的是真南方，地理意义上的南方，那些"南方"以南的地方，我简直就如同去了天边，或者套一个尤金·奥尼尔创造的概念，就如同去了"天边外"了，我所感受到的，是插上翅膀的自由飞翔。

我也知道，把去南方，即使去三亚的天涯海角那样的南方，就当成天边外的自由飞翔，也不免有点小题大做。现在这年月，别说杨立伟那几个真去过天边外的宇航员，就是那些没资格搭乘"神五""神六"的普通百姓，去过各洲各洋那些相当于天边外的地方的人也不在少数，我这么不知遮掩地把一副没吃过肥猪肉也没见过肥猪跑的土鳖嘴脸亮出来示众，容易让人笑掉大牙。但没办法，我得诚实，不知道真天边外和准天边外啥样就是不知道。其实我三亚也没去过，使出吃奶的劲，我的脚也只踩到过中国境内的北回归线，所以，我那简陋而局促的天边外，只配悬挂在山海关至珠三角那样一个泥粘土连的宽度里。

但我从不为我井底之蛙般地把山海关至珠三角那样一个"南方"憧憬成天边外而感到羞愧，也不为自己都活进二十一世纪了，还没见识过真天边外或准天边外的世面而觉得自卑。其实，不写这篇文章我都没想那些。中国那么大，大得惊心动魄，大得匪夷所思，只要一路向南，在国境之内就有我所认同的天边外供我徜徉，这足够我享受离开和地里仙的双重快乐了，我挺坦然。自然了，我坦然倒不在于我始终是阿Q的学生，是相对主义者，没本事跟人家杨立伟比，只敢觍着脸在我已故姥姥跟前长能耐——她一辈子最远去过大连。我坦然的原因在于，在我这里，天边外从来不是物质化的实在，而是精神性的虚有，它对具体区域的确认，必须有我抽象意念的指令才能完成，所以，南洋南非南极也好，南京南昌南宁也罢，甚至我愿意的话，南市南塔南湖（皆为沈阳城内南部地名，而我住在沈阳城北）也行，它们都可以成为我的天边外，当然，也完全可以什么都不是。

从我本心讲，既然天边外只存在于想象中感觉里，那去了天边外与哪也没去，并没什么本质区别。这我不是自欺欺人，我自己比较了解自己。我一向对去"哪"没有计较，我喜欢的，仅仅是"去"。我说过，我出门，不为呼应外部的吸引，只为顺应内心的骚动，我追求的只是"离开"。可有"去"才有"离开"呀，既然我只为"离开"而"去"，那"去哪"当然就不重要了。我从来没有往大树或墙垛上刻写"到此一游"的习惯嗜好，倒不是我讲文明守公德，而是我自小缺少名士意识，觉得游了哪与没游哪全无所谓，这样，念小学时就背熟了要领的"游记体"作文法，一直缺少实际演练，结果，在如今这个人人都是地里仙的时代，几乎所有国人都成了为地球村签字留言的名流雅士，别说中国的名山大川，连欧美日的赌场妓院都成他们刻字的大树墙垛了，唯独我这个吃写作饭的，却思滞笔涩，失语忘言，始终交不出"游记体"答卷。可没办法，世间的万事万物都有连续性，人的精神成长轨迹更是一步一个脚窝，而不可能过分偏离他童年经验中好恶观念与抑扬趣味的引领左右。小时候看什么都新鲜时对"到此一游"都没热情，老大不小了，吞了K粉摇头丸也很难兴奋的我，怎么还会把游没游过"此"或到没到过"彼"当回事呢？

可既然如此，我这边又大惊小怪地把去趟福州广州就当成去过天边外了，连苏州杭州都算，连郑州兰州都算，恨不得把北京边上的通州也捎上，还把这种人人做得到的"州游"夸张成"飞翔"，是不是有点自相矛盾？

这我需要解释一下。我说过，我是个某种意义上的相对主义者，而相对主义的自慰手段之一，就是凡事都能为自己找到个

"度"。我喜欢离开这是个前提，去北京去上海都属于离开也没争议，那为什么去上海我能更兴奋呢？道理很简单，上海与沈阳距离更远，生活习俗也差异更大，到那里，我会觉得更新鲜些，那种身处天边外的感觉能更强烈。可我这样一解释，也许有人要追问了：那悉尼离沈阳比上海更远，生活习俗也差异更大，为什么从你的表述中，听不出悉尼也是天边外的意思呢？是这样的：单从距离和生活习俗上看的确如此，可相对主义的度，在这里就发生了作用。就现在已知的情形我分析自己，若去悉尼，不可能是工作，或探亲访友，即不可能是进行与我的日常生活交融为一体的个性化旅行，而只能是独立于我日常生活之外的程式化旅游。可我这人，喜欢的是日常生活的通俗自然，其间少有刻意的穿插，而旅游，在我看来太刻意了，它容易成为我那个圆融整饬的日常生活中的不和谐部分。出门玩乐不同于政治学习，率性而为才叫和谐。为说明问题，我想顺手举两个例子，它们恰好都与成都有关那只是巧合。

多年以前，我二十多岁，在成都玩时，满街的旅游招贴蛊惑了我，我随一群陌生人上了峨眉山。汽车把我们送到山腰，众人被安顿在一家小店休息，为次晨登山看日出逗猴子积蓄力量。躺在床上，我辗转反侧，忽觉自己非常荒唐。我喜欢睡懒觉，一直对早上的太阳耿耿于怀，我害怕动物，除了人，能喘气的肉身我都厌烦；可现在，我却搭着时间金钱，要起早看什么峨眉日出，看那个每天都照耀我的明亮天体，还要与一群猴子为伴，如果它袭击我，我不仅无权怒气冲冲还得傻瓜一样欢天喜地，这太滑稽也太窝囊啦！于是，第二天天色依然漆黑时，别人爬山，我逆流而下，搭车回到了雨后的成都，坐到马路牙子上，看那些水灵灵的四川妹子——啊，这让我身心自如了许多。多年以后，一两年前，我又攒足了一笔盘缠，正琢磨着应该往哪花时，成都的朋友来了电话，说他刚买个挺大的房子，邀我有空过去看看。房子大了住就方便，我出门旅行，由于经济原因，哪里有张免费的床铺，哪里就容易成为我的目的终点站。这样，我便去成都待了两周，住人民南路，最远去过火车站，所有时间都用于在朋友家聊天睡觉看闲书，间或去河边的露天茶社喝茶，或在街头品尝花样翻新的成都小吃。朋友问我想去哪个风景区走走看看，我说，最对我心思的，就是站在你家窗口这个风景区看楼下的车来人往。

　　基于以上理由，尽管我知道这地球上有无数针对沈阳更天边外的地方，可我的天边外，估计只能伸展到我至今尚未去过的三亚，而悉尼，即使哪个旅游团带我去瞻仰它了，它也仍是悉尼而不是别的。当然，我并非成心把旅游和旅行对立起来，我也愿意让连裆裤把这两者套在一起。可对我来说，"游"如同守家在地的朝九晚五，没什么意思，只有"行"，才能把自由自在、随心所欲、不确定的感觉、如梦似幻的状态、不着边际的瞎琢磨和游手好闲的无厘头，一股脑地赏赐给我。

　　铁岭也可以赏赐我这些，可为什么我总觉得去南方受封领赏才更开心呢？这倒没什么难理解的，既然出门，就该远走，就好比，既然当兵，就该努力去当将军。毕竟越是南方，越是真正的"南方"

以南，才越能让我感受到与东北的不同。倒不在于那些人杰地灵的历史掌故，也不在于那些山光水色的仙界胜境，更不在于那些改革前沿的经验教训，对那些东西，我不是很懂，也兴趣不大；对于我，光是我看得明白的那些物事，那些衣食住行的特殊之处，那些风气习俗的奇异之点，以及由那特殊与奇异哺育的人性，就足以带给我刘姥姥进大观园的惊喜满足了。是的，天下的日常生活都殊途同归，都异曲同工，人性来之日常，日常塑造人性，从这个角度说，对什么都不必少见多怪；可在我看来，日常生活虽然简单，却从来不只是低档次功利性的活命手段，那抵达同归同工的殊途与异曲，其实很复杂，是个高级的审美过程。不过，我最想说的，还不是这些，至少主要不是这些。多年以来，南方能够吸引我的，更表现为只针对我个人才有意义的两个方面：一是路途遥远，一是语言不通。

可能又有人要诘难我了，或许还会再举悉尼的例子。是啊，悉尼路更远，语言更不通，但为什么它就不能充任我的天边外呢？或者退一步讲，举中国的例子，西藏青海新疆，也都远，也都有让我听去不知所云的藏语维语哈萨克语，可为什么我对更"像"天边外的藏青新忽略不计呢？

这问题的确提得很好，要解说清楚，得写篇长文，尤其针对藏青新，我不好像敷衍悉尼那么轻易打发。但在这里，我只想三言两语说个大概，理由我就不细说了，权当我不愿意破坏命题作文的章法规矩。我说过，我对日常生活更感兴趣，所以，路途遥远与语言不通，只有站立在日常生活这个大底座上，才能对我发生作用，否则就像凌空蹈虚，就像对我而言的旅游之于旅行，只有观赏意义而无参与意义。我当然知道，全中国哪也没有藏青新更"像"天边外，甚至就称它们为天边外也不过分，但由于它们与生俱有的那种异国情调性，在我眼里，我总觉得它们与悉尼更属于同一系谱，而无法让我把它们想象成一个世俗化的、伸手可及的、可以让我嬉戏其间的天边外。打个比方吧，舞台上的明星肯定更千娇百媚，但与之相比，那个同我调情逗笑的街坊少妇，却更能打通我的感官。

好了，现在，我可以来到我路途遥远并且语言不通的广袤南方了。

我前边说了，路途遥远与语言不通，需要站在日常生活这个大底座上，才能对我发生作用，那么，我怎样理解日常生活呢？其实我指的日常生活，并非恋爱结婚穿衣吃饭那种人类本能的一致需求，而是在结缔效应下，那种社会情态与文化心理的貌合神离或形散神不散。世界上没有两片相同的树叶，但再不同，树叶也是树叶而不是烧饼。比如，一方菜肴口味适应一方人，但差异再大，东北吃饭使筷子南方也上不了桌就分刀叉；再比如，各地的婚丧讲究千差万别，但讲究再不一样，东北把婚丧仪式看做发财良机南方也没逢婚遇丧时偏偏散金放银；还比如，东北人喜欢赵本山的小品而南方人对此热情不高，可这并不影响东北南方都过春节并且把喝酒耍钱看电视作为最有群众性的假日文化三部曲……总之吧，结缔效应下的日常生活，能在一个上挂下连的亲和前提下凸显东北与南方的差异，而观察揣摩这种似是而非的和而不同，最令我愉悦最给我刺激。我一向觉得，拿鸭子比较大象没什么意思，让猫和老虎同场竞技才耐人寻味——它们同属于一个科里的主任科员嘛。

离开东北，去往南方这个天边外，在行进途中，我愿意长久地望向车窗外边（即使不从经济上考虑，我也喜欢针对飞机而言火车那种相对的缓慢），望着车外的景物一点一点地向后退去，感受着脚下的泥土一寸一寸地被我踏过，我常常会莫名地激动，有一种占了大便宜的剧烈快感。人是地里仙！不论我已经出过多少次门，还是每回都要为我能目睹到我那离开的过程如此神奇如此神秘感到诧异。当然，对于火车的运动，慈禧可以感到神奇神秘，我不应该；可没办法，在我这里，火车那种不露痕迹的神奇神秘，好像比"挑战者号"或"哥伦比亚号"那种炫耀张扬的神奇神秘更为迷人。也许质朴的力量更强大吧。是的，离开是我的全部目的，本来能有铁岭那么远的离开我就满意；可中国的地域如此辽阔，能满足我离开愿望的地方那样众多，路途虽远，却去哪都不用办护照换钞票，方言虽杂，却哪一种都属于汉语这口大饭锅里的八宝粥，而我，尽可以在不断延长我感觉上的神奇神秘时，多跨几座山，多涉几条河，去万水千山的另一侧，去天边外的"南方"以南，与和我多有雷同但又迥然有别的人交流沟通，往来厮混，这样的情形，在我就是无以替代的莫大消遣，我怎能吝啬为它而喜出望外乐不可支呢……

离开东北，去往南方这个天边外，在落脚地，除了窝在住处看书或与当地朋友聊天，我多半会像个逛市场的家庭主妇或蹲街边的退休职工那样，自得其乐地将自己置身于南方的曝晒下或潮湿中或温润里，在长街短巷间东游西逛，在商厦店铺旁东张西望。我的游逛没有目的，我的张望没有目标，无目的没目标的懒散与松弛，再加上耳畔那连绵不绝的当地土话的冲撞揉抚，能让我最大限度地接受到南方气息的渗透、灌注、氤氲，由是，在那稀奇古怪的吐字发声的催眠下，我会被一种既清醒又迷惑、既孤独又放任、既茫然无着又无忧无虑、既不知所衷又脚踏实地的感觉搅拌起来融化开去。语言是最基本的交际工具，可同样的意思，同样的信息，又同样用汉语进行表达，居然就可以托付给那么多的字与词、语与句、音与调，这难道不是造化的杰作吗？想想吧，我和他们，那些南方的同胞，多半同源同脉同宗同祖，又有着毫无二致的意识形态背景与思想文化资源；可不可思议的是，从我们彼此认同的最初一刻，就有一个巨大的障碍在阻隔着我们，而且它像坍塌了的通天塔一样既可以逾越又难以逾越。我实在参不透又实在想参透，那表面上的混沌无序与感觉中的暧昧不明，到底藏匿了怎样的寓意与含义呢……

　　显然，离开东北，在南方这个天边外，能更多享受到"飞翔"自由的不是我身体而是我心灵，是我那推己及人由此及彼的无羁想象。

　　但我必须承认，离开东北，在南方这个天边外，不论我玩得怎么尽兴，想得怎么畅快，我心里边翻腾最多的，也还是我的家乡东北、我的居住地沈阳。越是在与东北风物反差大的地方，我的家乡故土在我的意识中就浮现得越鲜明透亮，每每如此，从无例外。是我这人容易想家恋栈吗？一离开老婆孩子热炕头就心神不宁，就魂不附体？我知道不是这样，因为我想的恋的，从不是某个具体的个人或具体的居所，甚至用想和恋形容我心态都不准确，但以前，我没操心过我何以这样。现在，写这篇文章时，我似乎恍然有所省悟：原来，我心中的那种翻腾，其实是一种纠缠，一种剪不断理还乱的纠缠，一种对我渴望离弃而又无法离弃也不可能离弃的一方水土及建基在那方水土之上的习俗生态的爱之纠缠。正是经由这样的爱之纠缠，我方明白，那一成不变的日常生活是深埋在泥土里的永生的根，不论我们把它栽到哪里，它结的都是同一种果实；而我们对它的背弃与反叛，只能是叶，尽管足够妩媚妖娆，但经过周而复始的生长和凋零，它必然要平静而心甘情愿地化作腐殖质，为根提供新的滋养。同样，那诱人的天边外，不论远及星辰还是近在脚下，也只能是我们想象和感觉中的参照坐标，而不是可以任我们抢夺占据的高地要塞；我敢说，当我把给了我那么多神奇与神秘启示的南方视为天边外时，身处那天边外的许多人，也正把悉尼，把欧美日，把藏青新，甚至把东北，把沈阳，视作了他们的天边外。

南非有个作家叫纳丁·戈迪默，她说过的一段话我一直喜欢回味，就像回味我姥姥那句"人是地里仙"的感慨："生活、见解，都不是作品，因为只有在远远站立与涉足其中之间的张力中，想象力才改造二者。"戈迪默说的是艺术，是小说，可联想到她的身份特点——一个黑人世界里的白人，一个属于白人统治者阶层却能从黑人被统治者角度思考人性的小说家，我以为，她的话中，"远远站立与涉足其中之间的张力"那一句，说的就是我们生命的本质、生存的形态、生活的方式。一个人，无力"远远站立"便是笼中鸟、槛中兽，而不敢"涉足其中"则是迷途的羔羊断线的风筝。当然，"远远站立"并不意味着冷漠麻木，"涉足其中"也不一定就要狼狈为奸，因为在它们之间，还有"张力"牵拉着我们，而那"张力"，便是我们打开笼门槛舍的钥匙，是归家的路标与扯不断的红丝线，是帮助我们的骚动本能得以正常呼吸的理性之风，是质疑、批判、抗争、颠覆、改变、创造，是理解、包容、爱……

　　文章最后，我想转述一则别人的轶事。在法国，十九世纪末，纪德的大师文凭还没混到手呢，他只是马拉美身边的伶俐学徒；而那会儿，对纪德他们来说，马拉美早是艺术与道德的双料大师了。当时，为回敬左拉的自然主义冲击波，为弥补马拉美的象征派阵营不出产小说这一重大缺憾，纪德写了部小说叫《乌有源游记》（我不知道这部作品是否写完了或是否发表了）。在写作过程中，纪德先把其中的两个部分抽取出来，印成一本小册子，取个名字叫《斯皮茨山游记》。现实中并无斯皮茨山，那是纪德虚构的地方。纪德把小册子给马拉美时，马拉美一看书名不由皱起了眉头。后来述及此事的纪德认为，那一定是马拉美认为书中讲述的是实有的旅行。过几天，马拉美与纪德再次碰面时，笑得天真而又释然，他对他的小兄弟说："啊！您可把我吓坏了，我真担心您去过那里！"

外省故事

"外省"作为一个名词而不是词组，在中国是不大使用的，我现在用它来作文说话，主要是图个方便。

我最早懂得"外省"这个词的含义，是在法国小说里。福楼拜的《包法利夫人》，副题叫做《外省风俗》；巴尔扎克的巨构《人间喜剧》，包含了一个比较重要的部分被命名为《外省生活场景》；还有司汤达的《红与黑》，在那个名叫于连·索黑尔的青年身上，"外省"的痕迹就如同他贫贱的痕迹一样，是烙在他身上的红"A"字。在法国，大约只有一个地方不必被称为外省，它的名字叫巴黎。

我一直喜欢巴黎，恐怕跟法国小说的诱惑不无关系。尽管当今中国人所憧憬的天堂是纽约和东京，但如果让我选择一处居留地，中国的除外，我的认同还是给予巴黎，甚至在多年之前我就因为自己会说一句法语而感到了与巴黎的贴近："扒个洞。"只是我会的这句法语有点扫兴，我总是对着影视片里迷人的巴黎大声喝问，为什么"扒个洞"的应该是我呢？难道像包法利夫人和于连先生一样生为一个外省人是我的过错吗？当然我的问题得不到回答。顺便说一句，"扒个洞"是"对不起"的意思。另外作为一个中国人，我的"扒个洞"也只能说给北京听。

不过现在有些情况比较复杂，我所钟情的首都北京，据说也有沦为外省的可能。我的意思并不是指迁都。

有一个上海籍熟人写了篇文章，发表时刊物要求在署名前边加地区标识，就像在海明威的前边加上美国，在川端康成的前边加上日本，在阿斯图里亚斯的前边加危地马拉。编辑知道那个熟人的自然情况，便在那熟人名字前边写上了"上海"。可校对时，那个熟人一丝不苟，他在上海后边，又加了个"市"字，他解释说，上海市是指上海市区以内，而在市区以外那些也叫上海的地方，只配称"乡下"，北京也是乡下。他这样说，当然有一点玩笑的成分。这件事发生在十年以前。十年以前粤语时髦的时间还不太久，只有个别北方歌星说"谢谢"时不说"xièxie"而说"xīxi"。如今短短十年的变化可以天翻地覆，不仅有人要用那种类似拉屎用力的吐字声音取代普通话，尊贵的"上海市"也在某些广东人眼里变成了乡下。想想那熟人，我不觉得有点幸灾乐祸。

不过巴黎是巴黎，广东是广东，上海是上海。我是沈阳人，在我眼里北京不是乡下而是首都，我的外省，是就北京而言。最近姐姐调入北京工作，开始有点犹豫，觉得小半辈子都过去了，要把家再安置一回殊非易事。我则豪情万丈地给她打气说，去，从零开始也要去，至少为了乔小乔以后不再是外省人嘛。乔小乔是姐姐六岁的女儿，我这个当舅舅的，其实在心里非常爱她。

外省似乎只针对首都而言，看起来这仅仅是个地理概念。可是积累了一些生活的冷暖之后，我们便会为词语的力量所震慑而不敢妄言。事实上，外省更主要的存在于文化的隔阂里，它隐含着种种永不餍足的欲望，它是一种无形无状精神企盼的诞生地与出发点。外省是丧失一切和向往一切的总象征。

我刚刚学会读小说时，就懂得了外省的耻辱。我生长在辽宁沈阳，照理说不论大而辽宁还是小而沈阳都非菲薄之地。可在我那拣煤核拣白菜帮子的少年时代，我能看到，周围的贫穷如同夏天的苍蝇，繁殖迅速且无所不在。当时作为一个外省少年，我最大的愿望是盼父亲去北京出差。父亲每次从北京回来，不光他的脑子里会装满党中央那些瞬息万变的精神，他那个土黄色的、特大号的、写着"要斗私批修"的旅行袋里，更会盛满令人垂涎的首都的猪肉。我记得，在我活到现在的三十五年里，父亲唯一一次对我拳脚相加，就是那个时候。

有一天傍晚，父亲把党中央的声音和猪肉一齐从北京带回，他一边兴高采烈地指示母亲做一顿解馋的葱包肉（父亲舍不得要求母亲做红烧肉或者清炒肉。多年以后在黄宏宋丹丹演的小品《超生游击队》里，他们说他们的孩子因为只吃萝卜大葱而变得葱心绿时，别人大笑，我却哭了），一边命令我去学校把姐姐找回来。有肉的日子就是过节，而过节的晚餐需要团圆。姐姐是她就读的那所中学的女子篮球队队员，而这支球队是沈阳市的中学生冠军队。她们的训练情况可想而知，不到天黑没人能回家。我骑车来到姐姐学校，扒着墙头看了一会儿，没敢惊动那个严厉的教练。那时候我相当腼腆。回家之后我如实相告，父亲对我的胆怯非常生气。老师不给假是另一回事，他说，可不敢请假，就是你的毛病了。这时我低声回了一句，我说，姐姐不回来，咱们每人不就能多吃点肉嘛。也许这只是我情急之中为自己的胆怯找到的另一个理由，但这的确是一个可耻的理由。听完我的话父亲愣了，接着他脸上现出了绝望的神情。我知道在他下放改造时，在他挨整倒霉时，他也从没有过这样的神情。他是一个反对"棍棒底下出孝子"的父亲，但他是一个崇尚"舍身饲虎"的知识分子。他在极度伤心处，对我操练起来的也只能是苍白的拳脚。那时我比现在的乔小乔大一倍多点，我脑子里的知识可能还不如她多；但那时我心中的屈辱、自卑、私欲和邪恶，却肯定十倍于她甚至百倍于她。我至今能懂得一些正直、善良、怜悯与爱，我得感谢父亲的拳脚。

当然北京使我这个外省人所得到的，除了猪肉，还有很多很多。一九七九年至一九八三年我在北京读书，它所提供给我的人文熏陶将使我受益终生。一九八三年以后我重又成了一个外省人，虽然我依然向往和热爱首都北京，但更加懂得的，却是如何热爱和尊重我的外省故乡和外省身份。我知道，我的深沉的热爱和尊重，也是四年的北京生活赋予我的。

还有一件事，与猪肉和北京和外省也有关系。

那是一个卖小白菜的季节，猪肉似乎已不再凭票供应。我在商店买猪肉时，与一个北京口音的售货员发生了口角。具体起因我已忘了，我只记住了他对我的羞辱。他说我"穷鬼"、"穷就别买"一类的话。开始我还压着火气，我说你北京人怎么还这个态度。他说我北京人是在你们这个鬼地方变的，好人在你们这里也好不了。大概是关于北京人的话题触到了他的痛处，他居然对我动起手来。没准他曾有过一段辛酸的漂泊历史，但即使那样，我也不能允许他在用语言羞辱我后又用拳脚羞辱我。我向他发起了强硬的反击。我们在小白菜堆旁厮打之时，有限的打架经验使我及时地记起了武器的重要，于是，我操起小白菜堆旁的木头钱匣子抡了起来，把那个恶语伤人的北京人打得抱头鼠窜。

第二天早晨，一个身穿戎装的年轻警察敲开了我家房门，他对我父母说我昨天在商店抢钱匣子，要把我带走。

那样一个日子阴冷而阴森，坐在派出所内一间无窗无凳的空屋子里，我头一次思考起了我未来的命运。我渴望解释或者申辩，我需要证据及其公允，我甚至宁可让那个年轻的警察打我一顿。但整整一天，没人理我，那个年轻警察只偶尔看看我或看看将我囚禁的铁锁。后来就到了晚上。警察拎着皮包准备下班，并且几乎已经走出了派出所的大门，可忽然之间，他又想到了我。他把我从黑黢黢的空房子里放了出来，对我说，以后你要是再敢抢钱，我饶不了你。

在那之前，我已经在心里边不知谋划多少遍了。一旦把我放出去，我不仅要杀了那个北京口音的售货员，还要杀这个年轻警察，然后我将以偷钱和抢钱度过一生。可是现在，一听说要放我回家，我差点没扑通一声跪在地上。而且我说，甚至是发自内心地说：谢谢……

　　事情没完。一年多以后，我又一次走进了那个派出所。我已经很久足不出户了。我有过抢钱的前科，我必须把自己深埋在孤独和窒息中，可现在我又不得不自己走进派出所。果然冤家路窄，那个年轻的警察仍像一年多以前那样冷漠地坐在那里。他认出了我。他的目光和声音都让我畏惧。你干什么？他问。起户口，我答。是下乡吗？他又问。不，是去北京。我又答。年轻的警察也一定神往北京，我看到他的眼里有了点光泽。去北京干什么？他接着问我。去读大学。我接着答。你……他惊讶地站了起来，把我的录取通知书捧在手里，看得很慢很慢。

　　户口手续办好以后，我没说谢谢，我的目光里甚至充满轻蔑和嘲弄。我以一种高傲的姿态转身离去。就在这时，那个年轻警察的声音在我身后缓缓响起，我只听一句，泪水就抑制不住地淌了下来。你没抢钱，他说，抓你之前我就调查清楚了，你只是一般打架，没抢钱。他的声音非常平静。我关你一天，只想教训教训你……

　　后来，我就离开了外省，再后来，我又回到了外省。

比如柳沄

早年我也忝为"诗人"时，只有一个人当面断言我在写诗上难有出息，就是柳沄。那时我们也算朋友，但没后来交往密切；后来，现在，当那种惺惺相惜的朋友已寥若晨星时，我知道，柳沄是我真正的精神知己。

柳沄诚实，这从他在我诗心如火时浇我冷水可见一斑。后来他还批评过我圆滑，不管那意见我是否同意，却足见他的真率性情。一般来讲，他不谎言蒙人或者欺世，如果说真话会让他人或组织感到不快，他宁可缄默，也不用假话去抚摸他人或者组织。当然，不会曲意逢迎的柳沄并非就是冷硬之人，在某些问题上，他常常又厚道得没了原则。比如玩牌，分出输赢是游戏的规矩，可一旦结算起来他有了斩获，却总要做了错事一样不好意思起来，说算了算了甭掏钱了，让一场奥林匹克般紧张激烈的竞技活动变得暧昧索然；再比如，大伙议论某个他也讨厌的恶人丑行时，正是人人骂得兴高采烈呢，他却偏要不合时宜地为其解释开脱，理由是对那种人不能要求太高，弄得义正词严的大伙很是扫兴。在沈阳的文学人里，柳沄的稿费收入最少，可多年里，他坚持除了诗歌不染指别的，且写诗也越来越惜墨如金。有一次，我读到他在个会议上的发言稿，认为那是上品的散文，就建议他每月都给报纸写点随笔，起码可以贴补烟钱。可他说，我只喜欢写诗。显然，他的执著几近于冬烘。

诚实、厚道、执著，这是柳沄身上最突出的品质。照理说，诚实立世，厚道待人，执著诗艺（或别的艺），这也应当是所有知荣知耻识尊识卑的人起码的做人准则，不值得格外的鼓吹标榜。可就我的目力所及，如今在人们的意识里，许多常识性的东西已变得面目不清，一些自明的价值判断也显得模糊含混，于是，光荣一文不值，可耻畅行无阻，尊严伶仃孤立，卑鄙甚嚣尘上。当然了，对此我并没觉得多么骇人听闻。我很理解，见利忘义是人的根性，当光荣与尊严成为获取实际利益的障碍时，选择可耻和卑鄙，也不能不算明智的取向。我所反对的，其实更是硬拿不是当理说的流氓作风：把恶行涂上善举的釉彩，为私欲树起公道的旗号。也正是基于此，对于光荣与尊严，我只做道义上的赞美，对于可耻和卑鄙，我也只采取理论上的批判。另外，我也没资格摆出一副世人皆浊我独清的道德嘴脸，去褒贬那些与我挣扎在同一个大酱缸里的工农商党政军们。我想说的只是，如果一个人在活命的时候，能不与时下社会的主旋律声应气求，而是知荣知耻，识尊识卑，把诚实厚道执著这样的品质当成做人的底线，也许不一定就活得很坏，没准还能活得挺好呢。比如柳沄。

我说柳沄活得挺好，可能别人不那么认为，他既无高官厚禄，又无香车美女，既不著作等身，也不声名显赫，他符合哪条好的标准呢？对不起，这是我做文章，我下判断，我说他活得好依据的自然是我的标准。我以为，一个人，在衣食住行那些基本问题得到解决后，在不伤害他人的前提下，大体能享受到他的欲求带给他的快乐，就能达至散淡与洒脱，而活得散淡洒脱，不光好，甚至都可以称之为大好了。可能有人又要说了，流浪汉与世无争，那是散淡吗？政治家翻云覆雨，那是洒脱吗？我说不是，因为他们逸出了我的标准框限：他们或衣食住行没解决好，或必然要直接与间接地伤害他人。而柳沄，他的欲求纯粹且简单，能自由自在地读书写诗他就知足，能心地坦然地交友玩乐他就满意。想想吧，一个自由自在并心地坦然的人，他怎么会活得不好呢？

我不知道，我的标准框限宽还是窄，我只想说，据有散淡与洒脱的表象相当容易，获得散淡与洒脱的内质则格外艰难，那种因攀不上"庙堂之高"才退居"江湖之远"的散淡与洒脱，成色上总是欠火候的。但我觉得柳沄身上的散淡与洒脱相对完整，理由即是，他的欲求纯粹且简单，而欲求纯粹简单的标志，又在于他能够舍弃。

柳沄不是体制外的散仙游神，因此举例说明时，我以为在什么山头唱什么歌才更客观，否则容易凌空蹈虚。柳沄已在辽宁作家协会供职二十年了，是个当小兵时就有了党票的"老革命"，除了迟到早退没犯过错误。可奇怪的是，他至今仍然只是大头编辑，这依一般人的思维逻辑，没法不做出胡乱的猜测。谁都知道，在作协这样一个人少位置多的厅级官衙里，一条蚂蚱蹦跶二十年都该熬到副处级了，可历二十春秋仍无级别，那不成了食堂的做饭大嫂或看门的打更大爷吗？可柳沄的确不是个做饭大嫂或打更大爷那样的白丁。我不知道是否有过这样的事，高风亮节的柳沄把领导分配给他的副处以上待遇让给了别人，我估计没有；但我知道，为了孩子上学或老婆调工作曾给人塞过钱送过礼的柳沄，从没为他也弄一顶副处的冠冕向领导提过半次申请。我想提请读者注意的是，如今要官买官已是足球场上踢假球吹黑哨那样正常的事情；我还想提请读者注意的是，副处及副处以上的意义，绝不仅仅是一顶冠冕的虚荣，它所连带着的，是各种匪夷所思的物质好处。柳沄可以不看重风光的虚荣，但他不会不看重实在的好处。所以，在我看来，柳沄对副处的舍弃——至少对为副处而努力的舍弃，就有了一些决绝的意味。这里边的另一个前提是，因为不会外语，柳沄没有职称，而他又不肯去考场抄袭，或找人代考，或请领导把他作为一个有特殊成就的诗人特殊处理。谁都清楚，没职称损失的也不止是虚荣，同样是一大堆实际利益。

　　我如此这般地描述柳沄，大概有读者已经想到了活着的雷锋。是的，如果我的文章就此结束，连我自己都会把柳沄误当成搞演讲的电视英模。其实，柳沄不擅演戏做秀，他一向是个真实的人，他的真实在于，那种取舍间的内心撕裂与收放处的思想冲突，常常会让他备受煎熬，以至于他竟一度对出家人充满了艳羡。而我之所以敢声言柳沄的散淡与洒脱大体足斤足两，盖源于他的弃绝来之于痛苦的撕裂与剧烈的冲突之后。也就是说，柳沄并没有吃不着葡萄说葡萄酸。他由衷地相信葡萄好吃，毫不掩饰他对葡萄的鲜美味道与丰富营养的渴望期待；他的与众不同之处在于，对得到葡萄的方式他要有所选择：如果得到葡萄的方式为他所不齿，那么，他就会强硬地视葡萄若无物。这么多年里，对于一些在许多人看来特别小儿科的话题，比如人格、品质、境界、精神，我和柳沄有过多次深入的讨论，那种时候，我能看到柳沄的软弱。他说他常常会想，不妨突破诚实厚道执著的底线，去与某些利益好处调情飞眼、勾肩搭臂，以求他这个身兼儿子、丈夫、父亲三职的男人，能让亲人们更满意些。当然了，最后他总会战胜想象中的"不妨"，他担心在现实生活中他若真"不妨"了，就会不可收拾地一落千丈。为了不坠落千丈，他不允许自己下滑一尺；或者，当他意识到自己正在滑落时，他能当机立断地攀回原来的高度。我以为，回到原来的高度比根本不下滑更为困难。

　　作为一篇印象记录，我把文章做长了，同时也做得太不轻松。事实上，柳沄是个很好玩的人，在他身上，所言所行皆出于天性，待人处世均来之自然，他那些羞涩的滑稽、迂腐的严谨、笨拙僵化的礼数与荒唐可笑的念头，一一列数出来能笑破人肚皮，遗憾的是我必须就此打住了。但我希望以一则发生在他身上的趣事结束此文。顺便说一句，有一次我拿这则趣事开柳沄的心，柳沄忽然认真地说，我呀，根本就不适合去想占便宜那样的事。显然，柳沄是个心怀罪感的人。我喜欢心有罪感的人，知罪悔罪，不应该仅仅是宗教徒的专利。

好了，为文章收尾：某日，书店里一套让柳沄心仪已久的书打折出售，柳沄去向妻子小曲申请购书款。给柳沄钱时，文静娴雅的曲工程师叮嘱了一句，再讲讲价呀。柳沄谨记曲工教导，一进书店就问店员，这套书几折。店员答七折。柳沄拿出一副讨价老手的架势道，七五折吧，行吗？店员先是一愣，随即点头连称行行。于是乎，二人收付两讫，柳沄洋洋得意地凯旋回家。

小说马原

今年第一期《山花》杂志，发我篇小说，题目就叫《小说》。可能有点哗众取宠。那不是我本意，它的确是关于小说的小说。在《小说》里，马原为我一个细节充当了道具，写到他时，我是这么说的："那是马原进藏后第一次回沈阳探亲，至少在我们年轻人眼里，是个手握多篇未刊稿的小说大师。"这是实情。我不知道马原是不是大师，但我至今认为，他比许多大师潜质都好。我小说家言的不实之处在于，马原进藏前后我们并不认识，我们后来才成朋友。后来，一九八九年春夏之交，我这个幼稚的理想主义者被现实主义的铁壁撞得头破血流，机缘让我们一见如故。那时他累累若丧家之犬，离藏返沈后找不到工作；那时他就懂得嬉戏灾厄，在"解构"一词时髦之前已长于解构。他早我一百年就认识到，这世上除了荒诞与滑稽没有别的。

想想已经二十年了。二十年里，交过的朋友不计其数，但与马原建立友谊，无疑是我此生的重要收获。年近五十时这样总结，不能算草率。尽管我知道，如今这时代，友谊是爱情的难兄难弟，在人类生活中，它们都面临被摘牌的命运。

我和马原认识那会儿，他基本放弃了小说写作。他是大孩子，老顽童，对生活中的一切都充满好奇，对他感兴趣的任何事都有尝试热情。如果他是运动员，他肯定会在两届运动会上参与不同的竞技项目，而为蝉联同一块奖牌感到索然。他与生俱来地禀有奥林匹克的业余精神。好多年里，我对他这种性格的天然强度认识不够，总是激烈地批评他不务正业，不负责任，希望他发扬光大他已然为汉语小说做出的贡献。近些年我不了。近些年，有人对他发訾议时，我急赤白脸地为他辩护。不只为捍卫友谊，更为提倡尊重艺术规律与尊重生活选择。马原是懂小说的人，很明白写小说与他是什么关系，如果写作还让他快乐，他又确定还写得好，再忙也会间或染指。他是为数不多的并非因失去小说感觉才搁笔的人。他不愿意盖完摩天大厦后，再以修砌鸡架来维系自己建筑师的声名。我没帮他开脱的意思。我也清楚，让他半途而废的罪魁不独是天性，不独是那些一直与他纠缠不清的影视产品，事情的症结更在艺术观甚至人生观上。他的写作理想出了问题。好多年来，他越来越看重畅销书给写作者带来的海洛因式刺激，阿加莎·克里斯蒂成了他笑谈中的榜样。玩笑是有所遮掩的心迹表白。以他的资质，这令人惋惜。但也没必要，看客永远是摸象的盲人。每个成熟的个体，都知道自己该怎样活。一具平庸的身躯，为挂块处长的招牌就可以自唾其面，可一颗骚动的灵魂，宁可丢掉国王的冠冕也不肯枯守金銮。为王国鞠躬尽痒值得颂扬，凭心情放浪江湖也没什么不对。兰波丢下诗歌去贩卖军火，杜尚丢下绘画去打谱下棋，鲁尔福丢下小说去研究印第安问题，我们都没权利指责反对，我们需要的只是感谢：感谢他的《元音字母》，感谢他的《下楼的裸女》，感谢他的《佩德罗·巴拉莫》。

马原是个有魅力的人。我不是说长相。长相可能也有，我没就此采访过女人。但可以想见，他魁梧的身材、真率的目光、浓密的胡须、羞涩的笑容，加上横溢的小说才华，容易让女人春心荡漾。作为男人，我所欣赏的他的魅力，是他直逼事物本质的辨析能力，与破釜沉舟的冒险精神。在我们相识前的七八年里，我经常能耳闻他的故事，甚至在他没发过小说，我更没读过他小说时，我就了解他独标一格的艺术观念、与众不同的文学态度。他公然嘲弄对小说主题的庸俗化理解，敢于颠覆逻辑淡化情节模糊人物；他也渴望成名，却能节制发表的欲望，宁可作品窝在手里，也不违心修改自己认为完善的东西，当伤痕文学问题小说等社会学宠儿广受追捧时，他不为所动，只把欧美的经典作家视为竞争对手……那些年里，他在沈阳时我在北京，他去西藏后我回了沈阳，但我们间，总有共同的朋友通报信息，至少他我间的共同的朋友，与我聊天时常谈到他。我也愿意打听他轶闻。从少年时代起，我景仰的就是文学的逆子而非顺民。

我和马原成朋友后，有三四年时间，隔三差五就啸聚一番。那时玩乐是我们的工作。我们的自行车使用频率极高，陪伴我们纵横沈阳时，总吱吱嘎嘎地开心大笑。我们的啸聚，当然是一群人，一般五个，起码四个，以很少的赌资，玩四掐一或者三掐一扑克，人若再多，就还有下围棋的、论足球的、沏茶倒水侍候局的。我们相聚，一般有两个固定项目，玩完牌下完棋，还要蜂拥至某家寒酸的小馆，喝漫长的酒聊漫长的天，以艺术爱情政治经济佐餐助兴。我们是最早践行AA制的沈阳人。那时我们囊中羞涩，热衷于"开会"，不论工农商学兵的会，只要在宾馆开，又能与我们中的某人搭上点边，我们就都去，堂而皇之地使用会议的房间扑克还有美食。我们反对精简文山会海，支持公款吃喝。那真是一段快乐的时光！风声雨声读书声，声声热闹；穷人闲人无聊人，人人快活。有时一大天折腾下来，仍没耗尽我们的精力，我们中家里单位都没负担的，像我和马原这种，就会将玩乐进行到后半夜直至第二天。大部分人被陆续拖垮，剩下的人数，常常只够隔枰对弈。我和马原棋都不行，如果光剩我俩，就只聊天，把横平竖直的实木棋盘当成茶几。但光我俩在一起时，称之为啸聚也不过分。我俩都是高声大嗓的东北汉子，不懂深沉含蓄，喊起来若狮子吼，笑起来如鸥鹇鸣，谈恋爱都不会燕语莺声。我俩在一起时，十句话有七句涉及小说，其他朋友在时，十句话也能说小说三句。这些朋友里，大部分只是普通的小说读者，却是有质量的小说读者。

　　闲居沈阳时，马原除了充当朋友们玩乐的组织者召集人，还干了件中国作家协会下辖某个局级部门该干的活。他和一个搞摄像的朋友合作出资，在其他朋友间或的义务帮助下，拍了部名为《中国文学梦》的电视片。他们足迹遍及中国大陆，对包括巴金冰心在内的百多位作家进行了访谈。那是一项浩大的工程。它的意义不仅仅是积攒史料。它至今是马原手里的个人财富。不是马原囤积居奇，是文学部门与电视部门不认可它的财富资格。它吸引不来广告客户，兑换不成白花花的银子。

后来马原去了海南。召集人走了，组织瓦解，一干朋友星流云散，升官发财过自己的日子。马原偶尔回来省亲，众人也能再度聚首，但大多匆匆出场便急急告退，好像领导接见群众。人数最多的一次聚会，是九六年秋天，再之后，马原回来，相聚的就我们三五个了，玩扑克刚好能凑够一局。这符合一般的人际交往规律。人生一世，认识的人肯定越来越多，但朋友只能越来越少。一九九六年秋天的一个凌晨，我们为马原接风的酒局洗尘的牌局都结束了，其他人散去，我俩继续聊天。他说，这一两年，走到哪都能听到人议论我小说，他感到高兴，他希望我写得更好。他挺动感情地说，他最惦记我和冯力的写作。冯力是他前妻，笔名皮皮。马原每次动了感情，总要迅速将其删除，好像动感情是件丢人的事。他更愿意以玩世不恭装扮自己。他蹦下床点烟，以笨拙的点烟动作删除感情。他抽耍烟儿。他说你势头这么好，作协应该给你开研讨会。我说你又天真了，我不是官也没钱，作协怎么能操我的心。他说我提建议，天亮我就打他们电话。我说你别胡闹，你以为你多有面子？再说了，谁都知道咱俩哥们，你提建议，他们会认为是我求他们，我可不想丢那个人；还有就是，我不认为研讨会跟创作有什么关系。他点点头说也是这么回事，但灵机一动又叫起来。那不用他们，咱自己开，他认真地说，写作有时当局者迷，也许大家乱说一通，能对你有用。他一认真就百折不挠。他当即蹿进另一间屋，把已经睡下的两个朋友喊了起来，问他们这事是否可行。就这么着，第二天上午，他一觉醒来便开始联络，细致落实"刁斗小说研讨会"事宜。他尊重了我的意见：不找官方代表，不找媒体，着重强调这是民间行为。几天后的周末下午，十多个惯于糊弄公家会议的老油条，遵纪守法地出现在一个不伦不类的民间会场。那是一个朋友的酒店包房，而晚上的餐费，则由另一个朋友七折买单，他有资格回单位报销。那天的研讨会没挂横幅，没发红包纪念品，没人迟到早退，没人织毛线说闲话打瞌睡，连厕所都少有人去，与会者个个踊跃发言，好像他们是纳税人选举的国会议员，在为纳税人争取权益。四个小时转瞬即逝，服务员敲门问是否上菜时，马原才恋恋不舍地说，那就到这吧，最后刁斗再说两句。我就说，操，别人研讨会全说优点，该上菜了还没缺点；可到了我这儿，也该上菜了，却一句优点还没提呢。大家齐笑，喝酒吃菜。

这事说来只是乐子，即使不是乐子，它与我有关，我也不该过多置喙。但我愿意做一点提示。九十年代中期那段时间，辽宁小说不太景气：马原下海经商，洪峰写得少了，孙惠芬处于蓄势待发状态，皮皮正琢磨畅销书市场，仿佛只剩我一个人，在一些重要文学期刊上攻城略地。马原张罗给我开会，既是为朋友唇舌鼓噪，也是为辽宁小说摇旗呐喊。所以，十多年后回首此事，我希望人们别孤立地看它。它与马原搭钱搭工夫地拍《中国文学梦》没关系吗？

它与马原为程永新编先锋小说专辑煽风点火没关系吗？后一件事是这样的：八十年代后半期，连续两年，《收获》编辑程永新在杂志上两度集团式推举先锋作家群，铸就了中国文学史上小说革命的又一块里程碑，而在整个策划组稿编辑过程中，马原始终以他的艺术智慧和性格力量为其推波助澜。

我的叙述似乎有了破绽：前边我恨不得把马原定义为洞悉必然的庄老传人，可此时的例子，又将他塑造成了倾情偶然的孔门儒生。即使是这样，也不矛盾。奉儒未必迂腐，好道不唯厌世。马原之可爱，就在于他的使命感不正剧化，他眼里挂着的丝丝坏笑，永远是戏谑的、怀疑的、嘲讽的、怜惜的，他以半是拒斥半是容忍的态度看待生活并投身其间，最庄严隆重时，也以游戏精神为原动力。他崇尚混沌。他是神秘论者。他最著名的小说观是局部逻辑大势不逻辑。

一九九八年春夏之际，小说家朱文在一些同辈作家中搞问卷调查，后来，此事被命名为"断裂事件"。当时问卷也寄了我，但怎么答的我基本忘了，仍能记得的，是有两个问题涉及文学影响，我毫不犹豫地答以"马原"。答卷时我已然想到，许多同行，都相信自己是行空的天马，不认为他人会影响自己，或者，心里认定有影响者，嘴上也不肯说与他人。当然了，文学的影响，也的确难以量化细数，真正的影响，更是整个文学传统的综合作用。而我愿意确凿地点出马原，是我认为，我能解释清楚外部影响对我发生的是怎样的作用。以口对心也是我原则。

马原是个游戏精神的身体力行者，我不是，我把游戏精神刻印在心里。我对马原心怀感激的是，于不经意间，他以他个人主义的真诚与文学意识的深邃，帮我完成了一次划时代的刻印。如果二十年前马原没出现在我生活里，我不知道我的小说会走向何方，我只知道，我现在走的，正是马原用笔开辟的异端之路，而非他后来以嘴鼓吹的俗常之途。我为之庆幸。我还想大言不惭地，替我们这个摸索了三十年依然鹿马不分是非失据的文学现实庆幸一下，也许正因为有了马原这个打响小说起义第一枪然后迅即退出起义队伍的争议英雄，我们才更容易确定文学坐标，才更方便建立艺术精神——不论我们将他作为正面还是反面的参照。

最后补充一句，马原之于我的影响，不仅是小说观念上的，也是生活态度上的。

二马在二〇〇八

引　子

　　"二马"不是一个人的名字，是两个人的姓。几年前，我写过一首打油小诗，首次对这同姓的两人并置合称："一斗踏花去，二马两芬芳，高龄三女孩，愚蠢四人帮。"诗中"三女孩"中的"二马"，即是本文主人公马秋芬马晓丽；另一"女孩"孙惠芬，此番按下不表。

　　二马皆娇小轻盈，属外柔内刚型女子，但性格迥然，柔出的便是不同的风格，刚出的也是不同的特色，发生在她们身上的故事，一如活跃在她们身上的青春一样，枝繁叶茂且长盛不衰，若说她们年年精彩岁岁妖娆，不能算过分。那我为何要单说她们的二〇〇八呢？倒没什么特殊理由，若硬找，或许是想对她们的社会化形象做出迎合吧。人是社会动物。近几年，东山再起的马秋芬以好几个频繁转载又频繁得奖的中短篇小说，跻身底层写作的代表作家之列，而马晓丽的长篇《楚河汉界》，不仅入围过某届茅盾奖的终评圈子，还作为军事文学"第四个高峰"的代表性作品被持续提及。底层和茅奖都是宏大叙事，在外人眼里，她们定然是"宏大"的楷模。宏大是文学的主旋律。而我的写作，向来远离宏大，只涉渺小，若笔及二马能帮我触摸到宏大的衣袂，岂不也让我间接地与主旋律勾搭了肩背？此为私心。

简断捷说吧，二〇〇八是中国的多事之秋，或悲或喜的宏大圣乐交响了一年，而二马，分别就与两件顶级的宏大扯上了关系：在沈阳，马秋芬传递了二十二秒奥运火炬；在四川，马晓丽参与了五十多天抗震救灾。她们命里有宏大基因。

马秋芬

马秋芬自幼爱好体育——也不仅仅是爱好问题，她有体育的天赋与热情，若不是初中没毕业就下乡务农，在好几个项目上，她都有资格向专业运动员看齐。举个她热情方面的例子吧。十岁出头时，她连续一学期利用午休的两小时时间，骑自行车往返于学校和游泳馆，而光在漫长的往返途中，就要花去七十分钟，她的午饭只能在课堂上吃。这种劲头，可不是光靠业余兴趣就唤得醒的，她的专业品质与生俱来。开始我以为，她当奥运火炬手与此有关。后来知道，有些力主将体育场改为夜总会的人，有些运动细胞只多于零的人，也有资格代言奥运。我就再想，她获此殊荣，可能因为她的职业成就。小说家比不上领导及工农商学兵的社会贡献大，但位居末流也得算正经行当。马秋芬于上世纪七十年代末开始写作，八十年代有过井喷，那时她作品即泼辣鲜活，土腔土调土故事，烟火气息浓稠得如苞米糊糊。如果为底层写作追根溯源，在新时期文学里，她应该有一席鼻祖地位。但那时流行别的写作。后来她又搁笔十年。前几年，她重操绣笔，再踏熟径，不期然，竟一脚踩进了潮流之中，如同新人旗开得胜。我对近年时尚化的底层写作颇多质疑，但对马秋芬三十年痴心不改的民间情怀与市井兴趣深为认同，她当火炬手，定然是与我有同感的上级领导，在奖赏她专一的精神投注与执著的艺术追求。那些天，她连续多日奔跑在太阳底下，与各路名流一道，反反复复地用假火炬演练传递流程，晒黑了也累瘦了，像她笔下的下岗女工。我心疼她。但知道最终真火炬将归个人所有时，我又替她骄傲和荣耀。有一天我渺小地问她：要是拍卖，你那根火炬值多少钱？她甩出一个宏大的手势，果断地扼杀了我的奸商念头：不卖！

那些天，马秋芬掌握了许多用在人身上的新颖词汇，收集、投放、打包、回收，每回见面，她都妙趣横生地用那样的词汇给我讲演练趣事，如何练笑，怎样练跑，交接造型有什么要求。每当她讲到演练组织者的辛苦劳累不容易时，我就想，如果这传递活动由她组织，一应事宜肯定能条理不少轻松许多。我不是在乱拍马屁。马秋芬虽然貌似柔弱，但是个天生的行动者，是比赛型选手，我说她有运动员天赋，即包括了她有种压力越大反弹越强的特质，她善于从乱麻中迅速抻出线头。二十五年前，我在一家县城招待所的走廊上第一次见她，会面数秒钟，顶多握一下手说半句话，但惊鸿一瞥间，我即认定她是做大事之人。或许对二十出头的毛头小伙子来说，当时我只该对她少妇的美艳印象深刻，可事实是，她快步上前的动作，她精干明敏的目光，她亲和爽朗中含有凌厉的笑容，让我感到的，更是她强健的精神力量。那时她在做一件小事，组织一个文学笔会。后来的二十五年中，她的经历验证了我的判断，她做出的许多大事，让许多做大事的男人都由衷叹服。当然，她没张罗过奥运会那等大事。但在我看来，暌违文学十年之后，她能在文学舞台上再度登场重塑金身，这就相当于开一场她个人的奥运会了。

七月十七号圣火过沈阳前，我曾暗自决定，到时去马秋芬传火炬的那个地段，给她鼓掌助威喊加油，也算送她一个惊喜。可那天，原定的市内传递路线被取消了，数百名火炬手坐上大巴去了郊外，在没什么人烟的滨河路上自娱自乐。滨河路距市内较远，我不方便去，更主要的是，去了我也通不过森严的警戒。我喜欢体育，但不是劳模先进共产党员，我没资格当滨河路上精挑细选的文明观众。我没看到马秋芬传递火炬的飒爽英姿。

马晓丽

马晓丽第一次在震区待一个月，回大连家里休整几日，第二次又去二十多天。她两赴前线都由沈阳出发，出发前，我都陪她在宾馆聊天。第二次我们的聊天一如往常，我听她讲前线轶事，像听她介绍咖喱牛肉的简易做法。但第一次，我的心中不无悲壮，毕竟那仅仅是震后一周，四川的余震仍像醉汉在醒酒期间打的饱嗝。马晓丽一身戎装，表情平静，对我的担心回以微笑。可我笑不出来，又不能哭也没道理哭，我就很想唱一曲《十送红军》，盼望她"革命成功（介支个）早回乡。"

十几岁就穿上军装当军人的马晓丽不像军人：她喝自己研磨的咖啡，躺前摇后摆的安乐椅，与首长打交道也敢直来直去，在房间布置不实用的小摆设。她喜欢烹制各种非大众化菜肴，下厨房时，兜里揣一只小巧的定时器，以定时器为指挥官，严格按指挥官的闹铃命令往锅里加调料或安排火候。有一回，我在她家连续吃了好几顿饭，她居然根据不同的饭菜，使用不同的碗筷盘盏供我如餐，让我觉得，她家橱柜一如部队的大院深不可测。不穿军装时，她有妩媚之气，穿上军装，那妩媚竟能被衬托成狐媚，如果说她像军人，也是王晓棠在《英雄虎胆》里扮演的阿兰那种军人。可就是这样一个马晓丽，地震一来，却主动请缨，一猛子扎进了汶川青川北川的漩涡里。我想说，主动请缨中流击水的人成千上万，但在功成名就的知识分子里，能像马晓丽那样，请缨动机只与灾难有关，只与一个小说家的人道精神与艺术敏感有关的人，恐不多见。她不是为"体验生活"和采访写作去的灾区，去灾区，本身就是她的生活。至于后来，她写了大量报告文学，好像工作任务成了她去的理由，那是现象掩盖了本质。

　　并非领命赴任的马晓丽活跃于震区，在某些依旨而行的人看来近于胡闹，想不好把她定位为浪漫的白领小资志愿者是否合适。她不是领导，不是记者，不是医生，不是演艺明星，她是个四不像人物，可又有点什么都像。有个领导，对她关心女护士的吃喝拉撒不以为然，认为她在意小战士的心理健康是小题大做，于是，当所有官兵都越来越喜欢马晓丽时，都亲近地叫她马大姐或马老师时，那领导只生硬地叫她老马。马晓丽向来有好人缘，军地两边都朋友众多，可张嘴闭嘴喊她"老马"的，还头一回遇到。她对那领导直言相告，说不习惯"老马"，她让那领导叫她名字。那领导用声调和表情还以揶揄，说你年龄大呀，我喊老马是尊重你。马晓丽说，人起名字就是用来叫的，称呼名字是最大的尊重。那领导还想辩解，马晓丽倏然绷起了脸：那我建议，你叫我马老师，她高声说，我告诉你，你这么叫我不辱没你，也许倒是我有你这学生……马晓丽的公主脾气，在地震灾区有了节制。

　　事情没完。有一天，一个大领导来灾区视察，他读过马晓丽的书，更知道马晓丽的公公正是自己当年的领导。当着诸多中小领导，大领导对老领导的儿媳非常热情，赞赏有加。大领导的文明风范有感染力，那个不再把马晓丽称为"老马"，也不再给她任何称呼的中小领导，立刻从大领导那里学到了礼貌。他对马晓丽以"姐"称之，舍去了别人嘴里的"马"和"大"；他安排马晓丽住单人帐篷，不允许她再和一群与她女儿同龄的护士挤在一起；有两次，又有大领导来和官兵合影，他竟把马晓丽请到第一排为数有限的椅子上落座，而以前，这种场合他根本想不到让"姐"出席……

尾　声

二〇〇八转瞬而逝，地震过去了，奥运过去了，具体的宏大与具体的渺小都在以各自的方式如沙尘般消弭。于是，在外人眼里宏大的二马，又回复为我所了解的且与我异曲同工的渺小状态。她们坐在一起，像两个刚建立小家庭的女大学生，交流着渺小的家长里短，讨论着渺小的衣食住行，计划着渺小的小说写作——计划中的小说都很渺小，并不宏大，至于发表以后，外部世界给贴什么标签，那与她们就无关了。但暂时地，她们的渺小还需收敛。宏大已成了她们的宿命，至少在二〇〇八结束之前，宏大又分别找到了她们。有一天，正重新装修家里房子的马秋芬，伸出一双装修工程队长的手，接过了沈阳市首届金玫瑰特殊贡献奖的五万元奖金；又有一天，正娴熟地用刀叉盘子吃家庭便饭的马晓丽，忽然得到领导指令，要练习她生疏已久的正步走，因为几天后，她将与其他一些因抗震救灾受表彰的战友一道，庄严地接受三等功的荣立证书。

渺小的刁斗在二〇〇八，因为二马这对朋友，也宏大地关心起了原本距他非常遥远的某些事情。

孙惠芬的语调

差不多连续七八年了，我和孙惠芬每年都要见一两面。通常的情形是，我们之所以参加某次不太好玩的会议或旅行，其理由仅仅是它能为我们的见面提供方便，否则，不利用那次会议或旅行的公款川资，半年或一年了，我们也得见一见面——她或我自费在沈阳大连间往返一趟。每次见面，我和孙惠芬总要避开干扰，轻轻松松地做一次或多次数小时长聊，中心话题是小说，间或枝蔓开去也说别的。我俩都知道这样的行为挺落伍的，彼此惺惺相惜就够小儿科了，还谈小说，与时下文学场子里的主旋律全不合拍。可没办法，我俩都不是时尚之人，自甘迂腐别人也管不着，套个孙惠芬的小说题目讲，这叫"见面与聊天的宗教"。信仰自由呀。

对了，孙惠芬那个与"见面与聊天的宗教"相对应的小说题目，叫《街与道的宗教》，此时，正是它引发了我写这篇短文的欲望；另外，我不知道别人如何对《街与道的宗教》进行文体划分，我更喜欢称它为小说，我喜欢把富有想象力的散文体叙事文都称作小说。

和孙惠芬聊天，聊过那么多回，她肯定说过许多让我醍醐灌顶的高见宏论，可恕我颟顸，现在能记起的语录已经不多，倒是孙惠芬说话时的声气语调，让时而亢奋时而颓唐的我，在更多的时间里能平静下来，松弛下来，舒缓下来。孙惠芬就是这样的人，说一句话或说一百句话，数年前说或数年后说，下笔如有神助时或大脑一片空白时，外界好评如潮了或"内界"妒意横生了，她说话总是柔风细雨，慢条斯理，娓娓道来，款款述及，用她的平静、松弛、舒缓，来平静松弛舒缓听者的心，比如我。

当然，孙惠芬不是心理医生是小说家，她没义务替他人比如我平静松弛舒缓内心，除了嗓音声带出气发声方式那些生理理由，她的语调，更能影响到的可能只是她自己的内心。她的内心会指引她的思考，她的思考要调度她的运笔，她的运笔能生成她的小说。

以我对孙惠芬的感觉，《街与道的宗教》不大像她，我是说名字。"街与道"还像，"宗教"就不大像了。《小窗絮语》是典型的她，《春天的叙述》也比较是她，但也要从"润物细无声"的角度去看。而"宗教"，说实在的，她选定了这个题目告诉我时，由于当时我只知道她的新作要说什么但不知怎么说，我真担心她忽然放大了音量成为"思想者"。我不是说思想者不好，我只是觉得，慷慨激越和悲痛哀婉，箴言警句和谈玄说理，都不应该属于小说。当然孙惠芬想改行就是另一回事了。可读过《街与道的宗教》，我想说，这是孙惠芬作品里最打动我的篇什。

　　在这部温婉灵动的精神自传里，涉及了一些耸动视听的宏大主题：故乡、土地、家族、生死。说句心里话，与孙惠芬比，与许多人比，我一向是个不谙故乡疏远土地漠视家族轻薄生死的人，并且，在近年的文学阅读里，这样的主题也越来越让我生出了警惕性与防范心，我感觉它们的呈现方式已经败坏了它们的质朴品格——好像它们不再是人的故乡土地家族生死而是神的。孙惠芬却捣毁了神坛，她以一种理解、宽厚、平等、会心的叙述笔调，让那些宏大的主题从虚无缥缈中回到了东山岗，回到了老宅里和院子中，回到了粪场和小夹地，使它们自自然然地汇流成那个无名河套子的潺潺水波，轻巧并且透亮地，稚拙甚至羞赧地，浸润了那个憧憬南王庄的孩子，洗濯了那个劳作南甸子的少女，灌溉了那个情萌制镜厂的姑娘。这是一个节制却不乏张力的文本，其间所逸散出来的那份宗教情绪，敬畏、诚笃、希冀、感念，确乎也只能建立在一种信仰的基础之上。只是这信仰不针对任何高高在上的组织教派或者神祇，它针对人。我感动于孙惠芬这个写作者与她的写作对象之间所建立起来的和谐关系：对我们最为熟悉的平凡事物的惊讶好奇，对我们最为切肤的日常生活的洞彻省察。就此，那些受到败坏的故乡、土地、家族、生死，终于开始了脚踏实地的起死回生之旅，在一篇充满真实发现与独特创造的小说里，它们操着孙惠芬聊天时那种平静松弛舒缓的语调，重新与我们心心相印和息息相通了。

　　其实我知道，孙惠芬文字上的平静松弛舒缓，完全可能与她说话时的平静松弛舒缓无有关联，但我相信，她文字上的如此特色，却与她的内心生活一定渊源颇深。我以为，一个小说家的内心生活方式，关乎着他对世界的态度、对社会的判断、对人的感情，而这种态度判断感情，必然要制约他的写作。也许，孙惠芬说话语调与文字笔调的异曲同工只是巧合，但有一点在我看来却不是巧合而是必然，那就是，孙惠芬首先为她这个小说写作者找到了一个"人"的语调，她创造的"物"，她的小说包括她小说中的他们和它们，才能真正发出属于自己的声音。

读铁扬的画

从画到画

有一次，一个行家对我提及两个都有作品发表的美院教师，说他们一个是教美术的一个是画画的，弄得我一头雾水不明就里：难道这与说我和西川一个写小说一个写诗是一个意思吗？可我分明听得出行家的话里是分褒贬的，只是我没想明白他褒谁贬谁。不过以后，对于美术与绘画这种专业话题，我再议论就小心多了。说起来，现在距我上一次跑到美术馆买票看画，二十多年已过去了，并且，当时看的是波提切利的油画还是潘天寿的国画我也忘了，只记得看完后，我逮着谁就跟谁介绍：波提切利的色彩吧……潘天寿的用墨吧……那时我正在大学里追慕时尚，喜欢以"高雅"的方式接近女生。近些年，我能看到的名家名画倒是越来越多（主要从相关的书籍杂志上），可有兴趣与人交流的那种，似乎都不大能上得了台面，比如方力钧那些一个秃脑袋男人咧着大嘴笑或者哭的画，我挺喜欢，却不知道喜欢这种东西有没有档次，还不知道，名家名画里，肯不肯收罗方力钧和他的作品。

我的意思是，我没资格写读画的文章，对于绘事我一无所知。可我为什么又要写这篇小文呢？

某天早上，我边吃饭边浏览一本杂志，文学类杂志，忽然就被每隔几页便出现一幅的画（不是与文字有关的插图）给吸引住了，进而又产生了一些想法，居然就放下手头正写的小说，在电脑上打出了此文的题目。我看到的画，一共有十多幅，题目叫《炕-擦背》、《炕-铺被》或《玉米地和女人》、《女人的河》等，应该分别是几组系列作品中的一个部分。按说我这个不懂画的人被造型艺术吸引的情况也时有发生，比如以前看达利或杜尚的东西，比如最近看一个波兰裔美国时尚女画家塔马拉·莱姆皮茨卡的东西，都觉得好玩觉得过瘾，看时心里痒酥酥的，看完后多少日子了还乐于闭上眼睛再回味一番。但我从没想过写点什么。我知道许多文学同行都多才多艺，比如诗人阿波利奈尔写的画评充满真知灼见，比如小说家纪德去非洲旅行还要雇一群工人抬着他的钢琴供他每日弹奏，可我，连横平竖直的字都写不规矩，连旋律单纯的流行歌曲都唱不成调，我有什么权利越位发言呢？但这天早上，看过几幅画后，我忽然发现这些画的作者名叫铁扬，而这铁扬，是小说家铁凝的父亲，并且在这本杂志的最后两面，还分别有铁氏父女与画相关的短小文章。

可这就与我写眼下这篇越位文章有关系吗？我真说不好。想来想去，除了那画本身让我有些联想有话要说外，也许更多的，是经由画家的女儿是小说家这一背景，我想到了小说，又经由小说与画的并置，我想到了艺术作品所创造的人。在世间的诸多物事中，我格外关注的唯有小说，而我关注小说，是觉得它最能帮我抵达人——说白一些，作为男人，我更愿意也更希望抵达女人。好吧，姑且把这作为理由：恰好是欣赏一个与作家（铁凝）有着血缘关系的画家（铁扬）所画的女人时，我从中看到了让我浮想联翩的东西，于是，就有了我这篇读画的文章。

顺便说一句，刚动笔时，我和一个教美术的或画画的朋友通电话时，说到了我打算写一篇叫《看铁扬的画》的文章，朋友说他不知道有铁扬这个画家，并告诉我目前国内（在市场价格上，在名气声望上，在创新突破上）最被看好的画家是——他一口气点了十几个名字；然后他又说"看画"太外行，应该叫"读画"。这显然是朋友对我提的两点建议，一个含蓄一个直截。我接受了后一项直截的建议："读"。

从画到小说

铁扬的这十几幅画，三分之二是油画，三分之一是水粉画（我个人更喜欢"炕"与"玉米地"这两个油画系列，发表观感也就只针对它们），杂志上，没标明它们原来的尺寸。我不懂多大的画算大画，多大的画为小画，但从这些画的内容上看、气势上看，我估摸，原大的它们总该比我的电脑桌大，甚至大于我那张大号的写字台和加宽了的单人床（我这么比附实在俗陋，但容易理解。我认为大部分读者都和我差不太多，尚未背熟许多关于艺术的专业术语）。但出现在杂志上的它们，最大的也没逸出一巴掌去，加之那画的风格属于粗野放纵一路，不求精细而只重意趣，可供人欣赏的也就只能是个大概其了。更有甚者，由于杂志纸页只是普通双胶纸，只能印出黑白两色，没有了画布那种粗粝质感的效果不说，连印在铜版纸上的明澈清晰也做不到。想必对行家来说，这么展览油画几近于糟蹋。

但坦白地说，如果它们真是挂在墙上的画布或制到铜版纸上的照片，有足够的余地供人使用主题、构图、设色、运笔等词汇进行学术讨论，我这种门外汉也就不敢多嘴了；我现在敢对它们胡说八道，大约正因为它们的展出方式使它们已经不是严格意义上的一幅幅画，而是一些似是而非的、无从把握的"现成品"了——我从一本挤满文字的文学杂志上打量单色的、缩略了的它们，其赏心快意的程度也许不逊于杜尚打量他那个倒置的小便器。

作为一个凡事只愿从感觉出发的人，我喜欢艺术作品带给我的冲击是似是而非的和无从把握的，不确定才能激荡起我精神的波澜。不论在音乐中，在绘画中，还是在小说中，如果我领悟到的东西是明确的和肯定的，我就会觉得乏味平淡，会觉得缺少感官的刺激与智力的挑战。从这个意义上说，在参与人类的精神生活时，首先音乐，其次画，其优势都更明显一些，因为旋律曲调与线条色块，都天然地具有模糊的特点和混沌的质地，制造起似是而非和无从把握的效果来手到擒来。而小说，它的文字的和故事的沟通特点，则太容易被导向明确和肯定了：《阿Q正传》是批判国民性的，《卡拉马佐夫兄弟》是讨论宗教信仰的……可是，《第三交响乐》就一定是一部搏击命运的抗争史吗？《格尔尼卡》就一定是一份讨伐战争的控诉书吗？它们更允许听者和观者做多重解释。它们的弹性远大于小说。看来，说小说要具备乐感与画味，似乎不应该只拘泥在语言及描写上就事论事。

似是而非不是无是无非，而是说在是非之间别有妙境；无从把握也并非阵中无物，而是指那物浑如神龙腾挪，让人在触摸它时轻易不知从何下手。这样的状态是艺术的题中应有之义。艺术既独立于我们置身的世界之外，又是我们所置身的这个世界的真实镜像，它之所以诱人迷人，即在于它与人类复杂曲折的思想方式和情感方式所构成的呼应，是隐秘而又恰切的，是玄奥但却会心的。也就是说，那种游移于是非之间的事，那种方不方圆不圆长不长扁不扁的物，反倒比那些或是或非、或方或圆或长或扁的东西更为可靠。我以为，在小说领地上，像卡夫卡，像博尔赫斯，像卡尔维诺，他们的作品就具有一种这样的品质。由于它们的所指单纯到近于透明，天真到近于幼稚，而其能指又在巨大张力的作用下触及一切，它们那种善意的、巧妙的、诚实的发现和表达，才会更有助于人们透过虚无看到虚有，刈除蒙昧生长智慧，穿越肉身提取精魂。

在捷克作家伊凡·克里玛的小说《爱情与垃圾》里，关于卡夫卡，有一处简略的议论耐人寻味。当年执政的共产党试图将卡夫卡的作品"从公共图书馆和人们的思想中清除出去"，一个美国女记者便顺势从意识形态的角度向叙述人提问，政府为什么要清除卡夫卡的作品，是因为他的作品在政治上具有煽动性呢，还是由于他是犹太人？对此小说叙述人是这样回答的："在我们这个世纪，恐怕只能找到为数不多的像他那样对政治和社会活动不感兴趣的作者。在他的作品中，也没有什么东西表现出他的犹太出身。为什么在我国压制卡夫卡的作品，那是别有原因。我不知道该如何简单地表达出来，但我要说，最有碍于卡夫卡这个人物的，是他的真实性。"这的确是个"不知道该如何简单地表达出来"的问题，但它却从另一面向我们道出了那"别有原因"的原因。虽然卡夫卡的小说远离政治，也没刻意彰显他的犹太身份（在早年的欧美，一个人的犹太背景，多少有点类似于一个毛泽东时代的中国人有着地富反坏右的背景），但由于它的似是而非性和无从把握性是如此丰富如此强大，竟会让统治者感到，它没准是最政治化和最犹太化的。

这又让我想到《追忆似水年华》中关于大钢琴家为什么比普通钢琴家高明的话题。一般人认为，前者在奏鸣曲的演奏上优于后者，可普鲁斯特说，大钢琴家不是在演奏奏鸣曲，而是在奏鸣曲前消失，让奏鸣曲自己说话。一件艺术作品，最高的境界应该是言之有物而又超然物外。有什么物，这在不同的作品里有不同的呈示，没法一一尽数；但在哪些物之外，则可以觅到一些带普遍性的规律：

超越一切偏见，将"我"从我中剔除，把真正的天性和可能的真实作为创作的起点。在这一点上，小说也许不如音乐和绘画来得纯粹——当然了，这样类比未免牵强。

可尽管牵强，多年以来，为了表达我对那个似是而非和无从把握的境界的热爱与向往，我还是给许多人提过建议：如果愿意以一种创造性的精神劳动作为职业，同时又恰好禀有天赋，其选择顺序应该是：音乐、美术、文学。

从画到女人

对文字，我的兴趣远胜于图像。虽然身处"读图时代"，可这些年里，如果大致掐算一下，我估计我欣赏画家作品的时间要数十倍地少于我读画家传记的时间。这有点本末倒置。可对我来说这算不得毛病，我只是个双重的看客。也正因为这样，至今我也搞不明白野兽派与印象派的定义都是什么，也看不出来，戈雅和安格尔除了分属于两个国家，他们笔下的女人又有何区别。

关于铁扬的作品，也是这样，我其实说不出个所以然来，我既看不出他的技巧功力，也不知道他的师承流派，打动我的，似乎只是我自己的感觉。那些玉米地里的女人，模糊得如同一片庄稼，那些火炕上的女人，粗犷得好似一堆泥土，看不清眉眼，找不到表情，与我交流的只是她们的轮廓。但不知为什么，在我眼里，她们又分明栩栩如生活灵活现，新鲜得如同灌浆的玉米，温暖得好似烧热的火炕。她们丰壮、苗实、泼辣、恣肆，满腔的世俗情，一身的烟火气，就像与我朝夕相处的一个个亲人。我似乎知道她们什么时候使小性子什么时候任劳任怨，也清楚她们为什么欢乐为什么忧伤，我仿佛看到过她们那裸露着的黝黑四肢和藏匿着的白皙腰腹，也听到过她们做爱时的声声浪叫和生育时的阵阵哭嚎……

我不是女人，也不是其他男人，我猜不到其他男人尤其是女人是否也像我一样欣赏铁扬笔下的女人。不知为什么，我隐隐地感到他们不会。这里不涉及审美趣味的取向和风格爱好的差异等问题，也不含有"教美术"与"画画"那样的褒贬色彩。我产生预感的理由仅仅在于，如今是一个减肥的时代、骨感的社会，而丰壮与苗实、泼辣和恣肆，在我们的生活中想必没有市场。

当然我对现实生活与艺术创作之关系也了解一些，我没认为《西游记》洛阳纸贵的时代就是一个人人都能七十二变的时代，而《水浒传》妇孺皆知的社会就是一个处处都在占山为王的社会。但我相信，当"学得好不如嫁得好"或者"找份好工作不如找个好老公"这样的"女权宣言"举国风行时，肌肉肯定要受到轻蔑，力气必然要遭到奚落，质朴的本色和无羁的天性，将成为一个人——尤其是女人——腹部的脂肪与臀部的赘肉。我估计，铁扬笔下的女人若尚无婆家，想"嫁得好"，要"找个好老公"，肯定都得经过一番增白去皱美体瘦身才行，乳房小的得填块硅胶，肚腩大的得钻眼吸脂。

我约略知道，美术作品里凡涉及人物，涉及那种抽象到名字只等同于符号的模特类人物而非现实中具体的名彰姓显的人物时，多半为女性。据说这里边有一些透视解剖等专业要求上的理由，我不懂也不想评价。我只想说，在我有限的读画经验里，能吸引我的女性都是"女人"，即使是少女，也是因为我看到了她们的成长，看到了她们那真纯烂漫的成长中漫溢着的魅力四射的女人的未来时，才会被感染；而那些矫揉造作的所谓"女孩儿"，那种早已二十出头三十大几的自诩的"女孩子"，即使她们比"人造美女"还美，都够格入选环球小姐或世界小姐的总决赛了，也根本不能让我动情——我这样讲话，绝不是因为我已老朽，已告别了二三十岁的"男孩子"（天哪！二三十岁的——男？孩？子？）岁月。

　　我把女人和"女孩儿"区别开来，与年龄无关，与处女膜无关，与高矮胖瘦苗条丰腴无关，与西方把十八岁的已婚女子称作妇人而把八十岁的未婚女子称作小姐也无关，有关的，只是我看得见的情态与举止，我看不见的意识和精神。我以为，女人是一些充满了生命气息和散发着生活气味的人，她们由血肉创造又能创造血肉；而"女孩儿"，则是花是画，是瓷器是珠宝，是供人交换买卖或收藏把玩的物，她们出之于虚弱的时尚归之于僵死的概念。尽管我知道，在许多时候，人和物是画等号的，但在我这，至少此时，我愿意将这两者分别安放在悬殊甚巨的两个品级里。

　　我不希望如此看问题是我这男人视角的偏见与斜视，我更倾向于认为，将某类女性固定为"女孩儿"而抽除其"女人"基因的，恰恰是男人。不可否认，我们置身的是一个男权世界，即使近一个世纪的女权努力如火如荼，其成绩却实在有限，这是生理因素和文化因素合谋共生的结果，像我这种热爱女人的男人，对此也只能徒叹奈何。

女人"女孩儿"化其实是人的玩偶化。为什么男人喜欢"女孩儿"，为什么"女孩儿"又甘为玩偶？这恐怕不仅仅是美学问题。我们这个时代和社会，表面看去壮怀激烈，朝气蓬勃，除了玩麻将的老人和考大学的孩子，其他人都在万众一心地瓜分权力囤积金钱，遍尝珍馐频换妻妾，好像"昏睡百年"后又可以生猛百年。可如果做个简单化验，便不难发现，睾丸激素分泌量稀弱，肾上腺功能水平低下，这才是我们最真实的身体状况。想想吧，如此这般的一个主宰世界的男人集团，以贪欲为追求，视荒淫为成功，一见到金钱就垂涎三尺，　面对权力就卑躬屈膝，他哪配冲进高粱地里赢取"我奶奶"的尊重和热爱呀，他最明智的选择只能是与肥皂剧里的"粉红女郎"打情骂俏。于是，他的肋骨自然与女人无缘，衍生"女孩儿"成了它唯一的功用。

可悲的是，这个已经退化和衰朽了的男权世界仍在并将继续扩大着文化玩偶车间的再生产，似乎谁都拿它没有办法。我不能不预见，有一天，当我们这些男人忽然醒悟，想到要结识女人、了解女人、享受女人、爱女人时，可我们却找不到那庄稼一样鲜活泥土一样生动的女人了，而只得借助铁扬的画做我们充饥的饼；若那样，我们又怎能不在另一种意义上成为奥斯卡·王尔德笔下的道连·格雷呢？

撕碎了是拼接

——与林建法有关

　　《一个人与一本刊物》！写林建法，这是我想到的第一个标题，自认与他也最合尺寸。人当然是林建法，至于刊物，既可以是某一阶段的《布老虎中篇小说》，也可以是某一阶段的《西部·华语文学》，还可以是某一阶段的别的什么，但地球人里，说汉语的，对一九九〇年代以来的中国文学多少有点学术兴趣的，都知道我要说哪本刊物。是《当代作家评论》。《当代作家评论》是当代中国文学天幕上一颗璀璨的星斗，林建法是为这颗星斗输送能量的人，二者的名字已密不可分。可在我眼里，作为标题，《一个人与一本刊物》不论准确还是平庸，又不能专属林建法一人；在当代中国文学的语境里，至少记叙宗仁发和何锐时，它也最合适。也许它还适合其他三两个人。我视野狭窄，资讯有限，只敢说宗仁发与《作家》、何锐与《山花》，加上林建法与《当代作家评论》，更是《一个人与一本刊物》的经典注释。我很愿意把这三位职业编辑视为文学英雄，把他们办的刊物视为文学圣地，把他们与他们刊物的关系视为文学神话。尽管地球人里，说汉语的，对一九九○年代以来中国文学多少有些学术兴趣的人寥若晨星，少之又少，我还是相信，在这篇只与林建法有关的文章里，许多读者能会心地发现，它还与宗仁发有关，与何锐有关……

我喜欢文学的喻示功能。

十八年前，林建法编过本书，是关于当代作家的，正副标题都长，加起来达十九个字，还不算标点。其中的副标题，颇有后现代味：《撕碎，撕碎，撕碎了是拼接》。那时候，"后理论"尚未登陆中国，或者只登陆几个尖兵。我一直对"后理论"不太买账。十多年后，近几年，我通过社会观察书本阅读和写作实践，发现了"后理论"的迷人之处。我没想说我的观念变化与林建法一本书的标题有必然联系。还是副题。

文学世界是一只大鼎，由三只脚支撑：作家、批评家、编辑。有人嫌三只脚少，建议让读者也插足其间。我不同意。说没有读者就没文学，很像说没有爱情就没婚姻。匿名的读者不是责任主体，不是可操作的文学元素，拿它说事儿，只是利益为先的政客和商家在玩弄概念。接受美学的根须并不扎在庸俗社会学的土壤里。而另有些人，又嫌三只脚多，只承认文学的基座压在作家批评家那两只脚上，甚至只承认作家的金鸡独立。这是外行的偏见。如果内行也这么看，则是做人有欠诚恳。成名前把编辑当爷爷，成名后视编辑为孙子，这种人不配判断文学。这种人的潜在危险是，一旦戕害文学获利更大，他们下杀手时最少怜悯。

文学在林建法眼里是皇冠上的明珠，他还只是普通读者时就这么看。他是否想过和试过以作家的身份跻身文学我不知道，我知道的，是他年轻时写过文学批评文章，翻译过文学理论著作，我还知道，他从投身文学之初，给自己的定位就是编辑。是他发现了自己天然具备编辑才能吗，还是他有意让自己的才能朝编辑的方向汇总和发展？三十年来，他主编过的杂志和书已过百种，其中许多种，还只是他脑子里的计划雏形时，他就用嘴让我见识过它们。令我惊讶的是，他孵出的孩子，与他脑海里的设想没什么差距，似乎还更出色和完善，好像当初他说给我时，它们已是瓶中标本。千万别说杂志和书的制作要求都太简单，任何空间想象能力超过刁斗的人都能炮制。刁斗的确不慧，但这世上，好书好杂志实在太多，林氏产品要立足于花样翻新的它们之林，光靠作者阵容的豪华和装帧风格的新异是站不住脚的。林建法的优势在于选题和组稿。他的良好的文学感觉与文学眼光，使他常常能先于他人发现，什么是文学前线最需要的补给。

一九八六年夏天，林建法由福州来沈阳工作，成了我同事，那时候，他喜欢这么介绍自己：我姓林，双木林。如今二十多年过去了，自我介绍时他仍这么说。他一直读不好自己的姓，"林"被他读成了介于"凌"与"您"之间的一个什么音。还有些字他也只会发闽南话读音。但从外形看，从性格看，甚至从某些生活习惯看，他已完全东北化了。他瘦削高挑，行动敏捷，听别人说话时，一双眼睛总在近视镜后边探询地眨巴，像求知若渴的成年学生。他去上海读大学时，正是个二十八岁已为人父的成年男子。我们认识好多年后，听人说他当过军人，我武断地认为别人张冠李戴了他的履历。不在于他外在气质上没军人痕迹，主要是思想上、意识上、观念上，他都与条例的规范和命令的戒律相去太远。他的自由精神与激进姿态，使他更像一叶海上扁舟，风和日丽时忘情漂泊，风狂雨骤时劈波斩浪。他出身于渔民家庭。有一天，我把别人的传说当笑话讲，没想到，他竟证明那不是讹传：他有五年军龄，服役地点还是严酷的西藏。这让我大跌眼镜。他开玩笑吗？但我知道，他缺少玩笑细胞。这一点也许合乎军人标准：玩笑容易涣散军心，瓦解斗志。

　　我以为我已足够了解他了，并非如此。

　　一个人做好一件事的前提，从主观上说，有两个条件就够用了：悟性与勤勉。在我目力所及的范围，缺少玩笑细胞的林建法是永动机，所有的时间都在工作。大部分人，一生中被工作耗去的时间最多，可工作，即使某些富有刺激性的特殊工作，一流程化，描述起来也很乏味。编辑工作就是这样。策划选题联系作者编排校对印刷邮寄，有什么可说的？但说到林建法，不说工作更没说的。就说说校对吧。我在他手下当过八年编辑，每期校样，都要他我以及外聘的两位老先生各看一遍。按说这够了。林建法却不觉得够，四遍之外，他几乎是情不自禁地，视校样留在手里时间的长短，要再看一遍或者两遍。做过校对的人都知道，再好的文章这么个看法，都会产生生理性厌恶。可林建法产生的是生理性迷恋。那些枯燥的理论文字，常逗得他发笑，引得他螳螂一样跳离书案，手舞足蹈，好像在玩有趣的游戏。显然，他也玩笑，但他玩笑的神经只连通工作。在许多个饭桌上、歌厅里、保龄球馆中，我眼中的他，要么与作家批评家谈稿子论文事，要么向官员企业家普及文学常识并寻求权力和财富的支持。如果别人都忙于吃喝唱歌扔保龄球，他就发呆，我估计他发呆时脑子工作。当然了，他也吃喝，虽然食量不大；他也唱歌，虽然跑调；他也扔保龄球，虽然偶尔得了高分也不知窍门在哪。在我熟识的人里，他出差最勤，认识人最多，喝茶最讲究，电话费用最高，最爱吃鱼头，最不会讲黄段子，看第一时间出版的国产小说最多，参加会议最多（会上发言最短或最少发言），神经（可能）最强健，睡眠（可能）最少……

我这么描述他，不为表彰劳模，也没想做道德引申。一个人，能几十年如一日地孜孜矻矻于同一件事，还做得挺好，是大幸福。

我向往那样的文学环境：喜欢鲁迅的奔赴"莽原"，拥戴郭沫若的投身"创造"，倾慕徐志摩的仰望"新月"，钟情林语堂的吟咏"论语"……我主张文学的疆域里派系林立，各行其是，唇枪舌剑，众声喧哗。我反对团结。这不仅因为团结的文坛只能僵化艺术窒息思想，更因为，团结从来就不存在，文坛不存在其他坛也不曾存在，一味标榜它，只能诱发虚伪和欺骗，导致背后捅刀子脚下使绊子。有了流派刊物的分庭抗礼，有了公开公平的辩难竞争，才能换来由衷的聚合，心悦诚服的背叛，敢于光荣孤立的独树一帜。我总想，如果有一天，我重新有了做编辑的热情，我的第一份求职申请，就递林建法。我知道，身心条件允许的话，一百岁时他也要办刊，前提是那时允许办同人刊物。生理年龄不应该是切割文人事业线的刀剑斧钺。

《当代作家评论》没有同人之名，却有同人之实，这是它得以持续地坚持学术立场，恪守美学原则，倡扬创新精神，建立先锋品格的保证。它在趣味取向上，偏重于推介和评析富有探索和实验色彩的作家与作品，它信奉文学不是政治学社会学地方民俗学，而是包容一切的人学。这与我的个人意见甚为吻合。文坛时有风潮，学界常换时尚，跟风趋时不仅能规避风险，还意味着许多即时的好处。文坛与学界的口号已不光是"爱智慧"，甚至"爱智慧"的席位已面临拆除。林建法从来没说风潮和时尚一定有毛病，但他认为，盲从风潮和时尚是毛病，把文学看成T台表演更是毛病，即使那表演有助于农民工维权。他有个弟弟就是资深农民工。他不把"莽原""创造""新月""论语"熔为一炉，是对艺术的深广度与自由度的充分尊重。

有一天，华东师范大学中文系教室一隅，在读研究生吴俊对着稿纸独坐苦思，正写导师布置的文章。这时教室门被轻轻推开，回母校组稿的林建法偶然走过这里，直觉让他从角落里的帅哥脸上看到了聪慧。你在写文章吗？林建法坐到面露抵触的年轻人对面。能让我看看吗，或说说你的想法？很快，文学讨论消除了陌生，也弥合了十岁的年龄差距。仍然很快，倏忽二十年间，吴俊已成了批评家队伍里的一员骁将。

又有一天，《当代作家评论》的老主编陈言应林建法之邀，携妻子及其儿子儿媳，一道出现在一家高档酒店的大包房里。圆桌周围，已聚集了十五六人，皆是陈言的旧朋老友，也是林建法邀请来的。林建法面带羞涩地宣布开席，《祝你生日快乐》的歌声响了起来。这一天，是陈言七十岁生日。一生耿直率性的老人，根本没想到，在他离休十年，早已淡出人们的视野后，林建法会这么隆重地为他祝寿。

再有一天，作协机关重组下辖的处级机构，《当代作家评论》并入创作研究部，林建法头上有了个新衔：主任，兼主编。我直言劝他放弃主任：又不给你提级，多操那个心犯得上吗？他也直言道：我怕别人当主任后，乱指挥刊物。林主任上任后，减少了出差次数，改掉了在家看稿的习惯，并制定上班签到制、党员定期读报制，还经常去一些非文学会议上繁殖头上骤增的白发……某日他腰脱顽疾复发，由傅任用轮椅把他推到单位。快人快语的傅任女士是他秘书，兼妻子。

有一年，我当时供职的杂志社欲设新帅，作协领导征求我意见，问谁合适。那位置有许多人觊觎。我说，作协内部，有三四个人当那主编都能对付，包括我，但肯定能当好那主编的，舍林建法没有别人。领导说，林建法得编《当代作家评论》呀。我说，以他的精力能力加上热情，同时主编两本刊物没有问题，并且由一人把持两块阵地，让评论与创作互动，更会收到双赢的效果。我的建议当然白提。主编首先是级别标识，让一个人顶戴两朵处级的花翎，该渺茫多少人的好前程呀。

又有一年，省作代会上，领导为了以民主的名义合法化他们任命的理事，设立个代表表决程序。那天我特意坐第一排，举手反对那个程序，是两百代表中唯一破坏和谐的人。当即有领导找我谈话，说你还年轻什么的。我说我写小说，理事与小说无关，为个人我没兴趣争它；现在我出这个风头，是替林建法打抱不平，为什么六十多理事席位，不能分他一个？我说，林建法的许多交道要与圈外人打，名片上多行花哨字符，能方便工作。领导怎么解释的我忘记了。五年后，也可能十年后，林建法终于荣登了省作协理事的庞大名单。

再有一年，有些文学期刊负责人在北京开办刊难的诉苦会，拉上了我。那时我已到林建法手下开资领饷。滥竽充数我也得发言。可我觉得，单纯诉苦毫无意义。生孩子还难呢，要么你别怀孕，怀的话，就别抱怨，呼天抢地不利于胎教。我主张，既然怀了孕，心思就得花优生上，积极练孕妇操打催产针才是正经。我以林建法为例说我的主张。我说《当代作家评论》每年的官拨经费只够两期，另外四期全靠自筹，可林建法从没闲工夫怨天尤人，只是尽量把孕妇操练到奥运会水平，还不介意被催产针扎得伤痕累累。我的发言让许多人反感，他们私下议论纷纷：原来刁斗是个喜欢拍马屁的人呀。

　　为他人作嫁衣只是编辑的十分之一张面孔，在一个利他主义畸形膨胀的社会氛围里，它得到的是过度阐释。当然，只把编辑职业当饭碗时，有这十分之一张面孔也就够了。可一个人若把编辑职业当成事业，当成心理甚至生理需要，当成光荣与骄傲的所托所系，他的面孔就应该多种多样并变化多端，他就得有能力将如下这些人的特点综合为自己的基本素质：圣徒、赌徒、稚儿、狂人、苦行僧、淘金汉、投机商、冒险家、独裁暴君、预言大师、见异思迁的花花公子、肚子里边能撑船的宰相……

　　林建法的生命体异常复杂，有许多很矛盾的东西，在他身上却能统一，如果他是我的小说人物，不论我如何立体刻画，在我由生活真实抵达艺术真实的道路上，他制造的障碍我都很难逾越。他随和又固执，偏激又中庸，心细如丝又粗枝大叶，婉转狡黠又炮筒子脾气，他能让人一碗水看到底，却又神龙见首不见尾，他不在乎别人如何评价褒贬，却又特别注意倾听舆论的声音，他喜欢单枪匹马我行我素，是好是赖全自己扛，却又极善于与方方面面的各色人等沟通交际，建立有效的合作关系，他的快乐和忧郁、镇定和焦灼、忘我和无他，可以由同一副表情呈现出来……有时琢磨他，我恍惚觉得，他更像文学画廊里的虚有形象。

一个虚无主义者的正常死亡

一

我爸死于二〇〇〇年年初，过完七十岁生日不足半年。那几天的沈阳日日阴晦，时时落雪，搞得人人心烦意乱——只有南方来东北看雪的旅游者欢天喜地。久病的我爸熬不住了，把他一生中的最后一面白旗树了起来。他的心肺功能早已衰竭，这么低的气压，是老天爷送给他的旅行机票，安排他去天国旅行。这是一次有去无还的特殊旅行。他本该看我一眼再出发上路，可大雪对我百般阻挠，出租车比步行只快一点，他就等不及了。我从北陵书房赶到马路湾爸妈家时，急救中心的大夫已念完判词。我把我爸抱进怀里。他肌肤柔软，肉身温热，但魂灵却已开始飞翔。我笑着夸他一句：嗯，表现挺好，走得挺安详。他没表示什么，有点玩深沉的意思。

我爸一般不玩深沉，天生不会，后天又拒绝假装老辣。多数时候，他是透明的孩子：天真、活泼、热情，好像他身心一直健康，从没受过侮辱与损害——他喜欢陀思妥耶夫斯基某个书名的句式与意思：被侮辱与被损害的。在他生命的最后几年，他的确是孩子，还是个初降红尘童蒙未开的婴儿式孩子。他瘫在床上，百无聊赖，眨着一双亮晶晶的小眼睛探头探脑，间或发出些无意义的声音。身边的一切都让他陌生，所有的陌生都让他好奇。可惜他不是孩子。孩子由无知抵达有知，能标志繁荣，是好事；他由有知沦为无知，只表征衰败，是坏事。我爸是逐渐"坏"下去的。以表达为例，后几年里，在一些莫名其妙的声音之外，他仍能含含糊糊说出来的，只有"吃""操"这两个字眼。我估计，刚冒话的婴儿"吃"没问题，"操"却不行。这也能强调我爸的成人身份。孩子只有半条生命，活着就行；成人的生命才沛然完整，有创造渴望。据我观察，依我爸的智力状况，他已不识"吃""操"的本义，那两个字眼，只是他的感叹代码，用以表达他依稀尚存的原始情绪：快乐或愤怒。比如我去看他，他认出了我，也想对我表示欢迎，哪怕我妈刚喂完他饭，他也连连吐出"吃"音；比如他又尿床了，我抱他翻身换床单时，会假装生气地批评他几句，他肯定听不明白我说什么，但我的不够友好他辨得出，他就也不友好，用激烈的"操"音进行反击。他连自己姓氏那个更好念的"刁"音都发不好了，却能顽强地抽干洗劫他心智的滔滔浊浪，让那两个与生命本能关联最密切的字眼水落石出，这殊为有趣又耐人寻味。难道与汉字声母的排序有关？"吃""操"在前由"C"率领，"刁"音列后属"D"序列。这是玩笑，不可能的，可能的答案也许弗洛伊德知道。我没本领去人性的潜意识领域爬罗剔抉。通过我爸的"童"言无忌，我只想佐证，他都痴呆了还不深沉，没痴呆时的"轻浅"可想而知。如果记忆没欺骗我，我得承认，我平生听的第一个黄段子是我爸说的。他不是特意说给我的，是他喜气洋洋地说给一个朋友时，我听到的。当时我十几岁。当时他朋友欲笑又止，然后满脸深沉：这有孩子！我已记不得那段子的内容，当时也不可能明了那段子里的象征暗示与比喻引申，但我能记住它带给我的怪异感觉，能记在我爸朋友深沉表情的对比之下，我爸的一脸坏笑花团锦簇。

　　许多家长假模假式，戴着面具教育子女，好像孩子是群众只供瞒骗，而他们是领导，嘴巴里边全是舌头。我爸不，他从来都把我看成平等的伙伴，陪着我理解人性的弱点与生活的污秽，即使已成共识的"幸福""美好"，他也不把它们硬塞给我。我十四五时，有一次逃学在家抽烟，被恰好中午回家的他抓了现行，他一脸阴郁，满腹悲伤，沉痛地与我谈漫长的话。他只讲道理，没大喊大叫，通过讲今比古分析人的嗜好与习惯，让我判断什么该养成什么应避免。他反复自责，说他抽烟的恶习影响了我，信誓旦旦地决定戒烟，要以此为我树立榜样。可当天夜里，我把长长的检讨交给他后，他竟有点嬉皮笑脸。他先说，他像我这么大时也偷偷抽烟，又和我商量，如果他不戒烟，却反对我抽烟可不可以。那时我没烟瘾，抽烟是往脸上画叛逆符号。又有一次，我十六七时，一早晨家人还没起床，两个警察就来抓我，说我在商店抢钱，把我押往派出所的小黑屋子。

中午姐姐给我送饭，说我爸班都没上，一上午光在家唉声叹气，他这个一向好面子的人，没想到自己的儿子这么龌龊，竟去抢夺别人的东西。可当天晚上，我获释回家，发现我爸并不难过，只努力掩饰脸上的骄傲。原来，他已从警察那里问清楚了，我没抢钱只是打架，因为打架的地点恰好在商店，我顺手使用商店砍肉的片刀与卖白菜的钢叉时，不能不撞翻装钱的匣子。我爸的骄傲在于，为了维护自己的尊严，我勇于与一个欺负我的成年人宣战。在他看来，当一天囚徒只是小节，大节是为什么身陷囹圄。

我爸不扯道德主义那一套，不凡事上纲上线小题大做。他认为人性的弱点只可抑制无法剔除，对付它们的最好办法，唯有强化人的理性。但在他那里，理性又不是教条不是戒律，只是春雨淅淅沥沥。雨露滋润会带来生机，至于生禾苗还是生秤草，生鲜花还是生野蒿，那则属于另外的问题。他信奉开卷有益，把读书视为理性的温床。有一次，我和姐姐光顾读书，没做该我们分担的家务，恼火的妈妈撕破了书。我爸下班后，很严厉地批评了妈妈，说咱的孩子可以不喜欢家务，但不应该不喜欢书。当然他转脸又笑嘻嘻地对我和姐姐说：更应该的是，书读得好家务也做得好。我爸做家务不行，他笨拙、懒惰、油瓶子倒了都想不到扶。记得那天妈妈连夜糊好了破损的书页，但故意不讲理地说：他们读的都是"毒草"。我家当时的几箱子书，封面上，基本被我爸做了标注："大毒草供批判用"，是他希望如遇抄家，这些书可以曲线脱险。我爸也故意不讲理：对呀，是毒草呀，可咱的革命小将不读一读，怎么批判呢？

　　我爸五十几岁得脑血栓，十年之内两度复发，继而老年痴呆，数病加身，在生命最后的七八年里，吃喝拉撒全不能自理，思说读写的能力尽失。对他的死，我有充分的心理准备。他死时，我没哭，只是火化他时眼睛湿过。可一个月后，年三十傍晚，我一个人在大街上骑自行车，忽然想到他回不来了，竟难以遏制地恸哭起来。我爸是个好玩的人，他活着时，他死去后，什么时候想他我都会笑。那天我也先笑着想他，可笑竟把哭引了出来，并且哭得不可收拾。我把车骑得像个醉汉。好在除夕的大街上阒无人迹，厚厚的羽绒帽也能藏匿我的声音眼泪以及鼻涕。就是那时，我起意写他，并随即想到了一九九七年诺贝尔文学奖获得者，意大利人达里奥·福。福是个长于饰演小丑的演员兼作家，他有个剧本，讲什么故事我已忘了，题目我却始终记得：《一个无政府主义者的意外死亡》。

二

　　《一个虚无主义者的正常死亡》，这题目在我电脑里一躺十年，我想不好，为什么多次对它发呆，却无法为它缀上内容。

　　以"虚无主义"定性我爸，他若活着一定反对。字典为虚无主义瘦身以后，将其概括为"三个否定"："否定人类历史文化遗产、否定民族文化、甚至否定一切"。我爸心思活泛情感丰腴，对我的冠名，不会按字典教条去自排自查，他更知道，我也不会任字典束缚手脚。但草率笑纳我的定性，又有悖他明敏的天性：万一我拿他开涮他却认了真，万一我跟他学术他却玩了笑，都坏兴致。我们父子间"逗"智"逗"勇，不论我把他奉为启智的师长还是当成打趣的兄弟，他对即时的兴致都很珍视。兴致创造氛围，氛围构筑环境，环境对一个人如何成长和长成什么有重要影响。

最初我估计，我爸警惕我的定性，反对的可能会是"虚无"。现在想想有点遗憾，在我爸六十岁前思维和表述都正常时，我与他讨论过海量问题，却从来没有言及虚无。也许，这更与我有关，三十岁前我太"实有"，心里不大容得下其他。实有是个霸道的恋人，是垂在我眼前的一片树叶。三十岁后我渐渐明白，虚无的深广如同宇宙，不论你大如沈阳中国还是地球，都只是它怀抱的一点一滴。这时我再想与我爸交流，已不可能，这时的他，众瘾尽失唯剩烟瘾，他对我的需要，已不是对一个知心朋友的需要，而是对一个能避开我妈给他烟抽的烟草供应商的需要；然后，烟草供应商他也不需要了。但以我对他的了解，在他还有别的瘾时，即使反对我给他贴虚无标签，他也不会正面迎战。他多半会狡黠地眯起细小的眼睛，似攻似守亦进亦退地说：我只承认我是马克思主义者。这时他会正经，自称唯物主义者都怕生出歧义，担心光抬出费尔巴哈的"基本内核"，会怠慢黑格尔的"合理内核"。一正经起来，我爸的严谨是生理性的。他是个有五十年党龄的共产党员，一辈子的工作几度变化，始终不离解释和传播马恩列斯毛的思想与功绩。马克思主义是他的饭碗，更是护身符。当然，正经之后，他也会不太正经地与我讨论虚无，但那讨论，很可能会拐到莱蒙托夫的《当代英雄》或屠格涅夫的《父与子》那里——从文学里发掘什么都很便捷，而文学，除了中国古典诗文，他只熟悉苏联之前的俄国小说。我爸不正经时比正经可爱。但没办法，中国盛产不刊之论，每每面对人生观价值观这类敏感问题，他的正经就如同大机器上的齿轮螺丝，顶多以陶渊明苏东坡这类古人或文学人物为润滑剂，往锈滞的地方涂抹一下。中国知识分子，自我意志的腺体常常发育不良，到我爸那辈，这种组织几乎就没长，或也长了，但必须变形为一段盲肠蛰伏起来，不声不响时等于没有，一旦声响只引爆灾难。这样一想，我明白了，何以十年前我对我爸的定性已接近准确，可《一个虚无主义者的正常死亡》仍然难产：他拒绝虚无主义这顶帽子时，躲避的可能更是"主义"。

我爸爱说话也会说话，不论私下聊天还是公开演说，都机敏幽默有表现力，他自诩是得了点康德"谈话的美学"之真传的。他记性好，引经据典能信手拈来，他思维活跃，独出机杼能新人耳目，他洞察力强，揭示本质能一针见血，若总括他"谈话的美学"的最大特点，则是说人话、通人性、近人情，能巧妙地化玄奥为通俗变僵硬为柔软。这很重要，他的一生，既因工作需要也是兴趣所在，不断涉及的大部分话题，正是——至少在一定层面上——玄奥并且僵硬的东西：主义。

"政治"一词出现在中国，有一百多年。在汉语言的浩浩长河中，百年的历史太过短暂。短暂易导致生吞活剥，生吞活剥则消化不良，于是，中国人对政治的理解一直狭义，三喂两喂，就把它豢养成了个危险的东西。可政治又是活跃元素，特别喜欢突出和挂帅，还绑架主义，这样，主义就也危机四伏。在我眼里，能既跳开"两报一刊"社论的强蛮窠臼，又不让党棍学伐的断章取义轻易得手，还可以把主义暨政治这种叵测的东西说得深入浅出又收放自如，言之成理又引人入胜的，我爸是第一人。当年听李燕杰曲啸红遍中国的主义说教时，我很想劝他们拜我爸为师。我不认为我的判断太井底之蛙。我的家人，除我之外，在先锋队里也都是先锋人物，有机会出入各级主义场所见识各路主义高人，在对我爸言说能力的评价上，他们对我都能认同。另外，多年来，有好几个与我打过交道的人，当年也与我爸有过往来，提及我爸，他们都会赞叹一句：你爸讲话太精彩了，听他作报告是种享受。顺便说一句，唱赞歌的都是前辈，他们没理由讨我的好。再顺便说一句，我爸从来不是官员政客，只当过业务小干部，他的所谓"讲话"或"报告"，除了私下的海阔天空，再就相当于现在学术讨论会上的论文宣读。那时没学术，更不讨论，我爸的"口头论文"不论多长，"发表"后，唯一的报酬是口腔快感。

　　我爸擅说却不擅写，几乎没留下署他名字的像样文章，而他发表的所有文字，都只能将他定性为一个拾人牙慧的传声筒而非识见独到的解惑者。"文革"中后期的五六年里，他有过写作的高峰时段。先是从吃糠咽菜的农村抽回城里，在个市级革委会写作组吃香喝辣，模仿"梁效""罗思鼎"的文体风格与署名方式，在报纸上连续发表大块文章，除了毛泽东和无产阶级文化大革命，其余基本臭骂一通。然后调回出版社重操编辑旧业,组织多路人马撰写国内第一套多卷本的《马恩选集简介》,那些至少对我实现了马克思主义启蒙的简介文字,皆出于他和一些刚从农村回到城里的大学教员及社科研究人员之手,但"工农兵三结合写作组"是他们的集体署名。本来,《列宁选集简介》的写作班子也搭成了,可"文革"结束了。我爸和他的"工农兵"抛弃了列宁,让我至今对列宁主义不甚了了。"文革"结束,我爸的作文生涯也告结束。我动员他写下去,说你不写列宁写别的呀,他以列宁一篇文章的题目与我戏谑:不急不急,"宁肯少些,但要好些"。他没做到"少些",更没做到"好些","坏些"的文章也没再写过。

自童年起,我就渴望以精神的方式成名成家,在并无稿费之说的年代,甘愿匀出些逃学旷课打架斗殴的大好光阴,去吟诗作文舞文弄墨。我爸欣赏我学习的自觉,却像反对我逃学旷课打架斗殴一样,反对我吟诗作文舞文弄墨。他动员我拆装半导体或钻研微积分。我是个什么料他很清楚。我笨得往墙上钉颗钉子都钉不直,一百开外的加减法都得笔算,考大学时,苦学半年我数学只得二十几分,他已然满足于我的超水平发挥。但他太不愿意我吟诗作文舞文弄墨了——当然更不愿意我当工农兵。他不认为我的偏科是不治之症,他觉得,既然我十三四岁就能代替生病的老师给两个班的同龄人上语文课,若再花点心思,在数理化方面高人一头没准也行。他给我讲历朝历代的文字狱多么残酷,以屠刀和绞索形容美妙的白纸黑字。他希望他教我背诵的诗文成为我修养的底色,他希望他鼓励我阅读的小说成为我了解世界与人性的窗口，但他惧怕我成为为他人涂抹底色和凿壁开窗的人。一九七九年我考取大学时，已在报刊上发表过作品，也选中了"不创作，毋宁死"这句煽情的口号当座右铭，可在为我送行的隆重家宴上，他竟无视他的朋友们及妈妈姐姐对我当作家的祝福与勉励，硬生生地改变了话题。他郑重地说，在我三十岁前，能完成他的两个希望他就满意：一，入党；二，生孩子。三十年一晃就过去了，如今我也到了他对我提希望的年龄，他要求我做的两件事我至今没做，他反对我做的一件事我始终在做。另外，一向听我爸话的好孩子我姐，早在一九七七年，考大学时就背叛了我爸，没学医学学了哲学。

以前我认为，摆弄文字只涉志趣，只涉声名，现在我知道，它更指向思想的自由与精神的独立。自由独立的思想精神，远远大于各种主义。我爸定然清楚这点，正因为清楚，他把自由与独立视为僭越，而僭越的风险，在他那里大过一切。他要保护儿子，就要剪掉儿子僭越的翅膀。入党和生孩子都政治正确，他相信，只有走在随大溜与过日子这条康庄正道上，他那满脑袋奇思异想的儿子才有太平。以此推想，不难判断，一旦我给他扣上帽子，不论虚无还是实有，只要挂着主义的飘带，他就不会贸然领受。他同样清楚，作为一个志愿放弃自由与独立的人，对于主义，领受即亵渎。

三

　　骨子里，我爸是个热情度不低的主义爱好者与主义收藏家，之所以表面上疏远主义的百花，是害怕一枝独秀的马克思主义挑他的礼。信仰也有两面，丰饶及其逼仄。思想是理论的酵母，理论是主义的产床，我爸一生所做之事，皆与思想和理论相关："思想理论编辑室"，这个他工作时间最长的地方，其名仿佛为他所命。好多年里，他私下里与我讨论过的主义不计其数：个人主义、精英主义、理性主义、怀疑主义、实用主义、经验主义、机会主义、相对主义、直觉主义、悲观主义、享乐主义、犬儒主义，还由于喜爱赫尔岑，他一直对无政府主义感情微妙，尽管他清楚，民粹主义的赫尔岑与超现实主义的蒲鲁东巴枯宁克鲁泡特金们没多少相同……

　　从我爸二十多岁的照片上看，他身材匀称，白净清秀，严肃的表情刚硬深邃，炯炯的双目有穿透力。那双后来的小眼睛竟不见小，坏坏的笑容也隐而不现。谜底由我妈揭开。我妈说，每每照相，我爸总顾忌眼睛太小影响帅气，就不敢笑，光瞪眼，照片上的端庄只是谎言。我猜想，我爸后来那种识人的本事，大约就源于自我解剖：照片上下的他判若两人，哪个才是真实的他呢？我很小的时候，他就告诉我不要轻信，越是天花乱坠的东西越要警惕。那时"感动中国"的英模典型比现在多。那时没有"做秀"一词，他把做秀称为"整事儿"，那时候，我特别佩服我爸那双笑眯眯的小眼睛，它总能戳穿某个大人物或小人物所"整"的"事儿",让许多"正经"变形为滑稽。我不知道我爸十五六与十六七时眼睛啥样,我没见过他那时的照片。十五六与十六七时,正逢各种主义纷纷呈现于他的眼前,那时他看人或者看己,眼睛是否也炯炯呢?他炯炯的眼睛用于做秀,是被看的,需要看时他细眯双眼。

我爸是吉林省东丰县刁地主家养尊处优的四少爷,十五六时,在国高读书。上秋家里庄稼丰收,几车大豆要卖往沈阳,我爸请缨长途押运,需要负责的,是手下一干车夫保镖骡马以及归途时大豆换回的钱。东丰沈阳间路途不远,现在车程只两三小时,可那时候,两三天的车马劳顿与刮风下雨还在其次,正值战乱年头,遭遇兵痞欺凌或土匪打劫才更凶险。我爸家并非人丁不旺,他上边有三个哥哥以及姐夫,如果我爸不问家事,他爹不会有什么意见。他只是单薄的孩子文弱的书生。可我爸一请命,他爹就授了权,经此,我爸生理上的成人典礼得以完成。不久之后,我爸就到十六七了,经过一番小小蓄谋,冬季某个飘雪的深夜,他溜出设在县城的学校,并未返乡与家人辞别,就与其他三个同学混出国军关卡,去共军那里拜了码头。闯关冲卡有坐牢之虞,而跟上共产党,不仅意味着与家族决裂,更意味着抛头洒血。这次雪夜出走,是一次主动的信仰植入,它完成的,是我爸心理上的成人典礼。这两个典礼,我爸从未放一块品评,更没像我这样,夸张地以"典礼"隆重命名,他偶尔提及,只像叙说两个小小的传奇。但对这指向他精神两极的两场典礼,我却有兴趣过度阐释,以此架构他的心路逻辑。

少谈论主义多研究问题，是胡适的观点。我爸是否与我议论过胡适，我没印象，这至少说明，他对胡适没多少了解。但回头看，从我记事起，我爸倒一直认同胡适，起码有些不谋而合。我的记事，自六七岁始，我对我爸的早期记忆之一，是每逢周日，他都带我去辽宁大学，穿梭于满布校园的"文山会海"。人多，他怕牵着我走我被踩死，就大部分时间驮我上肩，俗称"骑颈颈"。他吃力地驮着我观摩各种主义的明争暗斗，我好奇地搬着他脑袋琢磨各色人等幻化的嘴脸。我琢磨得最多的，自然还是我爸的嘴脸。我爸关心社会事件胜过关心个人生活，对大字报与小传单，对批判声讨与揭发检举，对伤害肉体的武斗与侮辱人格的文斗，对上台的走运的与下野的倒霉的，都有浓厚的解析兴趣，可他的兴趣，从未转化为实践热情，他始终游离于任何群众派别之外。事后回顾那一时段，他自己都惊讶无比。一个公家人，还像模像样有头有脸，既没进监狱也没关牛棚，既没住医院也没脱离集体，却能不以通行的不可抗拒的方式表白革命和向革命表白，简直就是"文革"的奇迹！更神的是，他不知以怎样的招法，还阻止了我妈革命。我妈是老师，老师有学生，在年轻人聚集的地方不革命更难。可我妈只在某个组织里入伙几天，就陪着我爸当逍遥派了。他俩都未因之受罚。至于后来他俩也倒些小霉，那与革命或不革命没有关系，是其他原因。

历次运动，我爸都有办法不革命——也不反革命，他仿佛藏在隐身衣里，置身无隙可逃的舆论一律的罗网之中，也能取消身体，只让眼睛和心灵向外敞开。知识分子初受改造时，他这个专攻哲学暨马克思主义的大学毕业生，正忙于在东北局讲师团培训工农干部，他有资格不改造自己光"改造"工农；各单位分摊右派名额时，他这个辽宁省委宣传部的理论干部，所受指令是在岸上生产理论钓竿与理论钓饵，不必去阴谋阳谋的浑水里扑腾；毛泽东炮打司令部时，他恰好与他们单位的小司令部及众炮打者都没瓜葛，那时他被借调出去专门筹办歌颂毛泽东丰功伟绩的大型展览，虽然是个小小司令部里的小小头目，但那小小司令部耀眼的金字招牌，能让炮打者望而却步；所有知识分子都举家下乡时，他利用政策空隙和哀兵战略，英明地当然更是痛苦地，把姥姥妈妈姐姐和我留在了沈阳，只身一人去变相劳改，庆幸的是，负责改造他的那户农民，并不视他为管制对象，只把他当成一个需要溺爱的兄弟，任他继续地四体不勤五谷不分；再后来，每逢别人拢在大圈子里狗咬狗，他总有运气游走于圈外：同事间彼此指认对方为林彪孔老二的代理人时，他正伙同几个外单位的人与"梁效""罗思鼎"遥相呼应，同事间互相揭批对方为邓小平右倾翻案的社会基础时，他正猫在党校招待所注释马恩看内部电影，而他编的书，终于被发掘出自由化和精神污染的蛛丝马迹时，中宣部认可的国家级图书奖又落在他头上，他等于得了块免死金牌……之后他就成了病人。病人只有肉身没别的，真理或谎言，主义或信仰，一切都不再与他有关。他解放了。

可对他就这么一言以蔽之，好像又不公平。他长途贩运大豆或雪夜投奔革命，难道就为与一切无关？

我爸他爹，是随祖上逃荒来东北的穷苦农民，靠自己的勤劳节俭，一点一点发迹为富人。当他把押车重任交给我爸时，一定对他伶俐聪明的小儿子寄予厚望，有意把他锤炼成一个新科地主。而我爸这个心气不低的少年才俊，也一定早有发扬光大家族荣誉的强烈意愿，希望多介入日常生活，以便接好前辈的衣钵。可为什么，眨眼之间，我爸就对耕读传家没了兴趣，挺身爬上了主义的高地？这的确令人费解，我爸由问题的仆役摇身一变为主义的战士，似乎缺少逻辑依据，甚或都有投机之嫌，至少易授人以不定性之柄。我不这么看。接班地主是过日子，再有成就感也只关问题，远景过于明晰，过程注定平庸；而我爸是个有志青年，渴望与更广阔的生活建立联系，只要有机会，宁可饿体腹劳肌肤，也愿意投身莫测的未来，这没什么难理解的，况且主义，尤其那种能摧枯拉朽的主义，几乎比性欲还要刺激。这也解释得通，何以革命加恋爱的文学主题永远时髦。我认为，如果我爸走投无路，献身主义倒动机可疑，可作为家族的希望之星，取舍之间他有扬有弃，正能彰显他信仰的成色。而且我爸心智发达，他确立信仰，不能不经过深思熟虑。思是否深虑是否熟，不能仅凭思虑时间的长短划线，时间的长短是相对的，一日可以长过百年。后来的事实将不断证明，我爸对于主义的选择，并非源自一时冲动。土改时，不再饥寒交迫的我爸他爹被贫下中农乱棍打死，镇反中，也曾忧国忧民但参加了国民党的我爸他大哥被政府枪毙，对这样的失亲之痛，我爸这个前候补地主现中共党员，没激荡出半点人性波澜，这足以见出他信仰的坚定。必须说明，由于当时他被党派往大学读书，大学里的党领导比较迂腐，虽然教他阶级论，但人性论的余毒尚有残留，曾主动建议他回家看看。我爸谢过组织的人性，真诚地捍卫了党的阶级性，他表示，只有党是他的亲人，他爹他大哥只是敌人，除非工作需要，否则他不会再回东丰那个罪恶的老家。工作没需要他回过东丰，五十多年里，他也就真没再踏上过故乡的土地。东丰距沈阳不足两百公里。一日可以长过百年，一诺也可以重过千金。

　　我指责过我爸冷血动物。他没不高兴，他很正经地做了两点解释：第一，人人都有局限，局限无以弥补，既然超越不了历史，时过境迁后，以打完一巴掌再送个甜枣吃的方式自我原谅，是稀释罪责，是为下一次屈从局限预留台阶，而他，更愿意让往昔那个过激承诺成为难收的覆水，既为汲取教训，以避免以后再陷局限，也为自行剥夺还愿的机会，以求更长久地自我惩罚；第二，这一辈子，至少四十岁前，他对他爹和他大哥，真的只有仇恨没有怀念，他发自内心地与他们划清了界限，可他们从来不放过他，总为别人打他充当暗器，他对他们避之唯恐不及，哪还敢引他们之火焚烧自己。我爸这样表白时，时代的主旋已经易调，由阶级斗争变奏为发家致富，他也身体尚好，有办法把出公差与游山水合并起来。基于我对人性的了解，我认为他的解释尽管诚恳，狡辩的成分依然存在，但基于我对他这个人的了解，我相信他这回的正经里杂质较少。其一，既为对自己的选择负责，又为不失去内心的依凭，他对他青年时代即信仰并且追随的东西，必须持续地保持尊重，况且，这个东西的衍生品还给了他许多实际的好处——补充一句，对我爸来说，马克

思主义是庞大的体系，不只是动听的口号或权宜的策略；其二，直
到他彻底被疾病击垮，他始终相信，文化大革命的病毒会再度肆虐，
他非常害怕他爹他大哥还纠缠他，尤其怕我和姐姐受他们株连——
再补充一句，我爸知道世上没有两片相同的树叶，他没说下一次
"文革"也有打倒刘邓陶和粉碎"四人帮"，他的观点是，两片树叶
差异再大，也都是树叶而不是别的。

　　翻过我爸的生命档案，回头再看他初入尘嚣时的两场典礼，我
从中能嗅到些宿命的味道。当年我了解到瞿秋白《多余的话》谈
论过知识分子与社会革命的关系以后，说过我爸像瞿秋白，可他反
驳道：我像叛徒？他抗议的内容不伦不类。那时的意识形态，已不
骂瞿秋白是党内第二次路线斗争的代表人物，我爸故意抽空附着在
瞿秋白身上的丰富含义，只依据过时的党史定他的性，不像反讽，
更像一次唇亡齿寒的无助哀鸣。我爸天资聪颖，生性要强，不甘平
淡，与仅仅当个阔少爷比，他自然愿意直接面对具体问题，即面对
艰辛的生活磨砺，面对光大他家族的责任与使命。可恰在这时，宏
大的主义与他相遇，他一下子发现了问题的拘泥，于是，即使只为
提高争强好胜的品质与级别，主义也会成他首选，这也是他旺盛的
生命热情与深刻的精神需要的必然反映。但自此以后，他未能再搬
演新的人生典礼，甚至自动退到了历史舞台的犄角旮旯，就要从他
的个性上找原因了。每只蟑螂和每只蟑螂可以一样，每个人与每个
人却很难相同。作为高端生命，每个人都是一个独立的宇宙，适合
问题的与适合主义的，或什么都适合的与什么都不适合的，应该允

许不彼此替代互相混淆。我爸不可能没有过现实主义的雄心抱负：闻鸡起舞以食利自肥，不择手段以立竿见影。这与道德观无关，这只是通行于世的、变革社会与自我保障的法则之一种。但玩这种法则我爸手生。从本质上说，他是一个软弱的人、温顺的人，倾向于将心比心一团和气"费厄泼赖"，他耽于思虑怯于行动，快乐其表悲观其里，是个杯弓蛇影见硬就回将自虐和自律等量齐观的人。当然，我还想说，他也是一个自足的人，一个洁净的人，一个有良知讲品格重操守的人，偶尔以孤立为荣，间或奉牺牲为尊。但我知道，我这么评价他又抬举他了，他也羞于接受这种"正经"鉴定。我收回。其实，我爸只是一个崇智的、向善的、对人类文明心怀景仰、对精神生活抱有热情的普通读书人，如果时代赐予他机会，他会乐于研究问题，如果时代切断他退路，他则甘为行尸走肉。

四

"一儿一女一枝花，手上明珠心中挂；盼子成龙女成凤，老父一人在天涯。"这首感伤的小诗，写于我爸下放农村的四十岁时，我和姐姐从乡间来信中一读到它，都泪眼婆娑。我俩还小，不能深解人间况味，但我俩都遗传了我爸敏感多忧的习性，又接受过他说诗论词的基础性训练，我俩一致认为，我爸绝望了——当然，那时的我俩还不会这么理性地总结概括。

我爸直到下放农村，与许多同代人比，大体活得顺风顺水。这除了命运眷顾，更得益于他善于从生活中提纯经验教训，三思而行规避风险。他一直遵循柏拉图的教诲：学会抽象。但抽象需要逻辑因果，当逻辑混乱因果无序时，具体就只是孤立的具体，不再接受抽象整合，或者，混乱和无序也有抽象空间，但离开展览馆前的我爸，不具备更广阔的空间意识，他的抽象捉襟见肘。是离开展览馆后，一个曾经受到遮蔽的事实的偶然呈现，才让他成了绝望的俘虏——假设他的确有过绝望或的确从此开始了绝望。那曾经受到遮蔽的事实，不论当时还是现在，都微小平常不足挂齿，换成别人，骂一句娘就过去了，可我爸仿佛娇小姐受到了大委屈，"一人在天涯"的绝望之感竟汹涌而出。这又足见，理论的巨人往往外强中干，在最为常态的现实面前也不堪一击。

"文革"前夕，我爸被借出出版社，去筹办颂扬毛泽东的大型展览。足有两三年，他和那展览一道风光，政治上无懈可击，艺术上可圈可点，每天都吃特供餐不说，还有一群年轻貌美莺声燕语的解说员环绕左右，我爸乐得都不思出版社那个蜀了。可有一天，当时辽宁省排名三五号的一个大人物前来视察，要求调换两个展景的位置，其理由是，它们在事件发生的时间上排序不对。日常生活中的我爸马虎含糊，但做学问精益求精，展览中所涉史实他都出之有据，如需编造某段历史，他连标点符号都照搬上级。这回三五号大人物提的是个错误意见，可我爸没有抗命的胆量——纠正说明的胆量都没有，他只能违心地调换展景——也是那展景所述无足轻重，比如吧，井冈会师时，假设林彪已够级与毛泽东朱德平起平坐，那么，毛泽东接见他俩时，是先握朱德的手呢，还是先拥林彪的抱？几天后，辽宁省的一号大人物也来视察，他红军出身，比我爸还了解井冈会师，他指出了那两块展景错置的问题，要求我爸调换过来。再过几天，三五号大人物复来视察，在重摆的展景前伫立片刻，一言未发就离开了。我爸的"绝望"潜伏于此。我爸了解到他倒霉的原委后，说他当时曾想解释，只是不知如何开口。他能说他已按三五号大人物的意思错摆过展景，但又被一号大人物纠正了吗？他怕三五号大人物说他拉一号大人物这面大旗充当虎皮，更怕三五号大人物否认曾做过的错误指示：胡扯！我什么时候让你调过展景？我爸认为，三五号大人物已然意识到自己错了，但依我爸对他人品的了解，他对那错误，不会反省只会抵赖。不久之后，在一次涉及展览馆的会议上，本来对我爸一向满意的三五号大人物，全盘否定了我爸的成绩，说我爸政治上不可靠，应该送到最偏僻的农村去改造思想。此前，我爸以为五七道路只铺给别人，大颂扬的展览能免他一劫，没想到成也萧何败也萧何，同样是这个大颂扬展览，让他在五七道路上走得更辛酸——他"政治上不可靠"。

也许与人的社会性有关，对建功立业，世人皆有病态的渴望，又肯定与儒家的入世传统有关，中国文人的功业渴望尤其病态。但在中国，可建立之功业异常单一，除了服务皇权，基本没有其他出路，被高庙堂淘汰的穷酸儒生，不去远江湖怨天尤人就没事可干。我爸倒例外。他天生不习惯牢骚满腹，遇事只一味检点自己——他出身的"原罪"把他修理成了一个不会挑剔别人的大度绅士。不过这只是事情的一个侧面。我相信，在办展览时，在办展览前，他的渴望也不乏病态，这从他最"绝望"时还"盼子成龙女成凤"上即看得出来。事情的另一个侧面是，也许"政治上不可靠"的咒语对他来说，倒是开启心灵的一把秘钥：在意义的泥淖里，上蹿的姿势只能有一种，在无意义的深渊中，下滑的情态却允许无穷。自由存在于任何时空。我爸那辈人，结晶于蒙昧主义与恐怖主义的畸形交媾，相信唯有强奸能创造快感，唯有"虽九死而犹未悔"才验得准是否具备"第二种忠诚"。也有私下里抵触强奸和痛惜九死的，但表面上，仍积极展览快感和表示未悔。我爸继续与众不同。口头上，他当然不敢反对强奸痛惜九死，却也并不假装欢迎；行动上，他则鬼鬼祟祟地找寻机会，偷偷溜下奸淫床，悄悄爬出生死场。我印象中，他好像总有办法成为同类中难得一见的散仙游神，仿佛他真是东丰乡下一个小富即安自给自足的退役地主。他遍读杂书，饱睡懒觉，晚上找人聊闲天，周末聚众喝大酒，通过"偷听敌台"掐算国家的与自己的未来命运，借助"政治谣言"交往臭味相投的狐朋狗友，用公家的相机胶卷大肆照相，以私藏的麻将扑克与家人小赌，九十点钟才出门上班是常有的事，踊跃去北京出差的唯一理由，是把无须凭票购买的首都的猪肉扛回沈阳，甚至他这个比我还笨的人，曾兴致勃勃地买回过全套木工工具，想改善我家的柜橱床几——幸好他懒惰，保佑了我家虽然破旧但毕竟能用的柜橱床几没成劈柴。他在农村没待多久，先于许多早他下乡的同伴受到起用，可他并未借尸还魂，面对撩拨也不春心荡漾。他悠闲散慢，又中规中矩，他兢兢业业，又浑浑噩噩，他探雷区一样顶着压力耍着心眼拟选题抓作者推介"擦边球"作品，又对自己不思进取浪掷才华的混日子形象恬然自得，他偶尔也会忘乎所以，炫耀才情，可更多的时候，他对命运的垂青疑神疑鬼，比惧怕失败还惧怕可能到来的成功……

这样一个我爸，确实露出些绝望的端倪，如果受他假象蒙蔽，我的此番造像已可以结束。但我太了解他了，我知道他在老庄风流的面具后边，其实有些其他的东西更为本质，比如惶惑与无奈，比如遗憾与痛苦，而这些东西，只源自恐惧不属于绝望。

绝望是一种大的东西，是精神的深度与生命的力量，更与放弃和背叛相关，拥有它的人，虽然算不上胜利者，可也不是失败者，而是清醒的战斗者，是知其不可为而为之的勇士。我爸有的却只是失望。失望是顺从者专有的权利，导向屈服与颓唐，导向自暴自弃与自贬自抑，往大了说，它是写好了招安认购书的负隅顽抗，往小了说，它只是血淋淋的苦肉表演。作为不乏智慧的人，我爸分得出失望与绝望属于两重境界，既然希望已远离他，他特别愿意投身绝望而摒弃失望。但不行。境界不是地上的堡垒，只要你能找到门径，迈开双脚就进得去；境界是坐落于云端的宫阙，即使你看准了门在哪里，要落户其中，也得先修炼出飞翔的翅膀。我爸不敢修炼飞翔的翅膀。我爸只修炼他的嗅觉与痛感神经，以求不吃一百个豆就闻到腥味，不撞上南墙就提早回头。但闻豆法与回头术多么精湛，也只涉保命不关再生，于是，终其一生，我爸都只能是失望者阵营里的寂寂囚徒，而非绝望者行列中的冷眼看客甚或热心玩主——徒有绝望潜质的他，没有勇气抉心自食，没有能力破茧成蛹。

五

我爸死了，我替他释然，我知道，这一回，他不必与这个除了恐惧再没给他别的的世界有瓜葛了，他的孤魂，终于可以云游天外泯迹遁踪。可我还知道，我越姐代庖地取消我爸与这个世界联系的权利，我妈我姐不会同意。这很正常，我爸不属于我一个人。

我妈我姐唯物主义，相信科学发展观，不像我，是个半吊子神秘主义，认为万物皆具灵性，如果她们唯心如我，一定会设坛扬幡请亡灵复生，招我爸回来，继续司职丈夫和父亲。她们的理由也一定充分：这个世界除了恐惧，也给了我爸一些别的，比如，给了他妻子以及儿女，还有一个小外孙女。我不想和我妈我姐发生争执，不想说，正因为我们，我爸的恐惧才成倍增长——他怕我们迷失于世事，不及他那样精通闻豆法与回头术，在"被侮辱与被损害"中百孔千疮。我得尊重不同的人有不同的认知角度与理解方式。况且，我妈我姐对我的包容，已近于娇纵，我继续强加于人就过分了。十年前我爸辞别我们，我像当年他请缨贩运大豆一样，请缨主理他的后事，而我妈我姐一如我爸他爹，授我权时充满了信任。在那之前在那之后，我没介入过家庭事务——在这点上，我太像我爸——我们刁家的大事小情，从来都只是她们的事：我妈我姐，后来再加上我的妻子。这回我爸以他的死，提醒我重温责任问题。我主理我爸后事的过程，是我妈我姐困惑的过程，她们几乎被我激怒，甚至想过撤我的职。但她们最终容忍了我，并且十年来，从未因我那么"潦草"地打发我爸指责过我。那是我看到过听到过和想象得出的最为简洁的送行仪式——根本谈不上仪式，因为什么都没做，还因为到场的人超过了十个，让我觉得太多。最初，我为我爸组织的送行队伍定编三人，至多六人。但我知道那不现实，那是另一种意义上的形式主义。我替我爸接受了他三个亲人或六个亲人之外的送行者。

我一直很反动地认为，即使我爸没渴望死亡，也对毁掉他的疾病怀有好感。他快乐地迎候病患的到来，像迎候儿女过来看他，他满足地与病魔耳鬓厮磨，像与妻子相濡以沫。本来，他初发的脑血栓没那么严重，住一段医院就缓解了，下一步的坚持吃药和适当锻炼，比早上刷牙与晚上洗脚不麻烦多少。可他像个厌学的孩子，随弯就弯泡病号，夸大病情小病大养。我批评他堕落，指责他无赖，说他双重地背叛身体和才华。那时的中国，科学的文艺的还有其他行当的春天都来到了，即使他回老家给他爹他大哥修坟立碑，也不会有人出来干涉。我爸却固执地留在冬天，现出一副不争气的样子：这身体有病不怨我呀；我是废人了，你们不用替我操心；你和你姐都挺出息，现在我死了也心满意足……是逐渐地，我想明白了，他其实是爱上了疾病。

疾病为他回避某些东西提供了理由。他开始得病那会，如果仍是单位的好劳动力，有两个棘手的问题需要面对：一，把业务小官做大；二，参加职称评定。把这种鸡毛小事当问题提出，有人会说我夸大其词。我不想争辩，只想做个小小提示：在我目力所及的范围之内，官衔与职称，从来不只与领导能力和学术水平有关，它们更关利益好处，甚至只关利益好处。好了，我意思是，我爸将面对利益好处。没人不喜欢利益好处，我爸也一样，但我爸的逻辑，是君子爱财取之有道。与利益好处比，"道"在他心里分量更重。我爸早已不看重小官，大官也不看重；我爸本来看重职称，但上下一打量，掂量出它同样不值得看重。不看重不是说它们不好，是觉得它们味道不对，味道不对的利益好处，即使重要也不值得看重。但问题是，我爸身处的生态环境，要求我爸看重它们，如果我爸的不看重被环境发现，环境会以"藐视罪"制裁我爸。我爸害怕制裁。不看重与藐视是两回事，可环境狭隘，很像阿Q，别人说"灯""烛"都神经过敏。明智的做法也不是没有：一，环境指鹿你立刻说马；二，惹不起你就躲远一点。我爸与环境有终身合同，躲不远，只能朝官衔职称做看重秀。这不难，他那茬人，没人不擅长随声附和。他必须这样做的理由在于，以他的年龄资历以及能力，理所当然地要被环境视为官衔与职称的争夺者，他只有贪婪才不像撒谎，越垂涎三尺越像尊重。得到尊重环境高兴，可需要理论与实践相结合的我爸为难起来：下一步，光虚情假意地看重已远远不够，得真刀真枪地与同类厮杀。同类厮杀俗称竞争，我爸对竞争没有意见。他对我和我姐的一贯教导是，咱家成分不好，又没靠山，只有凡事都双倍努力，遇到竞争机会，才有可能脱颖而出。他指的是良性竞争。但他面对的竞技规则，一望而知，鼓励鹬蚌相争，纵容假冒伪劣。当时的情形是，由于以前的环境分发好处时更为苛刻，就积累了一大批我爸的同类，综合比较，他们短短长长都差不多，若平均主义地分他们杯羹，有助于和谐不说，也方便与马克思主义的活的灵魂上挂下连：具体问题具体分析。可环境死性，喜欢割断历史，既想欣赏平衡突然打破之后的鸡争鹅斗，又没耐性把争斗场设置得公正公平。如此，一大群都觉得自己有权利啃骨头的人蜂拥而上，抢夺有限的骨头时，就保证不了都只用爪牙，那些最终抱得骨头归的，即使是法定的骨头主人，多少也得借助些假球黑哨。我这样说就好理解了。我爸想赢球，却不想借助假球黑哨，可他又清楚，规则支持假球黑哨。我爸陷于两难困境：退出比赛吧，环境会说你不识抬举，无理取闹，说你狂妄瞧不起它；参加比赛吧，不假球黑哨等于不战而败，假球黑哨又玷污自己；那既上赛场又清清白白，不理睬规则行不行呢？也不行，输了倒好办，面皮一热就过去了，怕的是赢，一旦赢了，你没假球黑哨也会被指认为假球黑哨，你的人格仍然可疑，而且，只要你被纳入赛程，就很难摆脱循环的赛事，假球黑哨将源源而来——恰在这时，疾病来了，疾病是一枚救命的红牌，它把我爸罚出了赛场。

我如上的表述，好像说我爸超凡脱俗，不识中国特色，把利益好处视为粪土。不是这样，在他那里，不食周粟的伯夷叔齐并不是榜样。我爸的确不谙俗务，但并非刻意杜绝它们。他就是笨，懒，觉得身外之物想都麻烦，再去争夺会累死人，加之脸皮薄，不论伪不伪都自诩君子，久而久之，竞争便成了嘴上的空谈，尤其那竞争与脚下的绊子背后的刀子画等号时。他和别人一样见钱眼开，他一点不比别人正派高尚，他的人格底线，也像大部分人那样画在胸口上下。如果他生活中还有"理想"骚动，如果他生命里还有"意义"闪光，更如果，赐官衔分职称的法度能以不摧毁人的自尊作为原则，能让不好意思假球黑哨的选手感受到光荣而不是愚蠢，我相信，他完全可以走下病榻，潇洒体面地参与竞争。

我时常想，如果我爸提前经历了今天，回头再去面对他当时的环境，是否还会那么狼狈，把疾病当成避难所呢？的确，过去的规则犹抱琵琶，似是而非太折磨人，现在的规则讲究赤膊上阵，操作起来步骤清晰。赤膊上阵的好处是，明码实价，取消禁忌，底线可以降至脚底；犹抱琵琶则表里不一，提倡清洁，却奖励污秽，像外儒内法一样意会言传两层皮。但在我看来，我爸的落败虽系必然，却并非因为他的懵懂。像他这么一个心明眼亮的人，不论琵琶的轻歌曼舞还是赤膊的大打出手，他都一眼就能看穿。开句玩笑，他生命的最后几年，只以"吃""操"与世界对话，谁敢说这不是他以先见之明，在揭示他身后万众一心普天同乐的人欲主题呢。记得一九八九年，在他思维和表达失常的前夜，就某些他已没兴趣关注的宏大问题，我俩有过激烈的交锋。那时他已行动不便，如果便，针对我的浪漫与冲动，他没准会以武力打压。他一辈子没打过我。那是他最后一次对我苦口婆心。自他最后一次苦口婆心的不久之后，我就总想告诉他一声，他的预言，比巫师还准。所以，某种意义上，以落败评价我爸又不准确。既然他大半生的努力就为挣脱恐惧，那么，应该说他获得了成功：他扔掉了手中的救生圈，他避开了脚下的活命线……一般来讲，恐惧不威胁弃权之人。

从感情上讲，我也愿意像我妈我姐那样，把我爸再招回这个热闹世界，而别让他孤零零地漂泊于天边。他那么聪慧又那么好玩，如果他肯荒诞不经地弹奏琵琶和嬉皮笑脸地上阵厮杀，定然会带给我们别一种开心。但我有我爸遗传的理性，它反对我感情用事。既然我爸愿意正常地死，我就没道理期待他意外地活，尽管我知道，我爸也一定知道，正常的死亡未免窝囊，意外地活着才能遭逢侥幸。

小记一位文学读者

　　这篇文章的主人公是位女性，六十八岁了，叫谭华。我在文章题目里称她为文学读者而不是文学爱好者，是基于我对她阅读取向的历史性考察。我以为，那些被称作文学爱好者的人，即使没做过文学梦，没舞文弄墨地尝试过文学写作，也是些对文学有种与生俱来的身心需要的人，他们乐于无条件地借助文学读物徜徉于想象的虚拟的天地里。可谭华不是这样。虽然她在中学里当过多年语文教员，但以我那时对她的观察，教语文只是她的工作，那工作只与收入和中心思想段落大意生词生字有关，与文学无关；她那时阅读文学作品，功利性太强，相当于为了晋职称学外语或为了入党分房子给领导送礼。当然了，现在她已是一位标准的文学爱好者：热衷文学阅读，关心文学事件，谈论文学作者。现在，她每年阅读的文学作品，特别是当下中国的小说散文新作，其数量相当可观，我敢打赌，至少比我供职的作家协会里许多怀揣高级职称的专业文学工作者们会多出几倍。

　　但我仍想替她谦虚一下，只把她定位于一个文学读者而不是文学爱好者，我想，谭华不会责怪我的。几十年里，只要我不违法，谭华就从不责怪我，她对我的一切言行包括偶尔乱纪的言行都能宽容，因为她是我妈。

我妈真正意义上的文学读者生涯，应该开始于上个世纪的最后十年。一九九〇年前后，我爸的身体彻底垮了，疾病把他击倒在床上，我妈提前退休成了专业护士；而与此同时，我也结束了混乱的伪文学制造期，认认真真地做起了小说。在这之前，我妈阅读的大多是报纸和休闲杂志，她小书架上摆的也多是《新编家庭医疗宝典》、《面食制作三百种》、《老年人生活知识大全》那类书。但"专业护士"工作使她空闲的时间多了起来，加之我的小说一篇篇发表出来，我总把发表我小说的文学杂志和收入我小说的作品集带给她看，她读小说的兴趣便日益浓厚。最初她只读我的小说，后来她会把整本杂志或一部作品集里的小说全都读完，对哪一个人的哪篇作品看好了，她还会跟我打听那人的情况，在以后的阅读中，有意识地重点寻找那人的其他作品。这习惯她一直持续至今。最初她的读书是单纯地看书，可随着我爸阅读能力的丧失，她的读书就真是"读"了，对别的作家她是读短文、选择某些章节读，而我发表的所有短中长篇小说，包括那些对话没引号过渡无交待的小说，她也几乎都给我爸读过。如今爸爸已去世两年，可妈妈"读"我作品的习惯也仍然保持着。

就我妈的阅读趣味来讲，我必须承认，她更喜欢的，是那些思想相对浅表、叙事相对陈旧、格调相对通俗的东西，多为武侠言情、历史戏说、反腐倡廉、写真纪实、现实主义冲击波之类；而就我妈的文学立场来说，我也猜想得出，在她视力所及的范围里，她对媒体的商业炒作和官衙的利益恩惠有一种充满世俗忠诚的迷信，她心里渴望的，肯定更是我能成个御用文人或流行写手，好去电视报纸颁奖台上当明星。但我妈的可爱之处在于她懂得如何尊重我的意志，最主要的是，她还更乐于改变她的意志以顺应我的意志而不是相反。当她意识到我的小说是又一路东西，我喜欢的同行也是又一路人时，她能痛苦地改变自己的文学立场，艰难地修正自己的阅读方向，以实现与我的文学对话。其实我知道，虽然她早已由文学读者成长为文学爱好者了，但她最擅长的，却从来不是文学对话，至少不是与我进行文学对话：她的文学观念和好恶标准，与我的观念和标准经常距离很大，而她试图缩小这距离的努力，又往往会弄巧成拙。她本可以只轻松自如地和我姐姐和我妻子谈服装谈烹饪谈影视演员谈退休教师合唱团，不必小心翼翼地和我谈文学；可不行，在她那里，最庄严的问题只能是文学问题，最神圣的对话只能是文学对话。理由很单纯，她有一个写小说的儿子，她愿意像理解自己的生命那样理解儿子，更希望以某种看似漫不经心实则用心良苦的方式帮助儿子做点什么。她一般和我谈及文学话题，总要先揣摩那话题是否能对我心思，并且说的时候，还像个羞涩的女学生那么试试探探：是不王小波这种幽默比×那种幽默好；残雪小说怎么写得这么怪呀；王朔的话挺在理的……如果哪个作家或哪本书大红大紫可我却不屑，即使她喜欢，也不提，若提了，似乎也只是为了从我的评价中找到理论根据以完成自我否定。

我妈是个没个性的读者，在她那里，她的一切阅读判断都以我为准绳。我说好的东西，她需硬着头皮读也会点头说还行；我说不好的东西，即使刚读完时她赞不绝口，可一发现与我意见相左，她也会若有所思地说是没啥意思。但一旦涉及到我的作品，她的个性就显示出来了，即使我说不好，她也不听。我看挺好！她的评价毫不含糊，且不容争辩。如果要她在一本收有我小说的杂志或书里做比较性判断，她的评价同样果断干脆：你那篇最好。即使我把别的小说表扬出花来，她也只肯把它的排名列在我后边。可我又没法批评我妈是爱屋及乌或不够客观或心存私念，在得出结论前，她总会通读那杂志或书里的全部作品，而且她说得又严肃中肯，好像一点都不感情用事。有一次，她给我爸念我的小说，恰好我在场，恰好她念到一节涉及男女性事的文字。她顿了一下，不好意思地对爸爸来一句：你看你儿子写的。那时爸爸已经痴呆，既不会说话也不大可能听得懂妈妈的话，妈妈岔开一句，显然是为了消解性词语在母子间可能引发的尴尬。但我妈早已是我的文学朋友，我们应该无话不谈。我问她：妈，我写的性埋汰吗？果然我妈正色起来：不，你写得挺美。我说：有些人认为我写性太多了。我妈说：怎么没人说写做工写种地太多了？你觉得有必要就写嘛。我说：妈你真能接受我这么写吗？我妈说：我真觉得你写得美，不像有些人写的读着恶心；谁说你写得埋汰，那是他心里埋汰。

　　爸爸去世后，妈妈到北京姐姐那里住了一年多，那一年多里，由于姐姐无法给她提供新出版的文学杂志和文学书籍，她对当下文学的关注便只能通过阅读姐姐姐夫带回家的数种报纸来实现。每次我去北京看她，她都拿出一摞文学信息的剪报给我看，还对她接触过的我的文学朋友们的动向特别关心：谢有顺好像卷到诗人吵架的事儿里去了，不能不吵吗，都是写东西的人，都不容易；马原是去大学教书了吧，这可挺好，生活安定了，有单位开支了……那期间，她最重要的文学阅读是重读我以前出版的几本书，并且在电话里一知道哪本杂志又发了我小说，就派姐姐去报刊门市部收罗购买。

我妈这个文学读者，几乎不读翻译小说，因为什么，以前我一直没想明白。照理说，她的阅读受我影响，而我向来是翻译小说的热情读者，她的兴趣应该与我保持一致才更对头。是写这篇文章时，我觉得我忽然想明白了，我妈确实只是文学读者，而不是文学爱好者，若有一天，我妈成外国文学的忠实读者了，那肯定是我改行做了翻译，甚至，我真改行去从事翻译，我妈都能不顾她已年近七十，去从ABC开始学习外语。

还是在写这篇文章时，我特意到我妈房间看了一下，看看最近她把我书架上的什么东西挪到了她床头。是两本杂志两本书。在这一点上，我妈与我保持了一致，她总是同时阅读几种读物。两本杂志分别是《收获》和《花城》，页码间的书签分别夹在皮皮的《所谓先生》和李洱的《花腔》上，我知道，《所谓先生》和《花腔》都是长篇小说；而那两本书则不是小说，一本林语堂谈论精神生活的《信仰之旅》，一本陈徒手关于一九四九年以后中国文坛纪实的《人有病天知否》。那后一本书，让我看罢心下一沉，那一瞬间，我似乎更理解我妈这个非文学爱好者的普通母亲为什么会成为文学读者了。

血　缘

对我来讲，我的文学的精神生命与我的血肉的物质生命从来都是一体的、纠缠的。鉴于精神生命因其抽象难以言说，而物质生命比较具体易于表述的特点，在此我愿意将我的精神物质化，让我的文学履历涂上点血色，染上些肉味。

我出生的时候，我的祖辈先人中只有姥姥一人了，我的其他三位亲人，分别是爸妈和长我三岁的姐姐。

我奶奶是个怎样的人，爸爸从没说清楚过，她在他很小的时候就去世了。爸爸十七岁读高中时，不辞而别地离家出走，除了当时接受共产党的影响教育，向往进步向往光明，是否还与他一直生活在继母身边也有关系，我不知道，这他没说过。他只说过，他的祖辈是由关里逃荒关外的穷苦农民，他家落脚吉林东丰后，到他爸爸这辈，靠个人奋斗才打拼成一个广有田产的富裕之家。我的爷爷他的爸爸，聪明能干而又节俭，没念过书却可以写对联，当了多年"东家"后，还坚持和长工一起下地干活，活计也干得又快又好。我爸爸在他家的四男三女七个孩子中排行第六，小他大哥二十多岁，在他入团、入党、听从组织安排进大学学习政治经济学的那几年里，他爸爸因为是地主被贫下中农斗争致死，他大哥因参加过国民党被政府枪毙，他自己则从十七岁起再未踏上东丰的土地。我爸一生"搞马列主义"，先后在东北局讲师团、辽宁省委宣传部和辽宁人民出版社工作。他懒惰笨拙，嗜烟贪酒，但思维敏捷，能讲善说，直至今天，在我接触过的人中，能将马列主义讲得那么深入浅出妙趣横生而又言之成理让人信服的，唯他一人。同时，他又是个谨小慎微、胆怯懦弱的人，述而不作，荒废才华，对世界对人生持虚无主义态度。罹病多年后，他死于二〇〇〇年。

在我少年时代的许多年里，我与姥姥待在一起的时间非常多，受她的影响应该不小。她本来是沈阳郊区一个大户人家的女儿，性格刚烈，小时即敢自己做主把家人给裹的小脚重新放大，但十六岁时，由于她抽大烟的父亲败空了家产，带有半卖身的性质，她草草嫁到了做小买卖的我姥爷家里。我妈妈不足十岁时，我那挑担卖货的姥爷先遭日本人毒打，又被疯狗咬伤，不治而死，为了能吃饱饭，我姥姥顶着很大的压力，带着一儿一女把自己嫁给了沈阳城里的一个铁路工人。她没念过书，却把她的儿子我的舅舅供上了大学，而一九七九年去世时，她最惦记的，是几个月后我能否考取大学。我妈妈也是个姥姥那样刚强坚毅的女人，她沉默寡言，克己吃苦，虽然早早就离开校门去当童工了，却能边工作边自学、边学习边改变命运，一点点地，由工人而财务人员，由小学教师而中学教师。现在，或在沈阳和我一起，或在北京与姐姐一家，她心满意足地过着自己晚年的生活。

我和姐姐从小时起，就是很好的朋友，家中那些多半被爸爸注上"供批判用"的文史哲类书籍，让我们一同爱上了文学。在她下乡当知青之前，我们是一直较着劲进行"文学"写作的，但她也想过当画家和医生，不像我，第一志愿永远是作家。后来她受爸爸影响，更受时代的潮流裹挟，对研究马列主义发生了兴趣，考大学时自然选择了哲学。她大学毕业前写的关于孔子的"仁"的论文，在杂志上一公开发表，就与一些挺著名的老先生一起获得了奖励，而她后来发表的分别比较马克思主义与存在主义、马克思主义与尼采学说的文章，都是颇多新意广受摘引的。好多年里，我们经常彻夜长谈，一九八九年底，我决意放弃其他，专事小说时，她说的一段话我一直记忆犹新：以你的聪明和能力，若干别的，只要往前走，你很容易就能吃到一桌美味佳肴；可献身文学，不论你怎么走，你吃到的也只能是个苹果，甚至连苹果都吃不到。我记得当时我的答复是：那我就宁可走到最后什么也吃不到。但岁月洗人，生活磨人，结婚生子，"与时俱进"，现在，我与姐姐这个优秀党务干部聊天时，她最常说的一句话是：你呀，还活在真空里……

其实我从来没活在真空里。我从少年时代即喜爱的文学，始终是充满烟火味的，它帮我获得了无数"及物"的快乐。区别只在于，二十九岁以前，我所及的物与大部分人及的物都无二致，明确地指向升官发财，而三十岁以后，我对我需求的轻重缓急有了新的理解新的认识，我及的物，逐渐变成了一些虚有的东西：比如，与忙忙碌碌地升官发财比，我觉得自由自在地静思冥想更让我快乐。我这样说并不是矫情，也不是阿Q，如果在保证我能自由自在的前提下，再给我官升给我财发，我肯定会照单全收。我一点不傻，对升官发财有什么好处非常清楚，我看上去没为它们肝脑涂地，只因为它们在我的需求顺序中没排名第一。姐姐认为我没把它们排名第一就是生活在真空里了，这是依从了她屈服于这个世界之后的逻辑，其实，在对不同事物的价值判断上，应该允许萝卜白菜各有所爱。在我看来，不论追求的是什么，只要不伤及无辜之人，又能享受到身心的快乐——肉体爽爽，精神如如——怎么打发自己都不算毛病。

这么多年，或者准确地说，从一九九〇年开始，我就这样快快乐乐地栖身在小说的幻梦里打发着自己，直到今天，估计还会持续到我死去的那天。小说带给了我半分浮名，几许薄利，而最主要的是，它滋养了我这个人，让我多少有了一点诚实的品质与慈悲的情怀。我知道，从我出生起，我的几位血缘亲人就希望我做一个诚实慈悲的人，如今我大体遂他们愿了，我的姥姥、爸爸妈妈，还有姐姐，不论已经离开了我的还是仍然陪伴着我的，一定都感到了由衷的高兴，尽管他们都不是我的小说同道，但他们肯定愿意与我一同感激小说。

下卷

想象中的生活

中国经验

——以"欲望叙事"和"底层表述"为例

　　新文化运动以来，中国小说一直跟在西方小说的后面跌跌爬爬，原创的东西比较鲜见。比如邓小平时代以后，中国人重新获得了睁开眼睛看世界的权利，小说家们几乎只用十年时间，就把西方操练百年的现代主义小说技艺搬演一番，这很难不暴露出操之过急的毛病，既有萝卜快了不洗泥的泥沙俱下，又有贴胸毛充硬汉的鱼龙混杂。于是有人拍案惊呼：为什么中国的小说里没有中国经验？某种意义上，我同意这样的批评。对西方小说的模仿，表面看来只是形式技巧的借鉴挪用，但事实上，没有孤立的形式也没有孤立的内容，一个成熟的作品，形式与内容必然水乳交融浑然一体，当我们接受技术的启迪时，没法不同时接受思想的影响，而这影响，难免会导致那些所谓的西方经验情不自禁地、顺手牵羊地、随波逐流地，从我们笔下生长出来，即使也化成了我们的经验，但它的"二手"特点，仍要时时暴露出生硬和机械的狐狸尾巴。为此，作为一个操持汉语的小说写作者，我很惭愧。

何谓小说中的中国经验？我不知道权威们如何解释定义，以我对它的粗浅理解，只能套一句我们时髦多年的话说，所谓中国经验，大概就是中国特色。我知道，为中国经验大声疾呼的人不会喜欢我的说法，但在还未出现更学理化的说法之前，我只能认为，中国经验的小说写作，与中国特色的市场经济、中国特色的政治体制、中国特色的学校教育、中国特色的足球联赛……表达的差不多是同一个意思。

可小说是我们的政府工作报告吗？是我们的年终总结或处世守则吗？

我不清楚西方经验是指英国经验还是法国经验、意大利经验还是西班牙经验，也不知道朝鲜经验与伊拉克经验的本质区别是什么——当然我知道朝鲜喜欢吃狗肉而伊拉克是不吃猪肉的穆斯林国家。但我相信，区分中国经验与西方经验的人，指的并非那些生活表象上的经验差，如果那样，偌大个中国，即使同为汉族，生活经验也天悬地隔。显然，我们指称的经验更是精神性的而非物质性的，更是感受型的而非操作型的，如果只涉及表面现象，那问题就太简单化了。我也约略知道，小说写作中中国经验的提法，同样不是中国经验倡扬者的原创，它舶自美国。但美国经验指的又是什么，创造了美国经验一说的美国人也似乎语焉不详，依我望文生义的理解，它有点相当于我们挂在嘴边日日弘扬的中华民族的传统美德：尊老爱幼、吃苦耐劳、勤俭节约、智慧勇敢……可让这样的品质专属于吾族，至少我个人有点心虚，谁能给我指出其他民族如何的不尊老爱幼不吃苦耐劳不勤俭节约不智慧勇敢呢？我的意思是，有些大话只能说说，追问不得，若那美国经验也像中华美德一样具体起来，人们肯定能看出破绽：那美国经验，其实与别国的经验大同小异，包括中国；反之，中国经验或别国的经验，也不会与美国经验太南辕北辙太泾渭分明。举个例子。如果一篇小说里写一对中国夫妇每天上班前都要吻别并说我爱你，我认为这表达的就不是中国经验，尽管中国肯定也有这样的夫妇；但你说这对夫妇是对新婚燕尔的"海龟""海带"，我又多少可以认同，可仍然像被人抓了痒痒；那是不是见到这样的细节我就捏鼻子呢？也不尽然，若这小说是一种戏谑夸张揶揄的风格，而这细节，又与小说的整体风格和谐一致，我则要说，一对中国夫妇每天上班前都要吻别并说我爱你，这正是一种别有意趣的中国经验。

　　经验肯定有它的绝对性，但更有相对性，沈从文的小说与老舍的小说都是典型的中国小说，可它们却无法归属于同一经验范式。小说的诞生地是孤独的个人，而非喧嚣的时代，既然如此，小说所传递的经验就不应该是他人经验、普遍经验、公共经验，而应该是每个小说家各有所悟的自我经验、个别经验、私人经验。如果真存在一个中国经验的货场库房，它的门户也理当八方洞开，以利于收藏所有炎黄子孙所积累的经验，而不可以是壁垒森严的官衙禁地，在对诸经验进行甄别筛选后，才削足适履而又为我所用地招募收编。如果经验是一种一成不变的定型产品，不需要补充、添加、创造、发展，那也就没有什么意思了，也就不必再让人去写得孜孜矻矻读得津津有味了。

说小说的诞生地是孤独的个人，而非喧嚣的时代，这是就小说发生学的意义来讲的，而就一篇篇小说的具体生成过程来讲，任何小说文本的出现，又都必不可免地与具体时代有着千丝万缕的联系，任何小说家对自我的个别的私人的经验的有效表达，也都无法脱离于他的生存环境人文背景思想体系等必不可缺的写作资源。近年来，有个叫哈金的华裔美国作家颇为走俏，有论者批评他的写作主题时便说，虽然他读的是美国"作家班"，操的是英语，可用以糊弄美国佬的，却还是"文革"苦难那类东西。我觉得这倒是一个关于"经验"的挺好的例证。对于哈金这个三十岁才告别故国母语的人来说，"文革"苦难那类东西，不正是他抹不去的经验烙印吗？再想想那批用他们的"爆炸"文学一定程度上炸醒了中国文学的拉美作家吧，几乎个个又是欧洲的儿子，英国法国西班牙，不论在文学意义上还是生存意义上，都是他们彻头彻尾的第二故乡，甚至对他们中的某些人来讲，说是第一故乡也不过分。可他们笔下的那些故事，却永远是拉美这根长线放飞的风筝。我不以为他们是在抵制欧洲而强说拉美，他们的做法，至少可以部分地证明，血脉之土根须之地，是一个人根本无法蜕去的自身经验。

就我个人来讲，对小说的写作与阅读，都不是为了图解或吸纳一个以常识面目出现的结论式经验，而是为了充分调动自己的感官，唤醒自己的直觉，享受那种尽可能独特的刺激、惊讶、会心、悸动。当我那自我的、个别的、私人的经验打动了读者时，当别人那自我的、个别的、私人的经验打动了我时，我能看到，人性的经验就像河水一样，不论来自黄河还是尼罗河还是密西西比河，最终都要汇入大海。

十几年来，在时潮涌动的文学之海，有两个流行概念先后立于潮头："欲望叙事"、"底层表述"。在思考中国经验问题时，我发现，它们恰好能在两个向度上为中国经验这一命题打造一副结实的夹板。

在我看来，欲望叙事是中国经验的反面，尽管没人对它声讨批判，尽管人们尽量不狭隘化庸俗化地解读"欲望"一词，但在当下的中国语境里，它仍然是个尴尬的角色——人们总是太把命名当一回事，又从不追究被那名称所覆盖的天地有多么逼仄多么局限。十多年前，针对主流意识形态，欲望叙事发挥过一段不大不小的非文学意义的"火力侦察"作用，可眨眼之间，时过境迁，它就日渐成为无病呻吟甚至自渎自慰的代名词了。显然，这种"格调不高"的文学取向，只能作为中国经验的下脚料暂时存档。前两年，我写过一篇小说叫《虐恋考》，里边涉及一些性虐待内容，有人对它的指摘便是：这不符合中国国情。这样的态度，是有广泛的代表性的。但现在，我不想就"欲望叙事"这一含混命名多说什么，作为一捧碎石，只要它还垫衬在中国经验的纪念碑底座上也就行了，我要多说几句的，是正面展示中国经验形象的文学奠基石：底层表述。

底层表述的意思浅显易懂，即小说家的写作，要关注底层。所谓底层，也就是穷人，多指社会上的普通体力劳动者，过去叫无产阶级工农大众，现在叫既无物质资本又无话语资本的"沉默的大多数"。抚慰弱小，垂爱众生，这绝对是理直气壮的中国经验：居庙堂之高则忧其民嘛，大庇天下寒士俱欢颜嘛，解放天下三分之二受苦人嘛。

小说家作为社会人群的一个部分，完全应该有社会责任感和人道主义情怀，如果他已经先富起来了，仍然不忘民生，忧国忧民，为民请命，救民于水火，无疑是善莫大焉功莫大焉的事。可认为一个心系民瘼的小说家就必须在他的小说里写底层疾苦，要求一个体恤民情的小说家就必须在他的小说里为底层代言，那就有点文不对题了。这样的认为与要求，如果是意识形态的意见，是社会学者的期待，是百姓公众的渴望，我都理解，可当它在文学这个民间合唱团里渐成主旋律，大有将其他的浅吟低唱一举赶下舞台之势时，我没法不闻到一股刺鼻的实证主义和表现理论的陈腐气味。

在这里，我使用的主旋律一词不含意识形态色彩，我只从文学潮流的角度而非社会政治的角度使用它。比如在前有巴尔扎克后有左拉的十九世纪的法国，处于世纪末的马拉美的象征派，只是现实主义这个文学主旋律之外的小插曲，以至于马拉美的小学徒、初出茅庐的纪德十分不忿，落笔为文时，公开表示要与那主旋律中左拉的自然主义一脉分庭抗礼。再比如卡夫卡，他仅有的三部长篇皆为未竟之作，但他绝对是当今公认的伟大作家。以未竟之作傲然屹立于世界文学的巅峰之上，除了卡夫卡（或许可以再加上穆齐尔），便再无他人能享此殊荣了。可就是这样一个卡夫卡，生前却对自己没半点自信，我想，在诸原因中，他的小说与当时文学世界内部那个约定俗成的主旋律不大合拍，恐怕是个重要原因。可见，即使在以自由著称的文学世界内部，也有许多政治正确的东西占据着话语的统治地位。

　　针对当下的中国文学，没人说欲望叙事政治不正确，但底层表述，却肯定政治正确，因为在"人民"与"时代"这张大香案上，掌握着三流话语权的知识分子，更容易堂皇地摆放自己的使命良知道义品格等一干供品。于是，文学的主旋律合流造势，并以各种方式委婉地对小说家做出告诫：只有与时代同呼吸共命运的艺术才有价值，只有关注底层的小说才有意义，否则就是自说自话，就是对社会不负责任。在这里，我不想讨论自说自话是否有价值，也不说黛玉葬花的伤秋悲怀意义何在，我想到的是，如果单单把关注底层推举到一个绝对化的高度，那是不是说，除了底层，其他未受命名的"中层"、"上层"，就是这个时代的化外之人，就可以被排除在文学的视野之外？

　　我从不反对表述底层。文学是人学，人学是关于所有人的，所有人中，除了少数的"中层"、"上层"，"底层"占了绝大多数，尤其今天，当"底层"问题几乎成了关系到中国社会行止方向的大问题时，表述"底层"天经地义。我所反对的，我作为一个对不幸有哀对不争有怒的小说家所反对的，其实是那种简化矛盾又唯我独革的粗暴行径：以政治正确为据点，以道德主义为武器，去打压小说家的艺术原则，去蔑视小说家的美学责任。

　　我也从不支持脱离时代的写作，某种意义上，我认为脱离时代的写作也不能成立。说杨朔散文没有那个时代的痕迹，是不准确的。它也有那个时代的痕迹，只不过不是饿殍遍地的痕迹，而是歌功颂德的痕迹，是蒙蔽欺瞒的痕迹。一个人，只要有口眼鼻耳身加上心灵，即使他是梭罗，爱抽象的思想超过爱鲜活的生命，时代的风雨也会打湿他衣襟。当他在支持民间反蓄奴运动中写出《消极反抗》（《论公民的不服从权利》）这样的文章时，当他在反政府领袖死亡的悼念会上敲钟致辞时，他笔下瓦尔登湖畔的原始生活，"原始"出的仍然是个真实的当下。在人类肌体上，小说家是一些最敏感的神经，写《上帝知道》（约瑟夫·海勒）的历史故事也好，写《一九八四》（乔治·奥威尔）的未来故事也好，其实写的都是《我的世纪》（君特·格拉斯）。

小说自有小说的逻辑，非把小说圈进社会学政治学大众传播学的场子里去耍戏法，那是逼良为娼杀鸡取卵。小说的功用，是以自身特有的表达方式为人性添加思考的乐趣与认知的乐趣，只要它观察世界的视角和传递情感的手段能说服读者打动读者，它提供的经验就不会是"乌有乡消息"，至于那"消息"关乎"底层"还是"中层""上层"，并不重要，因为那只取决于小说家与怎样的故事更血肉相连。写作不是为了写出什么，而是为了写，是写需要写出什么。一个小说家只要尊重艺术规律，即按内在的需要而不是外在的律令去解决"写什么"的问题，他就不可能背叛他的时代。

小说所创造的，的确是一个个包含了苦难屈辱等等在内的缤纷世界，它通过翻检审察这个世界，去透视人性的褶皱和生活的纹理，但在小说的显微镜下，那褶皱与纹理间藏匿的东西，不论益菌还是毒素，都应该按照它们本来的样子生息繁衍，以一种本色的、原生的、没有偏见的、未被定义的仪态摇曳生姿，既不指向什么，也不拒绝什么，只平等而又缄默地启发和暗示着每一个个人。基于此，一个不满足于跟风追潮、愿意维护艺术清白的小说家，对当下这种关注底层的时尚化倡议，怀有质疑就不算神经过敏。一方面，许多良好愿望，可以是公民责任，可以是社会义务，但在美学范畴里，却完全可能什么都不是，这个道理，当年英美新批评中论及的"意图迷误"说得很清楚。另一方面，不难发现，关注底层，拿贫穷说事，它太像一张政治正确的通行证了，既容易在意识形态允许的范围内获得微妙平衡，又便于安妥知识分子的"启蒙"之志与"悲悯"之心；可这种在政治正确旗帜引领下的"启蒙"与"悲悯"，会不会成为一种概念化的政治预设呢？会不会削弱及至排除掉审美中的政治性力量呢？甚至，会不会演化成一场助纣为虐的政治秀呢？这尤其需要警惕和提防。以艺术的方式去关注底层，既不是为了标榜人道伸张正义，也不是为了抗议不公抵制暴虐，更不是为了获取利益邀得宠幸。动机永远是水底潜流，表面上的波澜不兴或涛飞浪卷，倒常常是对真正感同身受的匮乏与缺失所做的掩饰。谴责和同情，颂扬和批判，只要它有可能出之于舆论一律的道德立场，就没法不有卖乖讨巧之嫌、避重就轻之虞、虚伪造作之弊。一个在世俗生活中游刃有余玲珑八面的人，当然也可以涉足"底层"的苦难，但他的表达，能否有感情上的纯度与艺术上的力度，我表示怀疑；反之，像卡夫卡这种能够为任何障碍所粉碎的人，即使他小说呈现的是"中层""上层"的快乐，我相信，那种对于每个人来说都是与生俱在的、无以战胜的大苦难，也会在纸页的背后渗透出来。苦难是我们每个人身后的影子，而不是可以随意穿脱的衣裳，它有它的尊严与荣耀，它只和能配得上与它对话的人交流沟通。

另外，"底层"一词也如"欲望"一词一样，是抽取个性的共性概括，容易让人对它更为宽广的边际视而不见。一般来讲，人们划分层级的杠杠是财富和权力，因为那东西看得见摸得着，可事实上，为财富与权力所遮蔽着的心理上精神上的层级差，远比财富和权力的层级差复杂和丰富。比如，西安有个叫陆步轩的前北大学生，十五年前大学毕业时，在"不拘一格降人才"的时代里却没有一个适合他的工作单位肯接收他，后来好不容易找到了工作，也因其临时性质而备受歧视和挤轧，直至无业可就。很长时间里他生计无着，最后开店卖肉，借助自身的新闻元素，才把日子过得丰衣足食了，还出了书，又被某文化部门聘为史志编修员。就这位具体的陆步轩而言，我们该把他归属为底层还是中上层呢？或者，他哪一时段属于底层，哪一时段又属于中上层呢？其实，将陆步轩的故事引申开去，便可看到，在一个理性失据规则失效的世界上，我们每个人，至少大部分人，都是陆步轩的难兄难弟，而我们这些陆步轩之间拉开的距离，不会比五十步到一百步再大多少。

把问题之茧这样层层剥开，显然，说小说应该关注底层莫若说小说应该关注所有层更能服人，可既然所有层都需要一视同仁的挖掘与烛照，那么，"底层表述"是否如同"欲望叙事"一样，只被视为点缀在自相印证的中国经验古玩架上的一只仿古花瓶，也就行了呢？我认为行。

阅读与思考

认认真真地去做小说，是我眼下唯一的事情。当然我还要工作（我的职业是文学编辑），还要吃饭睡觉和恋爱，还要干一点别的，比如玩扑克输掉或者赢来一顿饭钱，比如在天气转暖之后游泳或踢球。但做小说仍然是我唯一的事情。在其他事情与它之间，并不存在第一第二的问题。我的意思是说我不允许其他事情干扰我写作。如果那些我非干不可的其他事情不但不能干扰我写作，反而还能有益我写作，那会让我享受到多重的快乐。

所以，在一个适当的时候静下心来整理自己，我认为，这有可能成为一种出乎意料的别样的快乐。

A.小说家与小说

不可否认，小说家是小说制造者，小说是小说家的产品，它们之间符合某种逻辑上的从属关系。但我们还是不该就此认为，小说与小说家只具有一种被动联系。创生小说的话语天然存在，它们在被书写出来之后构成小说。可是写作的实践告诉我们，在书写之前，即使是小说家本人也不清楚，这些话语究竟是什么。如果愿意借用一个蹩脚的譬喻，我们尽可以这样理解：小说是一只拴不住的野兽，它只不过是选择了一个适当的时机，选择了一个适当的人，假他之手打开囚笼，脱逃出来。而呼风唤雨的小说家，在这个时候，只不过是那个恰好被小说选中了的开锁之人。

当然小说家作为主体的事实不容颠覆，我们也没必要复杂化和神秘化小说写作。并且，小说家并非一种可以享受终生的荣誉头衔，它允许是对一个人的阶段性称呼。

好像是一种前世的命定，小说家是一些只为小说而存在的人，写作是他呼吸的另一种方式。小说家也可能因为种种因素去做别的，但走过一遭他往往发现，其实他必然能够做好的事情，只是小说写作。即使他的确异禀突出多才多艺，有能力也成功了其他事情，但最后的感觉还是一如从前：任何其他事情的成功，都不及小说写作给予他的快乐那样巨大和美丽。对于小说家来说，最要紧的只能是小说。至于小说家与其他种种事物所发生的关系，不难证明，那些有利于小说的关系便是好的关系，反之常常是不好的关系。而真正有利于小说的关系只有一个，那就是能最大质量地将小说家的心灵敏感度唤醒和激活的关系。一个小说家，他所面对的两个敌人都由自己派生：一个是满足，另一个是死亡。小说写作是一种智力游戏（游戏并不排除严肃。政治、商业经营、恋爱与博弈、摆积木、卡拉OK，在本质上它们完全一致），一旦对智力的高度发生了怀疑，遁入虚无是唯一的可能。而死亡，它是人类全部本能的终结者。

如果一定要说是小说家创造了小说，那也不是父母创造了儿女那样一种简单化的结果。大仲马把他的儿子和他的小说混为一谈，肯定是被胜利冲昏了头脑。小说家创造了小说，其实是圣徒创造了上帝。只有小说这个上帝把小说家作为它的选民规定下来，小说家才算找到了他最后的栖身之地。

B.小说家与生活 （1）

照理说，上边的问题，没必要进入我的思考范围。把小说家与生活人为地割裂开来，对于小说家本人来说是作茧自缚，对于非小说家的判断来说，要么是隔行如隔山，要么是醉翁之意不在酒。

小说家的根本任务，是要传达对人类经验的精确印象，表现个人认识自己和发现自己的整个过程，揭示人的存在的可能。要达到这样一个主观目的，不论是否自觉，小说家所要倚仗的，必然是漫漶的客观背景。可事实上，用主观和客观来解释小说与生活的关系，完全是机械甚至荒谬的认知态度。人类的全部生活包罗万象，小说的制作即是星罗棋布的生活天幕上一颗若明若暗的神奇星斗，它根本就无法置身于生活之外。生活无处不在绝非诡辩而是真理。如果有人把一次阅读的体验一次恋爱的体验或者一次饥饿的体验看得低于一次战争的体验一次春种秋收的体验或者一次经商做官住监狱的体验，我们至少可以认为他对生活的理解太过粗疏。小说家所唯一必需的，不是他自己是否曾经或者正在当军人当农民当商人当工人当官员当犯人，而只是那些他一生都不会忘记的、最早进入他生命深处的童年经验。

生活的经验没有限度，生活的感受也无法完全，只有好奇心和想象力才是小说家最为宝贵的"生活"。人是文化的产物，作为一个小说家，他所敏感的总是他所置身的文化氛围，只有在属于他自己的氛围里，发现的契机才会随处可见。普鲁斯特不会去写《老人与海》，福克纳也不会去写《局外人》。这跟他们没有吹过古巴的海风没有晒过阿尔及尔的太阳关系不大，有关系的，或许只是海明威身上那数不胜数的炸弹碎片和加缪与生俱来的异邦感受。在更多的时候，小说家生活在"生活"的边缘，他介入"生活"的触角不是四肢不是汗水甚至不是眼睛，只有心灵的感觉至高无上。艺术不是为了堕入苍白的写实中去画地为牢，不是为了实现复印机才引为自豪的科学迷信效果。艺术的逻辑是打碎有序遗忘表象，由片面和孤立获得形而上的解放，组合成一个属于心灵的世界。在小说中，小说家所说的话，只是他想说的和能说的话；而小说家所觉悟到的，也只能是生活那隐约的暗示，那种无边无际的神秘感受性。小说家的小说，最终会大于生活。

C.小说家与生活（2）

小说家要选择一种什么样的生存方式大体合意呢？我想，即使是男小说家，也应该像弗吉尼亚·伍尔夫那样，先有一间自己的屋子和可以维持温饱的收入；然后是有相对长一些的独处的时间；有差不多的体力；有几架书……达到这样的标准似乎不难。是的，的确不难。哪怕是生活在一个最糟糕的社会里，除了得到一间自己的屋子有时会麻烦一点，其他几项对一个身心正常的人来说，应该不成问题。

事情的关键是小说家本人。没有人不想过马尔克斯在《百年孤独》之后那种富如巨贾的生活。

尽管现实的功利性无孔不入，在庞大的物质实际面前，基本上是非功利的小说艺术总是遭受排挤和冷落，从而使得大部分小说家与这个世俗世界格格不入。但毕竟小说家是一些智慧的生命，他完全可以迎来财富滚滚（我不说权势滔滔。在我看来，权势比财富具有更大的腐蚀性）的时刻，他没有必要拒绝人间烟火。问题的核心是，在灵欲相搏的血雨腥风里，物质对于精神的鲸吞蚕食与涂毒戕害虽然如同法西斯或者文化大革命，但小说家绝不拱手出让他坚守的阵地。小说家以他的小说构筑心灵的堡垒，为人类的良知树起最后一道保护屏障。小说家可以贫穷也可以富有（在现时贫穷似乎更标志正常），但他对待一己的贫穷和富有能够一样的心安理得，甚至麻木不仁。小说家手里的硬通货只是他的小说。我想，即使是在腰缠万贯的时候，"一箪食，一瓢饮，在陋巷"而又不改其乐的生活选择，也会是当今小说家最不坏的一种存在方式。我的意思，并不是要宣传禁欲主义或者越穷越革命的观点，我也不是要自欺欺人和自我安慰。对于一个小说家来说，贫与富没有质的差异，只有量的区别。

在一个人类苦难高度专门化的领域里，小说家唯一重要的只是心灵，"让生命的烛芯被故事轻柔的火焰燃尽"（瓦尔特·本雅明语）是他的骄傲与光荣。然而，小说写作毕竟是一项漫长艰辛的劳动，尽管它给小说家带来的快乐无以比拟，但漫长艰辛还是巨大沉重，它往往需要小说家赌进一生的时间和其他方面的所有快乐，而能否赌赢依然未知，甚至无赢可言。事实上，这是一场神鬼之战。魔鬼阻止小说家的成功，而神性却附着于小说之上。神和鬼都是不会绝灭的，因此，在你进我退或者我进你退的僵持中搏斗便是常态。前面说过，小说家是小说这个上帝的选民，信和诚是小说家对小说最重要的态度，小说家毫不分心旁骛的写作便是对小说的祈祷。那么，有谁认为祈祷可以不需要心身双重的孤独宁静淡泊安详吗？

不是迷信榜样，我们反复默念下面的名字，只是为了进入祈祷的状态：居斯塔夫·福楼拜、纳撒尼尔·霍桑、弗兰兹·卡夫卡、豪尔赫·路易斯·博尔赫斯……

D.小说家与灵感

用一个不讲道理的道理来回答上面这个问题，大约最合乎道理。

前提是要承认灵感（因为我承认灵感才有了这个问题），然后，或许可以这样做结：当小说家能写出小说时，就说明他产生了灵感，当他苦思冥想却不知如何下笔时，就说明他没有灵感。依此类推，还可以说，成熟的灵感滋养成熟的小说，幼稚的灵感催生幼稚的小说，新异的灵感成就新异的小说，蹩脚的灵感分娩蹩脚的小说，等等，这种推导可以如同约瑟夫·海勒的《第二十二条军规》那样循环证明。

灵感不是故事不是情节也不是细节，靠出国考察下乡采风进厂体验收集灵感殊为可疑。灵感有点像自杀之外的人的死亡，它什么时候出现你可以大体有数却绝对无法具体把握，因此每个小说家获得灵感和培植灵感的方式方法都不相同。但有个要件倾向一致或许不谬，对于文字排列组合后所产生的那种隐秘意义的迷恋与热爱，似可确定为小说家灵感最根本的源泉。灵感的那种只可意会不可言传性比较强大，多少接近胡适所论：你不能做我的诗/正如我不能做你的梦。

就我个人而言，我愿意把所有的时间都用来等待灵感的不期而至，就像等待一个未来的情人。当然，我等待的姿态得让我快乐，它应该是一种由阅读思考与写作组合而成的优美姿态。因为我差不多能够肯定，这种姿态，即是我生命的基本姿态。

E.小说家与理想

在琳琅满目的小说博物馆里，不靠错觉人们也该看到，筋疲力尽的前辈小说家正眨动着讥诮的眼睛，疑惑而又同情地注视着后辈同行，似乎在询问：你往何处去？

小说家往何处去？这还的确是个问题。小说艺术发展到今天，一面开辟出一条条崭新的超越极限之路，一面又堵塞了一条条供后人选择的可能性之路，使得后世的一代代小说家，总得置身于前辈的阴影笼罩之中。

当然小说家需要的不是同情。尽管小说家在喜新厌旧这一点上与俗世认同，但小说家通过标新立异来确定自己的位置，并不是为了廉价的彩声，而是源于对生命本能的珍重。打破庙宇重筑殿堂，这种繁重的劳动被小说家看成是最神圣的使命。因为小说家知道，机械的效仿与乏味的重复，一成不变的风格和轻车熟路的模式，都是导致小说衰弱与停滞的不治之症。而这个不断运动着的、对于我们来说既熟稔又陌生的、时时在向我们提供新鲜经验与独特感受的广袤世界，只有在小说家那里通过视角的变换、手法的更新、形式的选择，才有可能被更为真实和准确地发掘出来。所以，否定传统和创造传统，就成了历代小说家是否杰出的重要佐证。不论罗伯-格里耶的"完全的主观"还是彼得·汉德克的"神秘的形式"，不论唐纳德·巴塞尔姆的"碎片"风格还是伊塔洛·卡尔维诺的"时间零"理论……它们不仅丰富了小说写作的艺术手段，它们更深化了人与世界的内在关系。

然而这只是事情的一个方面。

放弃模仿另辟蹊径，这是小说家在他创新活动中的主要追求，但这并非就是全部。在我们强调花样翻新的技术革命时，我们不得不面对一个这样的困惑，每一种以挣脱模仿为目的的独特性选择，最终总是沦为模仿者最方便的草图蓝本，从而使身陷重围的小说在下一次的突围中变得异常艰难。这自然怪不得小说家的顾此失彼，但却是给小说家敲响的一记警钟。小说不是物质主义的抗争与反叛，也不是哲学命题的阐释与图解。小说的触须伸入人类心灵最敏感的区域，它是对情感与愿望的隐秘揭示，是对前途与命运的终极关怀。如果我们承认是形式赋予了小说生命，那么我们就应该承认这种形式所分泌出来的思想滋养了小说的灵魂。这个灵魂只有站在超越世俗的高度之上，才会反过来又使它所寓居的小说获得高度：既凌驾于世界之上，又融化于人类之中。而只有真正精神高远的小说，才永远是不能模仿、无法复制的。从这个意义上讲，小说家的打破庙宇重筑殿堂，不是因为上帝死了，而是为了更靠近上帝。

F.小说家与责任

没有责任感的小说家我不知道有没有。但责任肯定是小说最重要的派生物，它是小说写作时所呈现出来的精神光芒的发散与折射。责任不对善恶美丑真假好坏负责，责任只对存在负责。

小说家在写作小说时的出发点可以各不相同：自娱、讽喻、训诫，没什么高下之分；小说家对小说后天功用的评断也可以各不相同：消遣、警世、教化，都可以成立。但有一点却殊途同归，所有的小说，都是借用一个个受苦的、牺牲的、快乐的、希望的和反抗的例子，来研究发现和认识人的存在及可能。所以，小说家在他的小说写作中，是没有道理去耽于通行的思想准绳和先定的形式常规来完成自己的，他只能听从发自自己内心的声音。小说家既不文过饰非也不敷衍塞责更不弄虚作假，他在小说自身虚构原则的规定下，以诚实的态度和道德的情感支持文本的美学价值，从而使真理的光辉在小说的字里行间熠熠闪烁。

小说家的责任，即一部小说的诚实和道德，集中体现在小说家的技巧运用上。

技巧既不是规范条款，也不是故弄玄虚，技巧只意味着小说的发言如果不好便等于缄默。技巧不是装扮小说的花裙子，技巧是小说本身，是小说家的本能暗示给小说家的激动和热情。小说家的每一次写作，都是以一种最有利于释放心灵和精力的形式来轻易地、自然地、丰富地表达自己，以具体的、个人的方法来解释人类本质上的复杂特性。如果这种表达和解释不需要使用技巧去完成，那么这种表达的价值就值得怀疑，这种解释的意义就难免羸弱，它也就无须成为小说或者小说的一个部分。在这时候，技巧充当的是诚实和道德的试金石。保尔·瓦雷里说过：一个诗人的职责——不要对这种说法感到惊异——并非是体验诗的意境：那是他个人的事情。诗人的职责是在其他人身上创造出诗的意境。瓦雷里又说：富有天才的人就是赋予我天才的人。

G.小说家与真实

安德烈·纪德在《伪币制造者》中说，真实使我感到窘惑。

纳丁·戈迪默站在诺贝尔领奖台上说，我所写或我说的任何事实都不会比我的虚构小说真实。

关于小说的真实和对于真实的抵达，余华有过精妙的论述，那篇文章叫《虚伪的作品》。

而我想说的只是，真实永远停留在语言的绝境里，它是想象的儿子。真实作为一个影子、一个梦幻、一个虚拟，它传递出山穷水尽柳暗花明这样一些简洁而又迷离的眼波，引诱小说家永不气馁。

埃兹拉·庞德曾经讲过一个这样的故事：

"你在画什么，强尼？"

"画上帝。"

"可是，没人知道上帝长得什么样子啊。"

"等我画好之后，你就知道了。"

这里的"画好"，我不想简单地理解为"画完了"，我认为它的主要含义是"画得好"。

H.小说家与政治

米兰·昆德拉一向标榜他的小说与政治无关，以前我不信。在他所有的长篇小说（甚至包括《为了告别的聚会》）中，政治总像鬼火一样，不怀好意地跳动在我们这些已经荒凉成政治坟场的大脑里。可是后来，当我不再作为坟场上的一丘瘦冢而以掘墓人的姿态来看待这个世界和与这个世界有关的小说时，我相信了，昆德拉说的不是假话。

政治是渴望进步的人类在自己的肢体上捆绑的翅膀，在这一点上政治与科学技术颇多共同之处：其明晰的功利因素，常常会使那翅膀蜡炬成灰。政治与现代社会的一切个人都息息相关，任何放弃政治倾向摆脱政治影响的企图都必成徒劳。小说家完全可以是为某种政治理想而战的勇士，当然前提是他在勾心斗角党同伐异的时候忘记小说。

但是小说从来也不是政治的工具，小说家更不是政治意识的仆从。在小说写作中，语言、结构、文体等属于艺术范畴的方式手段，要比作品的思想性和主题意义更为重要。艺术是质疑性的、假定性的，而政治则是非此即彼的、强词夺理的。艺术对于政治的本能排斥，恰似女人之于无赖的纠缠。小说家的声音的确多种多样，私语也好抗议也好，其意义只在揭示存在的境况，它渴望的，是增加和强化这世界上每个人身上都可以发现的自由和责任的总量。小说家的思考是超意识形态的思考，政治则只能使小说狭隘和肤浅。在政治场景中，人是一些没有血肉的工具，事件是一些丧失深层因果关系的偶然性，一旦小说的美学品格面临人与事件的双重退化，红颜尽逝是它的必然结果。林语堂为文人确立的为文准则之一是"不反革命"，这"不反革命"无疑是艺术与政治的标准距离。"利用小说反党"肯定是小说家的自不量力，把小说变成政治武器的小说家其实是初出茅庐的政治打手。用两分法来过滤小说家的声音，除了无知还很危险。昆德拉在百般无奈的情况下借萨宾娜（《生命中不能承受之轻》的人物）之口提醒读者：我的敌人是媚俗，不是共产主义。事实上，总是被别人确定为斗士角色的鲁迅，也非常反感强加于他身上的政治釉彩，他曾说：我所抨击的是社会上的种种黑暗，不是专对国民党。这黑暗的根源，有远在一二千年前的，也有在几百年前的、几十年前的，不过国民党执政以来，还没有把它根绝罢了。现在他们不许我开口，好像他们决计要包庇上下几千年一切黑暗了！

　　说到底，在人生的舞台上无法换掉政治的背景，这只是政治的无所不在性出给小说的一个难题。

I.小说家与读者

　　谁也无法回答这样的问题：读者喜欢什么样的小说家及小说？因为一千个演员就有一千个哈姆莱特。但小说家对读者的要求则相对简单，他认为写作和阅读属于智能博弈游戏，他希望读者是他势均力敌的对手。

小说读者的减少对小说家来讲不一定就是要命的事情，就好像小说作家的减少对小说来讲不能要命一样。淘尽黄沙始到金嘛。爬罗剔抉，这不是靠百分比来选先进，这凭的是货真价实的爱与需要。可小说的事情毕竟是小说家、小说和读者这三方面的事情，关于三角形的物理原理放之四海而皆准，我们还是不好置若罔闻。小说通神但首先通人，小说家不能不渴望倾听。尽管读者的缺席有许多客观原因，小说家们有理由羡慕巴尔扎克特罗洛普年代的没有电影电视却有许多识文断字的家庭妇女。但是有一个要紧的事实却没法回避，在我们这个有了电影电视少了识文断字的家庭妇女的时代里，无须抽样调查也可以做出肯定，小说家真正的对手并不是少了而是多了。我们对文明的积累应该正视。问题只是，这些狡黠的对手变得更加谨慎挑剔和严苛，他们所需要的是与他们智力相当的新一轮角斗。

小说家必须接受挑战。每一部小说，都是小说家创设的一个完整世界。是否进入这个世界是读者的权利，但在这个世界里边能否玩好则在于小说家的导引。可能有盲人游客看不见曲径通幽，也可能有聋哑游客听不着莺啼鹂啭，但真正的妙景胜境终究只能是妙景胜境。连徐霞客都视而不见的山水，就至少得允许游客存疑了。在小说这个独特的世界里，如果小说家提供虚假的经验，受骗的读者必然拒绝买单。而对手的冷落，那将是小说家由衷的悲哀。自然，诚实的小说家也不会把意气用事的子弹射向读者，他不动辄宣称自己在为后世写作。小说家在他的写作中，并不需要吃得准自己的哪些文字可以流芳千古，他的笔首先对准的只能是"今天"：他自己的"今天"和读者的"今天"。如果"明天"他那聪慧的读者继续踊跃，那只能说是他的福分。

当然了，小说家对读者的期待是纳博科夫式的期待——不只是用心灵，也不全是脑筋，而是用脊椎骨去阅读接受。通过降格以求和曲意逢迎取悦读者的，那不是小说家，而是没有廉耻的婊子与翻云覆雨的政客。小说家企盼读者的接纳就像企盼爱人的垂青，但前提是这种接纳要以小说家自己的原则与方式为依据和准绳。

J.小说家与未来

K、L、M、N……如果就这么一直数下去，还有十六个字母。但是我不敢数了，我已经看到了危险。小说家的小说与嘴皮子无关，尽管坐而论道（好在论的是只对我自己有意义的小说之道）也能使我快乐，可犯规太甚、越位太过还是不大对头。

我这人有时目光短浅，不愿为将来费心劳神。可在有一点上我很固执，那就是，人类情欲的本能不会退化，小说家和小说就不会灭绝。我的意思不是要说某种主题的永恒与否，我也不是弗洛伊德的嫡嗣亲传。我的意思只是，小说和小说家永远都有快乐的理由，因为未来总在我们未知的前方而不在我们身后。

写什么与怎么写

写什么与怎么写，是非"超女"时代的小说问题，如果它出现在最近几年，"与"一定被"PK"替代：写什么PK怎么写。

写什么与怎么写分别指涉内容和形式，它们被合并起来，以"PK"方式进入我视野，没二十年也差不多了，当时它让一些文学中人争论不休：是"写什么"重于"怎么写"呢，还是相反？也不是大争论，称之为争论都很勉强，只算议论。在中国，自从胡风进了监狱，沈从文改行研究服饰，王蒙那样的少年布尔什维克成为"右派"队伍里的新生力量，便所有问题都一团和气，都没有异议，稳定始终压倒一切。文学问题是所有问题中最上不得台面的鸡零狗碎，给"姓资""姓社"当下脚料都不够格，自然也就说说而已，细雨过后，地皮都不湿。当时我年轻，写过豆腐块短文欲凑议论之趣，叫《写写之辨》，言辞激烈。约它的报纸拒绝了它，可能觉得不大和谐。从此它就没了去向。我没心痛，一篇千字文而已。

前些天无事整理书架，从《屠格涅夫散文选》里，翻出一张泛黄的脆纸，竟是《写写之辨》的打印草稿。它夹在第二〇五页，那页偏下方的一行文字，被我用红笔加的下画线衬得醒目："对于艺术来说，怎么写的问题，要比写什么的问题重要。"这话写于一八七九年，当时屠格涅夫六十一岁，正为他此前创作的全部六部长篇小说撰写总序。此后他又活了四年。我不知道那四年里，他是否修正过自己的说法。

这些年的中国文坛，"写写之辨"没再掀波澜。也没成过眼云烟，间或还会有人提及。但一直以来，我总以为，它是个小说领域的"中国特色"，由政治标准艺术标准分一二的论断引申而来，还真忘了，多年以前，从屠格涅夫那里我就曾知道，一百几十年前，作为"俄罗斯特色"它已然存在。看来俄中的关联的确有趣，既渊源深久，又千丝万缕。我重读我的旧文草稿。数秒钟后，我为自己的记忆能力再感羞愧，我看到，《写写之辨》中，我还引了萨特《什么是文学？》中说过的话："往往这两项选择合而为一，但是在好的作者那里，从来都是先选择写什么，然后才考虑怎样写。"显然，萨特反对屠格涅夫，只是他对"重要"这种字眼做了回避，委婉地以"先""后"暗度陈仓。结识萨特三十年了，我始终视他为良师益友，知道他精力旺盛，冲动好斗，偶尔会强词夺理信口开河；但我也知道，《什么是文学？》写于一九四七年，那时他还守在书斋里做学问，没冲上广场当群众领袖。我估计他没看过发表于一九四二年的《在延安文艺座谈会上的讲话》。

我仰首书架东瞄西瞅，想再查查，古今中外的同行们，对"写写之辨"还有何高论。我没那么干。麻烦。我没想纠集同党讨伐异己。

我一向以为,"之辨"式的句型幼稚肤浅,它没有思辨只有蛮横,其典型范式,是电视大学生辩论会上给出的辩题:×利大于弊还是弊大于利?空气和阳光哪个重要?外表美和心灵美何者为美?应该先民主自由还是先公平正义?群众体育的发展水平和奥运金牌数哪个更代表国家强大……这种问题的共同特点,是取消条件后的以偏概全,是换掉背景后的鱼目混珠,相当于让关公对阵秦琼。世界并非仅有二元,对生活也不能只作两分。但任何复杂丰富都始于幼稚肤浅,这也是规律,辨析是走向多元多分的一个过程。我没想嘲笑电视"大辩",我只觉得,有可能的话,那辩论应该像拼图一样,对最无足轻重的一边一角也给予关注。我赞成争论,光议论也行,七嘴八舌才能让包括下脚料在内的一切问题都走上台面。不把话题扯远,还说"写写之辨"。我知道,"之辨"式句型既然存在,自然就有它存在的道理,我必须按照它的道理往下琢磨,两个"写"到底谁更重要。我先考虑它的前半部分:写孤独、写欢乐、写痛苦,写工厂、写农村、写学校,写古代、写当下、写异域,写悲剧、写喜剧、写正剧……能想到的答案类型林林总总,可分不出哪个更标准些。要不,把不同的类型串联起来:写一个异域学校里孤独者的悲剧故事?我仍不满意。我放弃了它,掉头去想后半部分:以革命浪漫主义与革命现实主义相结合为原则,通过民间口语线性结构白描手法,将典型环境中的典型人物塑造成……可这样解释,更让我蹰踌，解析几何用不上平面几何的辅助线。

如此，何谓黑白都莫衷一是，黑白之轻重又怎样比较？

我没想抬杠。也许"写写之辨"的两个"写"不好拆开来说，分别提问，它们针对的只是同一过程的两个步骤、同一步骤的两个环节、同一环节的两个焦点。但既然这问题由两部分组成，又定型在"PK"的语境之下，就得允许我一一应对。

绞尽脑汁，最合适的应对例子我只找到一个。七八年前，受英年早逝的法国小说家乔治·佩雷克启发，我写过一篇"避字小说"，名字叫《的》，但三万字的篇幅里没一个"的"字。它富有智趣，只涉好玩，不"说明"什么，符合小说的游戏天性。我以为，这篇不偏不倚的和谐小说，能保证两个"写"平等相处：写什么？写正文里不含"的"字的小说；怎么写？让小说的正文里不含"的"字。故事不重要，结构不重要，主题不重要，人物不重要，重要的是不使用"的"字。这样，"写写"没了轻重之分，它们指向同一个问题：写！写把两个"写"融为了一体。

可这种极端化的例子有意义吗？

得先扫清外围，说说与"写写之辨"相关的问题。

小说是写给读者看的，尽管两个"写"都是作者的事，但这问题之所以提出，潜在的意思不言自明：作为作者，你不论写什么还是怎么写，都应该考虑读者因素，要为读者写作。可是，谁是读者？

任何东西，尤其物化的东西，有了需求便有供给，供需关系一旦建立，那东西便有了商品属性。小说是商品。有人说小说是特殊商品。这没关系，即使它特殊如恐龙或垃圾，只要流通在作者生产与读者消费的链条之中，就与厨师烧的饭菜裁缝剪的衣裤性质相同。饭菜是烧给人吃的，衣裤是剪给人穿的，在这个意义上，说作者要为读者这个小说消费者写作答案正确。但问题总有多个面向，正确不是禁行的标志。还以吃饭穿衣为例，如果让湖南辣妹宋祖英吃东北糙汉赵本山的酸菜白肉，让体操女杰程菲穿篮球巨人姚明的运动服装，事情还会那么简单吗？偶尔充饥也不是不行，间或蔽体也无甚不可，但宋赵不能广告同一桌饭菜，程姚不能代言同一套衣裤，这就是问题新的面向：不同的食客有不同的胃口，不同的身坯配不同的行头。小说同理。读者的胃口身坯，并不出自同一模具。坚信巴尔扎克的可能瞧不上普鲁斯特，迷恋海勒的或许厌烦梅勒，对同一个余华或格非，钟情《在细雨中呼喊》和《欲望的旗帜》的，与对《兄弟》和《山河入梦》不屑一顾的，没准就是同一个人。读者花钱搭时间地消费小说，图的是舒坦，而舒坦，是脚上的鞋子小大自知，红头文件也没法替它规定尺码。舒坦源于自由。自由不是我少年时代的"天天读"，而是我现在的"随意翻"，自由在于取舍的独立性和好恶的个体化。把喜欢鱼的分配给花窖，把喜欢花的安排在鱼塘，即使让他们当书记主任，他们也会如同坐监。小说不是慰民的手机段子，不是惑民的央视春晚，不是安民的"最高指示"或"两报一刊"社论，即使是，让它一视同仁地"为读者"，多半也费力讨不来好。读者这个芜杂庞大的未名群体，兴趣五花八门，需求千奇百怪，想一勺烩地给他们以"写写"的满足，御用文人都无从下手。

所幸的是，作者与读者同为世间俗物，都泛滥七情，放纵六欲，既然有五花八门千奇百怪的阅读期待，也就有千奇百怪五花八门的宣泄诉求，如此，说作者的写作是为了同类大体不谬。当然了，对"同类说"不能狭隘理解：善良的或邪恶的、粗犷的或细腻的、下流的或上流的……善与恶或粗与细或下与上，是每个人的肌肉与脂肪，结构起来才是完整的人。我说的同类，应该在精神气质上声气相投，不论把玩"避字小说"的一小撮，还是蜂拥"底层写作"的一大群，抑或与许多一小撮一大群都有亲缘关系的杂食团伙，他们对生活与世界所持有的，是基本相近的理解与认识，是多有相似的体验与感受，是大体相仿的趣味与情愫。否则，便是焦大爱上林妹妹了。一部作品，如果同类之外的人也欣赏认同，不能说不对，但那更像个美丽的错误。有人会说，像《红楼梦》，为什么许多品类不同的人都喜欢呢？我得说，这除了"名著"的广告式影响，更来之于《红楼梦》的广阔博大，它调配的多味迷香，对不同品类的人都有致幻作用，就如鲁迅所言："经学家看见《易》，道学家看见淫，才子看见缠绵，革命家看见排满，流言家看见宫闱秘事"。而这种效果，只出之于好小说自身固有的美学魅力，不表明曹雪芹是个善迎合不定性的人。

说到这里，我想岔开一句，分析一下读者读小说为了什么。知道为什么读了，才容易了解谁在读与读什么。先表白一句，几十年里，我始终是狂热的小说读者，且性喜杂食，心得不少。

"读比不读好"，这是针对为什么读，卡尔维诺给出的回答，它已足够解决我的个人问题。可要转手批发这个答案，我又得慎重。直截了当与简洁明快，在东方礼仪里是少斟酌欠考虑的同义词，叠床架屋才标志郑重。我就蛇足几句。我以为，读小说有两个目的，一为消遣，一为认知，它们排序不分先后。消遣就是打发时间，无须多言，我想对认知略加解说。认知是个心理学名词，是精神行为，是感觉与知觉、认识与发现、思维与想象……诸内心活动的一个过程，这一过程，不知猪马牛羊有还是没有，但灵长类的，大约都有点。人是灵长类动物。人活世上，趋利避害全靠经验，经验又分直接和间接。以头撞墙会感到疼，这是直接经验，但没这经验的，也知道脑袋不该与墙较劲，这就是间接经验的有益提醒。我们的生存经验，多数间接得来，而间接经验之所以成立，就在于我们有认知能力。如果谁想取消认知，必须先行取消生命。我没说拒绝小说就是拒绝认知，我只为强调，读小说是想象生活的一种方式，吸纳那些不确定的、虚有的、意会之妙大于言传之趣的精神信息，会更有助于我们四肢健全。可能缺胳膊少腿不影响啥，但四肢健全，肯定更方便我们以得体的姿态去发现可笑、了解无奈、从容面对凄苦与荒谬，"接近一些将会存在的东西"——这是卡尔维诺对为什么读小说的进一步解释。人性的特点正在这里：好奇存在的东西，更好奇"将会"存在的东西。某种意义上，虚有的价值大于实在。也许有人不这么看，不同意我高估认知，或在认知之外，还要罗列读小说的其他理由。我不反对。其实我已意识到了，单以认知与消遣并置，类项之间不太匹配，按我本意，有消遣这条就足够了。消遣是读小说的唯一理由，包括认知在内的其他理由，均由它派生：消遣包含认知，认知即是消遣。人的使命就是活着，除了食色这种活着的必需，其他劳烦，再没什么不为消遣，包括食色，一跨出果腹和繁衍的低矮门槛，它们的意义也不再是别的。那我为什么从消遣中拎出认知单独说事呢？是我清楚，在人们的一般习见中，认知与消遣是割裂的，有高下之分文野之别，即使承认"雅"认知也有消遣这个"俗"功能，更推崇的，也是认知那个功利主义的有用性。可在我眼里，认知的位格低于消遣。消遣之至高无上，即在于它的绝对无用，绝对反功利，在于它与人的存在使命严丝合缝。

这样一说就好理解了，消遣，或者说包括认知在内的消遣，是我们成为小说读者的绝对理由。但一天打八圈麻将是消遣，一周打八圈也是消遣，读者深入小说世界，深浅的程度差异巨大：有的一年只读一本，有的一年读几十本，有的从文字垃圾一直读到宝籍名典，有的只感兴趣于一种类型或一个作家，有的为想象空格里的文字只读《废都》，有的为了解极权化的统治专看《美丽新世界》与《一九八四》，还有的，为了批判宋江或完成团支部的学习任务，耐着性子读了《水浒》或《钢铁是怎样炼成的》。这后一种人，我不知是否也算小说读者。他们的阅读是被动的，不符合消遣的入门条件：自愿。

自愿尊重了参差的口味，也分化了消费队伍，这本来挺好，各得其所嘛。但有些作者，真以为老少咸宜不是痴人说梦，便眼放绿光地，把读者看成多多益善的选票与钞票，并像政客与商人那样打读者主意：他们到底好哪口呢？武侠言情还是侦破悬疑？打工文学还是欲望叙事？新写实还是后现代？意识流还是"高大全"？歌颂还是暴露？诙谐还是庄重？长还是短？薄还是厚……

好了，"写写"的端倪浮出了水面。

不过且慢，为让外围更加清爽，我还得抻出另一根线头：如何生产小说？

小说作者生产小说，不同于工人生产螺钉螺母。模具不变，不同的工人也能生产出成千上万一模一样的螺钉螺母；但素材不变，故事不变，结构方式不变，技术手段不变，又由同一作者沿着同一思路在同样的篇幅里排列组合相同的字数，仍然无法两次写出同一篇小说。我也知道，作者生产小说，流程各有所异，但那异，只是大同下边隐伏的小异。教堂与寺庙都是建筑。在此，我想利用我读者之外的另一重身份，作者身份，举例解说小说的生产。希望它不被视为孤证。

现在的我身兼两职，读者作者集于我一身。我愿意利用我的双重身份，就读者作者间的微妙关系，先说几句题外话。我尽量保持公允避免偏颇。

小说是最纯粹的非生活必需品，它之特殊，在于它完全彻底地允许生产者任性而为，从根本上忽略消费者意见。在小说这条供需链上，如果说作者与读者有依附关系，依我看，不是作者需要读者，而是读者需要作者。这就如同，是我需要食物和水，并非水和食物离不开我。读者是个被动角色，接受造就是他的宿命。这很无奈，但不容逆转。被造就者可以拒绝造就，可以选择造就，却无权为造就者编程序绘蓝图——貌似有权这么干的文学批评，其实正是造就的结果，它的臧否，只对作者的"完成品"有效。福克纳说"我引导读者"时，读者其实并不存在，得先有作者相应的引导，才能生成与某一文本或某类文本相应的读者。没有宗教何来教徒？我这样说，没有侮辱读者的意思。把读者送回自己的席位，恢复读者的本来面目，恰恰是维护读者的尊严。作为小说作者，我首先是小说读者。读小说时，我一般有三种选择：对心思的看；不对心思的放弃；感觉到对心思但又发现它我之间有障碍的，尽量克服惰性接受挑战去适应它，如果"亲密接触"后仍不喜欢，也争取知道，它为什么能吸引我，却又不对我的心思。最后这种选择我尤其看重，它常常带给我超值的享受，让我获得更高级的消遣。

下面进入我的生产流程。

我的小说，长短不一，手法各异，轮廓面目形形色色，但它们意旨趣味大体相近。从内容角度做粗线条归纳，它们关涉的，都是当下城市里中小知识分子的精神困惑。我知道现在"知识分子"一词含义微妙，"精神困惑"也似是而非，在这里，我只取对它们的通俗化解释：前者指那些多看过几本专业之外的闲书多想过一些生计之外的杂事的脑力劳动阶层，后者指既躲不开客观拘囿又冲不破主观框限还时时挣扎却不知为何挣扎并处处反抗又不知反抗什么的欲望活动。但写小说时，我倒很少理性的刻意，一字一词怎样连缀，一章一节如何铺陈，主要听凭游戏心态的点拨指引，如果我笔下真分泌出了"知识分子"的"精神困惑"，它也出自事后的总结。这就好比，一个孩子爬上邻家阳台，只为赏玩窗口的吊兰，可不经意间，却目睹了室内的一场谋杀。也就是说，我的本意只是写，即看吊兰，但"知识分子"的"精神困惑"呈现出来，给读者上演了谋杀活剧，那不过如本雅明所言，是蓓蕾"绽开"的结果，而非折纸"展开"的收益。至于我的"吊兰谋杀案"读者是否喜欢消遣，那就不是我左右得了的了，除非我有资格搞文化革命，并且将名字改为浩然。这是玩笑。不玩笑的意思是，即使我知道读者通过吊兰，更喜欢消遣农民工维权、反腐倡廉、黑煤窑，我也未必就愿意写或写得出"吊兰维权录"、"吊兰腐败谱"、"吊兰煤窑祭"。理由很简单，写小说与其他游戏没大区别，讲究的也是玩的心跳，这颗心是我的心与他人无涉，只要不伤及他人，它跳的使命就只有一个：缓解我的内心焦虑，消除我的精神紧张。也许"维权录"、"腐败谱"、"煤窑祭"能让别人心跳，但我看重的是我的心跳；也许"维权录"、"腐败谱"、"煤窑祭"也能让我心跳，但我看重它跳的是否足够漂亮。生命苦短，写作的黄金期尤其短暂，我愿意写的，只能是我自己的心跳，我写得出的，也只有我那漂亮的心跳。那么，谁来判断我是否心跳和心跳的质量呢？我让直觉担此重任。直觉是我的私人医生，知道什么药对我的症，怎样才能真正缓解我焦虑消除我紧张。如果直觉从琳琅满目的"吊兰系列"里选了"谋杀案"让我服用，那就说明，与其他那些"录"、"谱"、"祭"比，"谋杀案"更契和我的本源性经验，更能催生我的真情实感，更方便我通过小说的发现介入生活而非通过故事的复述介绍生活。

我没想神秘化我的直觉，定义式地表述它也不困难：是我的生存理念和情感立场、兴趣指向和经验类型、人性态度和艺术标准、思维方式和表达习惯，决定了我对此吊兰与彼吊兰的弃用取舍。我们平常所看到的，都是小说的物化文本，是一种实在。其实，一篇小说，在虚有的状态下就存在着，是虚有诱惑了作者的写作。谁有缘分受到这诱惑，或受到的是怎样的诱惑，完全取决于他的精神世界有着怎样的宽广度与敏感性。不是小说作者选择吊兰，而是吊兰选择小说作者，也就是说，我小说之所以"绽开"了"知识分子"的"精神困惑"，并没什么特别的理由，只因为他们/它们与我更灵犀相通，或者，我就是他们，而长此以往刺激我的，就是它们。在写作之前，他们/它们更让我浮想联翩，在写作之中，我把玩他们/它们更得心应手，在写作之后，独立于我的他们/它们就是我和我生活的一面镜子，让我消遣他们/它们时更亲切真实。也许有人不以为然，欲以福楼拜那类创作对我发出诘难，指出《包法利夫人》、《萨朗波》、《情感教育》、《一颗单纯的心》仿佛千差万别，仿佛并非同一株植物。对此我要说，即使这样也没什么不对，但我更要说，放眼整部文学史，福楼拜品牌的吊兰，恰好最能佐证我的观点：它们外在的千差万别与内里的惊人同一，是吊兰界的稀世奇葩，唯有最纯粹的游戏精神，才滋养得出这样的艺术。相反的例子我不想举，尽管我有能力分析，果戈理出版了伟大的《死魂灵》第一卷后，何以把第二卷投入火炉。

我也知道，有许多写作者长袖善舞，心跳的起承转合由理性掌控：需要宇宙意识时，他们心跳天人合一；讲究现实关怀时，他们心跳以人为本；三聚氰胺流行，他们从制度保障心跳到设法购买厅局级牛奶；汶川地震走俏，他们由众志成城心跳到捐五百合适还是八百妥当……他们擅长分门别类地心跳，只要需要，他们的"内心"与"精神"就是应有尽有的百宝箱，同时起搏"维权录"与"腐败谱"与"煤窑祭"都不成问题。我没想羡慕他们。当我说我喜欢钱时，我没说编号以HD90开头的高仿真假钞我也喜欢。顺便说一句，在这里我以"吊兰系列"附会穿凿，只为说话方便，我的意思，并不专指题材，并不专指主题，并不专指故事形态或人物类型或技巧风格，我指的，更是写作者通过他的小说，所释放出来的感觉与知觉、认识与发现、思维与想象……

小说生产不是先了解领导意图与市场行情，然后采访采风"深入生活"，然后确定主题构思情节设计人物，然后写，然后与出版者就是否发表及稿费多少讨价还价，然后请领导名家题字研讨再设法使评奖委员会成员高抬贵手。小说生产只有一道工序：写。

问题终于绕回来了：写什么？怎么写？

写什么与怎么写，都是疑问句，但针对它们，没人这样回答：

写小说，用电脑写。其实这种回答法最适合它们。不信你换种回答方式，再怎么应对都不确切，也不完备，尤其在小说写作之前，完成之前，你根本就没有答案。内容提要能代表写什么吗？技巧定义能概括怎么写吗？都未必。况且，内容提要和技巧定义，只能得之于完成的小说，若它们先于小说出笼，多半也驴唇对不上马嘴——孩子八岁时，你只能知道，他十八岁时还是你孩子，但多高多矮，喜静喜动，学文还是研理，聪慧还是愚鲁，你基本上没法预测，预测了也可能谬之千里。有人会说，在写作之前，构思阶段，至少"写什么"可以回答。好，"我要通过全景式地揭示家族内部的是非恩怨矛盾纠葛，来反映人性冲突，折射时代风云"，那么，这指的是哪部小说？《红楼梦》还是《卡拉马佐夫兄弟》？《蒂博一家》还是《布登勃洛克一家》？《家》还是《幽灵之家》？别怪我的说明过于简略，你尽可以对这说明再做说明，把民族、国别、主人公、家族类型、故事背景、时间跨度、情节线索、结局……都加进去，甚至你不妨代表他们：曹雪芹、陀斯妥耶夫斯基、马丁·杜·加尔、托马斯·曼、巴金、伊莎贝尔·阿连德，重新接受虚有的诱惑。怎么样，你觉得补充过的说明多说明什么了吗？小时候，我给小伙伴转述"黄书"《苦菜花》、《迎春花》时，总混淆它们，非常苦恼。现在我想明白为什么了。它们的作者都是冯德英，故事都是共产党领导下的乡村抗日，地点都是胶东半岛的昆嵛山区，结局都是好人小牺牲，坏人大溃败。如果有人就这两部长篇向冯德英提出"写什么"的问题，我建议他使用同一个答案。省事。

有些人认为，小说没写好，是因为没选对"重大"题材。这实在是个低级误区。一个爱宠物的故事与一个爱祖国的故事比，似乎前者没后者"重大"，但一个只会用口号"爱"祖国的人，很可能把祖国"爱"得比宠物的绒毛还要轻飘，而一个用心爱宠物的人，倒可能为读者奉献出祖国一样沉甸甸的宠物。祖国与宠物，还有爱，都不是超市里出售的概念，而是埋在地下的矿藏。概念已被别人生产完毕，可以随意拣选，矿藏则是可能终生无法相遇的宝贝，需要耐心寻找，艰辛挖掘，细致冶炼。寻找挖掘和冶炼矿藏，即是对自己心声的尊重与忠实，而尊重和忠实自己的心声，这是艺术的唯一戒律。至于那心声属于什么档次，则由寻找挖掘冶炼者的境界决定。尊重并忠实自己心声的发言，肯定仍有种种局限，但那发言的回响，却能传递出真实的消息，而真实，正是艺术的至高准则。就思想倾向看，塞万提斯和巴尔扎克，都或多或少是自己时代进步思潮的逆行者，并且前者的小说主题还难称"重大"，至少与后者的"人间喜剧"比，前者的"骑士闹剧"不足挂齿。可他们都能以自己的声音发言，按照艺术的规律实话实说，创作出的小说得以超越时代地深入人心，也就有了可能。

我也清楚，作品从不孤立于时代，人们强调写什么，其实是在强调作者的品位、格局、思想的敏锐度与社会的责任感。尤其在中国语境下，人们认同写什么之重要，一如亡国奴时代对救亡压倒一切的认同。在这个意义上，我能找到写什么与怎么写PK的理由。当所有的小说家都从男欢女爱中讨故事，都在灯红酒绿中发感慨，都以吟咏发财致富或抚摸民间疾苦为己任时，小说这项美妙的益智游戏，寿终正寝的时刻也就到了。感官化的好玩性只通向麻木冷漠，而麻木冷漠，是窒息性灵的罪魁祸首。没有性灵生活，一个人或一个民族，除了被标记为行尸走肉成不了别的。我不希望小说寿终正寝。但我不想从这个角度过多置喙。在这里，我只想讨论人性问题与艺术问题。有些东西，并非作者力所能及，拔着头发跳跃腾挪，那是以后去月球上琢磨的事。一棵白菜三两肉馅半斤白面，充其量只能包顿饺子，谁宣称能用它们为下乡视察的干部凑成四菜一汤，只可理解为良好的愿望。也不是完全凑不成，但凑成了，那四菜一汤成色如何，不尝也人人知道它不叫个玩艺。不知餍足是人的天性，小说家作为格外贪婪的一类人，肯定不希望自己关注的东西太过狭窄，即使只从本能出发，也愿意把触角伸向世间的所有角落与所有生命：有的愿意像索尔仁尼琴那样勘察古拉格群岛，有的愿意像冯尼古特那样戏谑美国的国歌国旗，有的愿意像托马斯·伯恩哈德那样从古代大师贝多芬一直数落到当代大师托斯卡尼尼，有的愿意像让-保尔·杜波瓦那样，以正在任上的总统密特朗作为小说中老母亲的意淫对象来插科打诨……小说家的笔应该是探险家的脚。不过请别误会，我没说诞生好小说的前提是放任作者掘坟与渎神。破口大骂与歌功颂德一样，只是法西斯时代的最强音，或者，什么时代破口大骂与歌功颂德大行其道，什么时代就是法西斯的兄弟。我想说的是创作心态。创作心态应该自由，自由是小说的极品养分，但自由虽然来之于内心，却也受治于客观因素的压榨或舒张。笼子里的鹰关久了会变为鸡，旷野里的狗历经搏杀能成为狼，一个看电视足球转播都要受爸妈责罚的孩子，他敢去体育场踢足球吗？即使去了，也不会是合格的球员。不在于球艺好坏，而在于他难以投入，他要不时地分心去看爸妈是否来抓他，还要想何时补写没完成的高考习题。当古拉格群岛和国歌国旗和历代大师和总统母亲都是禁忌时，我单位领导的工作作风，我居住社区的规章制度，我从社会舆论中结识的豪杰奸佞，我了如指掌的妻儿同事，就都会是盖棺定论的悼词范文，他们/它们将不再允许我做别样的判断，他们/它们会迫使我放弃独立的言说。后面的结局可想而知，久而久之，我判断与言说的功能势必下降，直至消失得无影无踪。去年五一，我去超市购物，在家乐福门前，竟有为数不少的人骂我卖国。戴这样的帽子能判死刑。我不想死我喜欢活。我灰溜溜地逃离了家乐福超市，连续多日，再提法国都心有余悸。难道购物与思考与表达与写作没关系吗？我可以永远不考虑也不介入地心说或日心说问题，但只要这世上有"心心之辨"的问题存在，就不会不覆盖我，不左右我，不渗透到我天天考虑和介入的衣食住行问题之中。亚马逊热带雨林里的蝴蝶扇一下翅膀，完全能在太平洋上引发风浪。所以，尽管我明白，不论找出怎样的理由，小说家也不应该轻松地、讨巧地、不负责任地、没心没肺地，一味男欢女爱，一味灯红酒绿，一味吟咏发财致富和抚摸民间疾苦，但我还是愿意理解，何以在今天中国的小说餐桌上，它们享有大餐的地位。没它们我们吃什么呢？我不是笑话中那个富有的贵妇，对一个吃不上饭的乞儿说：你可以吃巧克力呀。

　　一般来讲，把写什么作为问题提出，其答案只能与故事有关，与情节有关，与一部分故事的一部分情节有关，与一部分故事的一部分情节的一部分元素有关。或波澜壮阔，或静谧安详，或伟人名流，或枭雄妖女，或历史事件，或现实热点，或善恶对照正邪比拼……但小说不是故事。小说讲述故事却超越于故事。小说是通过故事更通过其他，酿制而成的有意味的精神信息。称小说家为"讲故事的人"，强调的是"讲"，若将小说等同于故事，要么是无知，要么是偷懒，要么就是别有用心。一部小说的写前说明，对小说没任何意义，它只在出版商和有关领导部门的创作扶持基金发放者那里，才有可能发挥作用。出版商有时要跟风追潮，"家族"热销时收罗"家族"，"抗日"走俏时划拉"抗日"，但大部分时候，还是"完成品"更让他放心，轻信作者"说明书"的商人，血本无归是他的下场；只有有关领导部门的创作扶持基金，才专为说明守株待兔，当它把"扶持"目标定为"家族"时，即使"抗日"说明能生成珍珠，而"家族"说明必然流于泥垢，它也只赞助泥垢不理睬珍珠。

　　然而，有经验的小说家又一致承认，写什么与怎么写的问题，不仅存在，还很重要，说它是文学领域的哈姆莱特问题都不过分。它是作者头上的符咒和脚下的影子，伴随写作者的全部写作生涯，几乎每时每刻，都在搅动作者的思维，检索作者的经验，激活作者的感觉，对作者的灵感发出呼唤。是的，它的责任是呼唤灵感。呼唤是特殊的提问方式，披着问题的外衣，却不为回答而设置，甚至并不需要答案，因为任何答案，不论多么确切和翔实，也无法抵达它幽深的根柢。当你依偎在爱人怀抱，问他是否爱你时，你真的只为他点一点头答声爱吗？呼唤的使命，是参与作者把"写"的欲念具体化的过程，它的意义在于整合，将杂沓的思维条理起来，为纷纭的经验建立结构，让感觉获得可操作性。

条理思维，结构经验，操作感觉，这个生产小说的具体过程，处处都打有怎么写的质检烙印。小说不是复制已有的生活，不是重现既成的世界，当它介入已有的生活并与既成的世界分庭抗礼时，它指向一个写作者补充生活再造世界的意识强度与能力高度。而补充生活再造世界，除了需要材料，更需要将那材料点石成金的手段方法，即形式。作者的责任是洞察寻常生活的真谛，并非搜罗古董般占有"不寻常"的生活并"反映"之，脱离开呈现生活和解释世界的手段方法，我们谈的就不是小说。合适的手段方法有了，老故事也能酿造出新滋味，淡情节也能溢散出浓意思；采用的手段方法呆板生硬，新故事吭叽的也是陈词滥调，浓情节分泌的也只能是泔水。写什么只为不同的小说提供外在区别，对应的是读者的猎奇心与窥视欲，相对浅表，没好坏之分；怎么写才关系到一部小说的独特韵味与别致意趣，对于读者，能引发抽象的而不仅仅是具体的不安，能刺激内心的而不仅仅是官能的骚动，有高下之别。正因为如此，写高尚的作品可能粗鄙低俗，写卑劣的作品可能优雅精妙，长河"史诗"可能空洞无物，盆景"小品"可能丰盈隽永……海勒的《第二十二条军规》和梅勒的《裸者与死者》，是主题相同的两部名著，同样写二战中美国军人的故事，同样有肉体的伤害、精神的沉沦、上层的利益之争、下层的厌战情绪。但前者远比后者高级，即在于两者在怎么写中所建构的世界，深浅与宽窄多有不同。同样是"变形"的故事，何以阿普列乌斯的鲁巧变成毛驴与卡夫卡的格里高尔变成甲虫会带给读者不同的感受：前者挟带世俗化的安慰，后者导向精神性的绝望。同样的荒谬不幸，同样的无奈悲惨，所有这一切都因"变"而生，但细细想来，却与"变"的素材没有关系。也许与前者的社会背景广阔和后者的家庭空间狭小有关？也许与前者为长篇后者为短制有关？并非如此。外在差异不足以撼动内在属性。决定了两部《变形记》品质不同的，不是别的，只是小说家对自己神秘直觉的个人化表达。毛姆的小说相貌各异，除了流畅准确，还都意味深长，不能不说这得之于他驾轻就熟的高超技巧。可为了迎合大众的理解能力，他这个蔑视大众的人，却总喜欢鼓吹大众更易接受的写什么，而对大众陌生的怎么写持暧昧态度，好像专业精神是他裤裆里的坏疽见不得人。我明白毛姆何以口是心非。但这个不在我的讨论范围。我要讨论的是，如果毛姆不赌气似的只把发行量当成招摇的伴侣，而能心平气和，让艺术这个梦中情人也随他抛头露面，他小说定然会更加出色。我喜欢毛姆。我认为，他是文学史上少数几个有一流小说家潜质但只写出了二三流小说的作者之一。

我喜欢毛姆除了因为他小说好，也因为他是明白人，我想多引几句他说的话："有一种十分普遍的倾向，就是把愉悦仅仅看做是感官享受，这也很自然，因为感官上的愉悦更加鲜明；但这无疑是一种错误的看法，除了肉体的愉悦，还有头脑的愉悦，如果说后者不是那么强烈的话，却更为持久。"这话由狡黠的毛姆说出，比由诚恳的博尔赫斯说出更耐人寻味。什么愉悦肉体？故事愉悦肉体；什么愉悦头脑？那种讲故事的方法所催生的精神上的生化反应愉悦头脑。另一个大众宠儿萨特也曾委婉地说过：作家之所以成为作家，"不是因为选择说出某些事情，而是因为选择用某种方式说出这些事情"。如果他想把委婉转化为尖刻，接下来他一定会说：要是只满足于说出某些事情，作家尽可以改行当新闻记者：倒金字塔，五个"W"。萨特像熟悉他的哲学文学一样熟悉新闻。形式不是为衣服添加饰物，别一枚胸针或缝一组搭扣；形式本身就属于衣服，它是袖口的形状或对襟的角度，是掐腰的松紧或后摆的长短。没有形式，我们披在身上的就只是布料，有了形式，旗袍与超短裙才有区别，西服与牛仔装才有差异。衣服不是布料，衣服是对布料的加工剪裁。小说的叙事伦理与美学品格，正是建立在形式对故事的加工剪裁上。如果说结构和语言是附着在故事这张皮上的毛，皮之不存毛将焉附，那么，毛之不在时，皮也只能是风干的死皮，它的存在毫无意义。皮毛一体才是有生命的皮，内容与形式的有机结合才是小说的全部。对于一部小说来说，形式最具挑战性，最能创设陌生感，最有资格把"小说"的桂冠授予故事。人们轻薄形式，往往源于思想的懒惰与智慧的匮乏。形式虽然名叫"形式"，但在小说完成前，处于虚有状态时，却无形无状，看不见摸不着，于是，人们总结它，便会有意无意地低估它价值，忽略它对生成一部小说所发挥的作用。这是形式不被理解的光荣。其实，在一片蹊径已然通达的原野上，如果一个作者能走出一条独特的道路，引领读者把熟谙的风光景致看得别有洞天，那么，小说家分享的就是上帝的幸福。

可是，这样的理想怎样实现呢？

不可说。不能说。也没法说。也说不明白。或许，唯有实践能提供答案。

将以上讨论归纳一下，大体能梳理出如下脉络——强调一句，大体：

小说是什么？非生活必需的艺术化商品。

为什么读小说？消遣，或曰为了认知的消遣。

谁是读者？肉体与精神分别或同时渴望文学表达刺激的人。

读者需要什么小说？不同的读者有不同的需要，同一个读者也有不同的需要，更多的情形是，读者并不知道自己需要什么。

作者与读者是什么关系？是导游与游客的关系。

作者为什么写小说？如果"玩"或者"游戏"这样的说法易犯众怒，我主动和解，换一种说法：缓解内心焦虑，消除精神紧张。

如何生产小说？写。

写什么？直觉会告诉你。

怎么写？实践会教导你。

写什么和怎么写谁更重要……

写什么和怎么写到底谁重要呢？我又想到了我的避字小说。在这篇文章中，也许我提到《的》还是有意义的，它能证伪，它能以弱小的一己之力，颠覆庞大的"写写之辨"的论题资格。

如果没有可写之什么，就不会出现怎么之写，而只有有了怎么之写，可写的什么才能成为小说。怎么写由写什么决定，写什么由怎么写生成。小说的内容包括形式，小说的形式即是内容。所谓秤不离砣公不离婆，调和的正是"写写之辨"。一个作者，只要想写，自然知道该写什么；而持续写作的唯一报偿，就是能明白怎么写好，至少能明白怎么写不好。如果一个作者一直勤奋笔耕，脑子里素材丰富，下笔时技巧娴熟，可写出的小说就是不好，写什么都不好，怎么写都不好，那真遗憾，那只能证明你与小说无缘，在上帝为小说点的鸳鸯谱里，你的大名并不存在。对此我只能提消极建议，为避免吊死在一棵树上，你最好赶紧移情别恋，把你的恋爱对象换成别的"什么"与"怎么"。

向袁可嘉致敬

袁可嘉是位翻译家，除此之外，我对他一无所知：既不清楚他住北京还是居上海，也不知道他具体年龄或供职单位，更未尝闻说他慈眉善目还是不苟言笑甚或怒气冲冲。为写这篇文章，为了使用这个题目，我曾想跟搞翻译的朋友打听一下。但我又放弃了这个想法。或许有必要做出声明的只是一句话，如果袁先生认为一个素昧平生的晚生后辈忽然多礼有些唐突，还请原谅。

截止一九八四年春天，把我读过的文学书鱼龙混杂地点数一番，没七八百本也有五六百本，其中外国文学那块，不会少于二分之一。翻译家的名字，像傅雷汝龙草婴朱生豪，包括鲁迅巴金这样的"票友"，我也记住几个，但我从没认为，除了作品本身，对那些译者及至译文的出版者，还有什么需要分心想想的。可事情在一九八四年春天发生了变化。

一九八四年春天，我大学毕业半年多了，已有了收入可以自己买书，同时，也开始适应我的新闻工作了，其标志是，我学会了以领导的意志为我的意志，瞪着眼睛说假话已不再脸红。有一天，我当时供职的单位资料室处理旧书，我买到了上海文艺出版社一九八〇年十月版的《外国现代派作品选》第一册（含上下两本），从这两本书中，我第一次读到了一些与我过去读过的诗歌小说剧本完全不同的东西，也第一次记住了里尔克、庞德、斯特林堡、阿波利奈尔等人的名字，还第一次对一本书的编选者发生了兴趣：袁可嘉、董衡巽、郑克鲁。我觉得，他们能编出这样一本神奇的书，肯定本人也神乎其神，而为这套书撰写那个长长前言的袁可嘉，定然就是众神之首。说实在话，那两本书中的绝大部分作品我读不懂，甚至读不进去，也就是说，没有多少阅读快感；可奇怪的是，面对它们，我产生的"感觉快感"却异常强烈，只要一想到它们的莫名其妙、荒诞不经、装疯卖傻、阴阳怪气、别别扭扭、磕磕绊绊，我就会激动得浑身颤抖，血脉贲张，如同与女友在公园角落偷欢窃乐。这是我以前的阅读经历中没有过的——手抄本的禁书刺激或探案集的惊险刺激与此时文字的结构的思想的刺激是两码事。这时的我已有性经验了——在我这里，艺术与性的连体关系，即从这时建立了起来。后来我想，那两本书之所以能让我身心俱醒，能让我产生那么美妙的"感觉快感"，除了作品本身带给我的新鲜体验，肯定与袁可嘉的"前言"及文中每个译者为自己所译对象写下的评介文字有关。

一种全新的阅读感受出现了，一个全新的精神世界降临了。

在那之前，我已接触到迄今仍让我喜爱备至的卡夫卡了，对个别其他现代主义作家也略知一二，不过他们给我的震动，远没有

《约翰·克利斯朵夫》或《静静的顿河》那类东西来得强烈。比如，我手头那本《城堡》购于一九八〇年，可好多年里，我像K一样，只能徘徊在"城堡"之外。是的，一九八四年春天，我被袁可嘉和他所代表的东西迷住了，但那种迷，只是对一个梦中情人的暗中依恋，梦醒时分，我还得坐怀不乱地当"正人君子"。那情形可以称之为阳奉阴违。究其原因，一方面，我的自我早被我的教育背景做了阉割手术，除了"批判现实主义"，我不知道我还可以与其他"资本主义的产物"眉目传情，对自己私下里那种"不符合中国国情"的文学趣味更是缺少信心；另一方面，更主要的，也是作为一个中国式的功利主义者，我尚不敢为我的个人爱好去冒风险。那时我的理想早已是写作，是发表作品，可我视野里的客观现实是，按自己内心的指引去写，多半不会求得"正果"。马原徐星刘索拉，只是远处的风景，我需要的，是身边的作协领导夸我文字优美主题积极思想进步。"袁可嘉"只能作为我偷食的夜草，而不能名正言顺地化作乳汁被我挤出，甚至一九八六年和一九八七年，它分三次继续馈我以不敞之筵，我挤出来的文学奶水，也还是瞒与骗这个大乳品厂批量生产的赝品水货。这怪不得别人，是我自身的问题。那时候，马原徐星刘索拉已经后继有人了，可我的脚步仍然跟跟跄跄。

　　我的书，都标有该书购于何时何地的简单记录，所以，一九八六年九月，我为什么去了长春或在长春见了什么人早记不得了，但一本厚达一千多页的精装本《外国现代派作品选》第四册，却为我的这次长春之行留下了痕迹。"袁可嘉"再次让我激动不已，虽然在这册书的起首和末尾，他的"引言"与附文《我所认识的西方现代派文学》已不再洋洋洒洒，让我读去不够解渴。接下来，一九八七年的五月和九月，既无"前言""引言"又无附文的第三册上下两本《外国现代派作品选》和第二册上下两本《外国现代派作品选》，我在沈阳又分别买到了。啊，历时三年半，我的"袁可嘉"终于须尾俱全了。这后三册"袁可嘉"，第四册是一九八五年的初印本，第三册是一九八四年出版的一九八七年第二次印刷本，第二册是一九八一年出版的一九八六年第三次印刷本。

我时常想，如果这四册七本书是一次性地来到我手的，我的欣喜度与满足感，是不是会打些折扣呢？我说不好，但事实是，它们的到来，就像它们的文本自身那么曲折跌宕，我收罗它们，如同在领受上天点化我的一个莫测隐喻。我对它们爱不释手，好多年里，我枕旁总有它们中的一本；而对我，它们更是雪中送炭，不仅帮我了解了文学，更帮我了解了世界、社会、人，了解了生死、爱恨、苦乐。尽管直到又过了两年，八十年代末了，我借助一些非文学事件，才真正懂得了文学懂得了自己，但我知道，在我"懂"的漫长过程中，不论怎样夸大"袁可嘉"的功绩都不过分。如今，多年过去了，"袁可嘉"所包含的大部分内容我不仅有了，还完整充实了，更有许多未曾镶嵌在它那有限空间里的落英遗珠，也陆续成了我的家私；可"袁可嘉"中，哪怕支离的、破碎的、误译误评的、语焉不详的，甚至个别让我反感的字词语句，我也依然视为宝贝，每每温习别有滋味。

其实，我的阅读从来都杂乱无章随心所欲，"袁可嘉"出现之前如此，"袁可嘉"出现之后的八十年代中后期直至整个九十年代以及现在，也都一样。我曾集中一两个月的时间，没日没夜地沉浸在金庸梁羽生的世界里大开杀戒；又曾坚持多年地每写完一篇小说，就立即跳进推理侦破的悬疑迷宫中左突右冲。在我的阅读书目中，没有"雅""俗"之分，在我的阅读目的里，极少"有用""无用"之别，什么东西好玩开心能刺激我，什么东西就是我的美味佳肴。但回头想想，"袁可嘉"之后，那些被名之为现代派后现代派的外国现代主义文学的中文译著，又的确一直是我超越阶段性和类型特点的固定阅读，因为唯有它，能始终如一地向我传递不安输送兴奋。"现代派"的概念算不算科学我说不清楚，借它定义我指称的东西，也不知道是否确切，而且，一般来讲，"现代派"这一收藏夹里的文件往往专属二十世纪，顶多前推至波德莱尔，可依我理解，像斯特恩《项迪传》这样十八世纪的小说，甚至十七世纪的《堂吉诃德》与十六世纪的《巨人传》，不赠它们一顶"现代派"的帽子简直都罪过。所以，我使用所谓现代主义暨现代派这样的名词，取的只是那么个意思。

"袁可嘉"以降的阅读与欣赏，尤其对小说的阅读欣赏，其最大意义，是让我为自己喜欢的那类作品找到了一个共同的主角，一个比"典型环境中的典型人物"还典型的主人公：叙事。叙事是对序列事件的再现，作为一套语义系统，它以自身独有的逻辑指向真实。当我被普鲁斯特无事生非的絮絮叨叨搞得如临大敌时，当我踩着科塔萨尔的节拍前后飘忽地"跳房子"时，当我被品钦的"V"戏弄得找不着东南西北时，当我作为剧场里的"观众"被舞台上的汉德克"骂"得狗血喷头时，我忽然明白了，我何以会对"袁可嘉"情有独钟。原来，在我观察到的真实与想象中的真实之间，是存在着一道晦暗裂隙的，这道裂隙所分割开的，不仅仅是形式美学的技术指标，更是伪与真、表与里、公道与私见、言传与意会，这些艺术道义上的精神参数。前者用实在规定我的视域，只允许我按图索骥，后者则以虚有打通我直觉，帮助我天马行空。这是叙事向我泄露的天机。捧读一部文学作品，若能超越故事地感受和体验叙事，进而把玩和整合叙事，那才是最有趣、最刺激、最诱人、最奇妙、最最最的，身心享受呀，套用巴思一篇小说的题目就是，它能让人"迷失在开心馆中"——哦，我没说它是能让人"迷失"的唯一享受，我谈的也只是它对我的意义。

小说是门叙事的艺术，所有的小说都离不开叙事。从这个角度说，我大惊小怪地声称发现了叙事毫无价值，只相当于发现了人和大马哈鱼的既不同目也不同纲。那我换个角度。我读过的小说，非"袁可嘉"的肯定数倍于"袁可嘉"的，它们不可能没有叙事，可为什么对它们的叙事我视而不见呢？算我眼拙，这我同意。可为什么"袁可嘉"一出现，我又能一搭眼就像找到了组织那样与它不弃不离呢？难道我忽然火眼金睛了？我还是我，有了变化的，其实是叙事这个特殊角色。说到底，叙事的过程也是修辞的过程，既是对所叙之事的理解，又是理解的方法和方式，即使作者是《嫉妒》中那个零度情感的叙述人，其立场与态度，也会像"柱子的阴影"一样，不仅能"将露台的西南角分割成相等的两半"，也能如同万花筒般，在读者眼前洒下明暗莫辨的斑斑驳驳。当非"袁可嘉"以确定的、明晰的、单一的、可靠的、僵死的、教条的、非此即彼的甚至横蛮虚妄的叙事去理解所叙之事时，为其服务的方式方法必然百噪一声，千人一面，万众一心，呆板单调枯燥乏味。这就好比，你是最优秀的美食家或时装设计师，可在邓小平时代以前的中国，十亿人的主食都是窝头，十亿人的时装都是军服，除了果腹与御寒，那简单到极点的吃与穿，又能给你什么灵感呢？"袁可嘉"则不是这样，它食分菜系口味，装讲一款一式，向一切可能存在的叙述途径伸出触角，以求把对所叙之事的理解，强调得比人和大马哈鱼的区别还淋漓尽致。如此一来，怎能不叫某些不甘心当填鸭的读者舒心爽神呢——比如我。

当然了，若你觉得腹果了寒御了就心满意足，就和谐小康了，我也没话可说。但我不是大马哈鱼我是人，我喜欢吃得花样翻新穿得五花八门，当我把读小说和写小说看得与吃穿同等重要时，我愿意让小说对所叙之事的理解也花样翻新五花八门，我尤其愿意，叙事能成为对所叙之事的参与和创造，甚至，叙事就是所叙之事。

文学是座大开心馆，不同的人能在其间找到不同的乐子，如果叙事这件大乐子没被"袁可嘉"演给我看，凭我自己的鼠目寸光，是否能够把它找到，或找到了，敢不敢让它与强大的狄更斯巴尔扎克的典型环境典型人物比肩而立，还真不敢想象。我记得，早夭的优秀编辑家闻树国说过：如果卡夫卡的小说最初送我审读，我很可能没勇气发它。我认为闻树国的自我判断除了普遍性，还有引申含义：若那样的小说已被人认可，他就敢发。他的意思是，没有鸟就没有飞机，而没有飞机火箭，神州五号就不存在。是的，这世间没有无源之水无本之木，只要承认这点，就能看清巴塞尔姆的《白雪公主》并非格林兄弟那个《白雪公主》的敌人，而是姐妹，甚至就是同一个人。但许多东西，理论上承认非常容易，去具体实践中分辨识别，就太难了。不可否认，最初左右我追捧"袁可嘉"的那股热情，主要成分是五分钟热血，我的兴趣所在，也多为形式技巧上的标新立异与猎怪逐奇。怎么说呢，就像一个不成熟的恋爱者，我看重的，只是恋爱对象的身高体重肤色长相。所幸的是，继我与"袁可嘉""偶然"相遇后，新的"袁可嘉"后续的"袁可嘉"又翩翩而来了，它们犹如天女散花或星火燎原，以不同的方式从不同的角度浸润着我。通过对它们的多方考量反复省察，我终于获得了透过身高体重肤色长相去关注脾气禀性的能力，也终于明白，我与它们之所以能一拍即合一见钟情，更在于我的生存根脉与美学基点，我的整个世界观，都已"必然"地写在了与它们属于同一系谱的基因图上。也正因为这样，我一直回答不好，是我选择了"袁可嘉"呢，还是"袁可嘉"选择了我？这几乎成了个宗教问题。我只能说：偶然之途，达及必然，必然所成，均赖偶然。

在我与"袁可嘉"热恋的同时，有一套"二十世纪外国文学丛书"也正由外国文学出版社（人民文学出版社）和上海译文出版社分头推出，现在仍能见到上海译文在持续地出它。尽管那里边的有些东西与我口味不合，我买得不全，但它对"袁可嘉"起到了极好的推波助澜作用，把文学那种海纳百川的包容精神与生生不息的传承特点大气磅礴地展示了出来，就像一阵自由的风，平等地吹进每一扇心窗，不管你是托尔斯泰的传人，还是乔伊斯的拥趸。这之后，刘硕良时代的漓江出版社异军突起，"获诺贝尔文学奖作家丛书"和设计别致的"法国廿世纪文学丛书"波涌浪迭，刘硕良柳鸣九让我看到，外面的世界很精彩，外面的世界一点不无奈，如果我们仍然徒唤无奈，那只能是自己的事。后来的漓江社有点让我失望，能开垦出那么一片肥沃的土地多不容易呀，为什么又撂荒了呢？我不懂出版，此为乱说。

我知道，"袁可嘉"属于小众趣味，即使在精英文化传统未曾受到毁灭性破坏的社会环境里，喁喁私语与踽踽独行也是它的命运常态。可私语与独行，标志的不正是精神自由意志独立吗？一个时代，如果一言堂和齐步走代替了私语与独行，失声和迷途便会野草般蔓延，那时候，千言万语汇成一句话和踏上千万只脚的悲剧，波及的就不仅仅是蕞尔小众了。这世界上，没有"袁可嘉"，人们照样吃喝拉撒；但我相信，有了"袁可嘉"，人们的吃喝拉撒定然可以更惬意些。人和大马哈鱼不一样嘛。所以，作为一个始终受惠于"袁可嘉"的文学读者和小说写作者，我愿意向云南人民、湖南文艺这类偶一为之地推出诸如"拉丁美洲文学丛书"或"午夜文丛"的出版单位脱帽敬礼，而对持之以恒地向我提供思想与艺术养分的上海译文、译林、三联、《世界文学》和《外国文艺》编辑部等出版单位，我觉得顶礼膜拜都不过分。我唯一的一点意见是，比如译林社，它电脑字库里不铺"林荫道"只砌"林阴道"，这让我看去很不舒服，尤其"阴道"被"林"甩到下一行时。我不认为我这种吹毛求疵的阅读反应源于我的猥琐心理与低级趣味，我也不是个像道德标兵仇视露脐装那样反对"阴道"的人，我小说里，阴道从来都与心脏眼球脊椎骨后槽牙一样清白体面。我抗议"林阴道"，只是觉得，"阴道"由人体移入大自然时，以仓颉的规律习惯，加上草字头才更妥当。后现代也得有个"后"的语境呀。我也听说，规定"林荫道"为"林阴道"的，是些文字权威；但出版过冯尼古特的人，怎么能把一些顶多厅局级的权威的歪理邪说奉为圭臬呢。想想冯尼古特在《顶呱呱的早餐》（《优胜者的早餐》）中干的事吧，美国国旗、美国国歌，那是何等"权威"的东西，可他挖苦它们，就像玩扑克时，朋友们挖苦我出了把臭牌。另外，买个博士文凭当权威的，因为是×的小舅子当权威的，已越来越多，没必要对谁都唯命是从。

　　二十多年一闪而逝了，表面看去，"袁可嘉"在中国灰头土脸，即使不算全军覆没，在一片"回归"声中，它领地的大面积丢失也有目共睹。不说普通读者吧，单看从事文学写作的特殊读者，眼前也容易一片萧瑟。事情似乎是这样的，我的这部分同行，即"袁可嘉"的前目标读者，大概觉得径直扑向出版商的钱袋和作协领导的奖杯不大堂皇，又没什么晋见的贿礼，就总惦记着先把"袁可嘉"

批倒斗臭再转过身去投怀送抱：他们说，玩了百年，那些东西在西方已黔驴技穷，明显地没有生命力了，我们干嘛还接着玩，赶紧悬崖勒马吧，也许还能减少些损失；他们又说，这路东西，有什么特别，不就是把我们所有小说的开头都归拢成了同一个开头吗，"多年以后，面对行刑队……"那么容易模仿的东西，必然是些雕虫小技；他们还说，二战以后，英美欧陆，没出一个公认的大师，要么是上了宗教领袖的通缉令的，要么是公开承认靠嫖妓满足性需要的，要么就把白花花的诺贝尔银子赏给抛家弃国的高行健或热衷于把玩性变态的耶利内克，这足以证明，垂死的艺术只能配伍堕落的人……可我倒以为，不论回头浪子和九斤老太们如何遥相呼应地诋毁"袁可嘉"，事情却并非那么糟糕——当然，我不会像有些"袁可嘉"的辩护律师那么"现实主义"，只拘泥于头疼医头脚疼医脚的枝节纠缠，以美国的监狱犯人喜欢《等待戈多》或哥伦比亚的确有人长出了猪尾巴作为地对空的拦截导弹，来说明贝克特其实并不"荒诞"，而马尔克斯的"魔幻"也有真实依托。我想说的是，就我目力所及的范围，我的所有同行，不论如何的九斤老太或怎样的回头浪子，都有过兴致勃勃地舞动着百年西方的刀叉勺子进食的经历，即使没把"多年以后，面对行刑队……"之类的句式用到小说开头，也在小说中间和小说结尾，留下了大肆化用套用它们的马迹蛛丝，而尤其说明问题的是，虽然他们已经自信得如同中国足球了，却仍然坚持谦虚谨慎，没好意思像有些吃新儒学饭的人那样，点着从美国的中国问题研究机构讨来的美元，拍着胸脯子鼓励同胞说：二十一世纪嘛……

二十一世纪刚刚开始，我不是诺查丹玛斯我不敢预测，但作为一个喜欢探头探脑的井底之蛙，我不会取消自己回望过去的权利。回望中国文学的包括我自己的这二十多年，我没法不承认，"袁可嘉"作为一种人文精神的流风余韵，作为一种艺术传统的源头活水，已"润物细无声"地渗入了中国文学的每一道思想缝隙，已"当春乃发生"地发酵和分蘖出了中国文学的真实叙事。我想，面对这样不容抹杀的实绩，感念"袁可嘉"，应该是每一个中国文学工作者应有的礼貌。

致老罗

老罗你好：

从未打算给你写信，也就没想过称呼问题，现在写了，轻叩键盘，敲出来的称谓竟熟稔亲热，显然，下意识里，我是把你当朋友的。我没套瓷，我有证据。十七年前，在我居住的沈阳，北陵小区有了我独立的书房，七年前，它又被我移入汇宝花园，但不论在哪，我书房里，没被书架覆盖的几面墙上，唯一的装饰始终是你，是一张有你的黑白照片，镶嵌在比一本大十六开杂志还大一圈的木相框里。是的，那张我当年特意请朋友扫描放大的合影照里，还有也让我喜爱的萨缪尔·贝克特，还有娜塔莉·萨洛特和克洛德·西蒙等共计六人，但多年来，它得以恋人般与我厮守，又的确因为你在其中，且居于一个醒目的位置。

因为我，我不知你耳朵是否热过。近三十年了，念叨你，都让我显得婆婆妈妈，对你的责难之声越是喧嚣，我越要把你挂在嘴边，如同有意跟人抬杠。我没想替你辩护什么。有价值的存在无需辩护，

237

那些持续的争议反复的指摘，哪怕充满挖苦讥讽，所彰显的，也是存在本身的勃勃生机。我常常念叨你的名字，其实是给自己打气，是给自己的心慕手追校正航向，就好像，一个运动员即使远离赛场正休假呢，对教练教授的技术要领，也该虔诚地口默心诵。没错，老罗，我的技术要领，正是你那由多见的"·"和少见的"–"所连缀而成的好听的名字，至少，那名字是我技术要领中一句重要的口诀。我不懂法语。我念叨你，由于沿袭了早期习惯，常把"罗伯"说成"罗布"，或读"格里耶"为"葛利叶"，但郑重其事地书写你时，"阿兰·罗伯–格里耶"，每个汉字都准确无误。我强调这点，是想借此向陈侗致意，他编你书时，就这么为流通于中国大陆的你统一了译名。我不认识陈侗。早年他做博尔赫斯书店，我多次邮购他店里的书，一度把期待广州邮件当成了幸福。后来来往就中断了。如果我的记忆准确，我与"博尔赫斯"的句号是这样画的：在那间蕙心兰质的书店歇业前夕，店方来信，说那里尚有我的余款，因为我欲买的书已无法出版，他们问我，是否另选别的图书，或将钱退我。我回信说不买别的，也不用退钱，就以那点可怜的余款当纪念吧，纪念一段愉快往来的黯然夭折。后来，则完全因为你，陈侗再度走进我视野，重新成了我敬重的对象：他持之以恒地向中国读者推介你时，果决之中含着谦和，固执之下透着羞怯，就好像刚炮制出一篇新颖的小说，得意之余又略感唐突；他陪你游走完南部中国，深感遗憾的，竟是没能邀你同去色情场所看脱衣舞表演，进而不无自责地发现，在我们的人性里生活中，"少了一点别的东西"（陈侗语）。

　　你最早进入我文学生活，是我大学刚毕业时，有一天，从朋友手上，我偶然拿到了你的《橡皮》。在那前后，我始终是侦探小说的热心读者。可与你相伴，我却发现，你的"侦探"与众不同，它演示给我的是"悬疑"的力量：它不从模糊走向明晰，倒把明晰转化成模糊。显然，你并非只侦查了某桩案件，而是探究了我对这个平滑世界背后的褶皱，开始萌生的质疑性认知。可能就是通过你这块"橡皮"，我第一次审视了我的文学观念，并对其做了"磁盘清理"，怀着一腔破坏的快感，涂去了许多幼稚的东西、可笑的东西、约定俗成的东西和假冒伪劣的东西。你以犹疑和黏滞为叙述特点，在不动声色中暗藏玄机，在条分缕析时制造混乱，你的遣词造句，似乎只重表演而拒绝表达，戏谑般地取消了仿佛天赋给读者的基本权利：不再满足他们从一个完成了的故事中寻找什么的懒惰要求，而鼓励他们调动自己的智力与经验，走向片断和局部，走向空白和虚无，走向支离破碎和不知所云，去行进着的故事中创造什么。你的文本别开生面，反常识地以不稳定的情节作为支点，还根本不在乎故事的大厦建起来后，是否歪歪扭扭晃晃荡荡。这真让我大开眼界，更大有所悟：与思想的谜团情感的困惑比，情节的谜案际遇的困窘竟那么苍白，而情节的谜案和际遇的困窘，只有与思想的谜团和情感的困惑相连通时，把玩起来才更有嚼头。由你这类美学趣味所衍生的小说，在那之前我也读过，但只为了解，未当楷模，能把它们榜样的力量发掘出来，无疑应该归功于你。很快，"新小说"就成为我文学字库里的关键词了。我从《外国现代派作品选》里领教了你的"客观",又从《法国作家论文学》中了解了你的"主观",还经由柳鸣九主编的"法国廿世纪文学丛书",译林社出版的"译林世界文学名著·现当代系列",一路跟进到陈侗立体呈现你的"白皮书"里。这是一个漫长的交往过程,因其漫长,就既有试探的余地,也有证伪的机会。我反复地试过证过——冥顽的接受习惯,不能不在我心头刻上以作品的社会学指标为金科玉律的审美烙印。试证的结果让我踏实,我真正明白了我认同什么,跟什么更臭味相投。我很荣幸,引你为友是我明智的选择。

像你这样的文学朋友,多年里我结交了不少,比如和你合影拍照的贝克特,比如给陈侗书店提供名号的博尔赫斯,还比如那个你渴望成为其继承者的、总为是否结婚而犹豫不决的弗兰茨·卡夫卡,还比如那个你精细讨论其作品的、在观念上有一点法西斯主义倾向的依塔洛·斯韦沃……他们给我的文学刺激,与你相比一点不少,甚至还多了些学习借鉴的可操作性。可对你,我始终怀有特殊的感情,更愿意把你这个他们中的小老弟,当做他们的全权代表——当我念叨你名字时,我念叨的,其实是一个众多的你,是众多的你联手酿造和共同传布的文学精神。但一直以来,我又没太想好,我何以单单以你代表你的诸兄弟们。是因为你我之间缔约最早吗?还是"为了一种新小说"(你的文集名字),你高度自觉的努力更有的放矢和刺刀见红?或者,是一个被动的文学流派偶然引发的"团体效应",给你这领袖式人物招惹的攻击太过激烈,基于义愤,我把为你挺身助威当成了捍卫艺术真理的道义与责任?事实上,如果让我投票表决，对你和你所代表的众兄弟们加以比较，不好意思，我给你的分数可能不会太高，毕竟，裁判一个作家的贡献和地位，并不只是对艺术额度的简单分配，还需要历史主义意义上的综合考量。但我反对的，不是你的隐晦或者艰涩，也不是你的极端或者偏执，不是你的冷漠，不是你的琐碎，不是你结构的缠绕句式的繁复意指的含混以及口味浓重的色情与暴力。不，不是这些。这些东西，别人可能会分别反对，我却不吝于悉数收罗，并很乐于陶醉其中，因为正是它们，调出了你这杯怪味鸡尾酒，过滤了熟腻溢散出新异，让我喝下去后，把晕眩能发酵成形而上学——小说的格物，终为致知，以格物生趣固然很妙，由致知通道则为大好。我对你唯一不满足的，是你太放任电影消耗你的时间，而未能进一步集中精力，对你小说的杀伤力和颠覆性加以完善。依我对你的逻辑判断，你给了我的和该给我的，其间尚有一段距离。可遗憾的是，自然规律已抢先出手，让你这个"弑君者"（这既是你的小说名字，也是你的文学身份）成被弑者了，从二〇〇八年二月开始，我寄望你弥补的距离已是真的距离。

　　对不起老罗，以这样的理由去要求你，我知道无理亦很无聊，甚至无耻。爱不是将被爱对象纳入教条，而是对被爱对象的有板有眼与旁逸斜出，一概持以欣赏的态度。就我个人看来，你的全部文学理念与文学创作的互动式印证，是一笔远超过许多伟大的单一作品的伟大遗产，如果说创作和理论是艺术实践的两条臂膀，那么，在为数不多的以双手撑持二十世纪下半叶现代主义半壁江山的小说家中，你是其间的巨人之一。你的自足性与自洽性，特别是你不仅在技法上更在意识上对虚构艺术的开拓性应用，完全有资格在融入传统时创生传统，恩惠于后世所有的艺术，以及人的思想。当然，早在你还活着的时候，在某些人那里，新小说就被判定为正在式微或已经失败，甚至整个现代主义的文学精神，都受到了幸灾乐祸的否定与清洗。但如此这般的生态波动，是事物演化的规律之一种，我对你以及你所代表的兄弟们的热爱与忠实，从未因之产生动摇。道理很简单，我热爱并且忠实于生活。生活就是艺术，艺术离不开想象，自从"上帝死了"（尼采语）以后，你和你的兄弟们的创作实绩已充分表明，在这个病因愈益繁杂的世界，你们是真正具有洞察力和预见性的想象大师。

老罗，我得承认，你给予我的已足够多，我的不满足只是意气之辞。作为朋友，我虽然从未以直接的方式向你致谢，却一直以我喜欢的间接的方式，遥遥地向你表达着感激。我曾通过你的《窥视者》发动故事（《捕蝉》，一九九五），也曾让你作品的名字为我所用（《重现的镜子》，二〇〇一），还曾把一部长篇小说作为礼物题献给你的妻子也包括你（《角色与情境》，二〇一〇）。关于题献这个话题，我多说几句。二〇一一年，我原名《角色与情境》的长篇小说出单行本时更名《亲合》，它使用原名的删节本，则发表于上一年九期的《作家》杂志，那期《作家》，还同时刊发了我的创作随笔，是在随笔的结尾部分，我向你们夫妇呈上了献辞：

我喜欢法国小说家罗伯-格里耶三十年了。以前还有喜欢的理由，后来就没了，光剩下喜欢。喜欢他成了我的习惯。恋爱的时候我就这样。二〇〇八年初，修改《我哥刁北年表》时，我买到了罗氏妻子卡特琳娜·罗伯-格里耶的《新娘日记》，一口气读完，我觉得我没喜欢错罗氏，同时，在幻觉中，我的新小说也浮出了水面。这是一个单纯的因果关系的结构过程，由感性出发抵达理性。小说的艺术恰好也如此，对接感性与理性时天衣无缝。

我想冒昧地把《角色与情境》献给小个子女人卡特琳娜，以及她丈夫。

哈，老罗，你和卡特琳娜，有兴趣接受我的小礼物吗？好了不多说了，纸短话多，言不尽意，反正《去年在马里安巴》（你的电影名字），我们已约好了地狱里见——地狱热闹，比天堂好玩，或如你所说，你游逛的那个世界和我混迹的这个世界都像迷宫，是"不稳定的，浮动的，不可捉摸的"，因此，原本也就没什么天堂。

刁斗　2011岁尾

韦克菲尔德

美国的悬念电影大师希区柯克曾主编过一本悬念小说集，他在集子的前言里异常神秘地对读者说："等你开始阅读时，我建议你挑一个独守空房的时间。如果家里有人，离他们远点。"

我想，阅读霍桑，就应当如此。我没有把霍桑划归为悬念小说作家的意思，尽管他肯定是一位当之无愧的设置悬念的大师。

我曾经两次阅读《红字》。第一次的情形我已经忘了，因为丁梅斯代尔让我憋闷，那时我根本不愿意去考虑时代的、宗教的、地域的或习俗的种种因素，我忽略了作为心理现象的罪过和隐秘。第二次的阅读是在三四年前，整整一个燠热的长夜，我孤灯独坐，细细品味，那种强大的恶的胜利让我寒战不已。我蜷缩在自己昏暗的陋室里，以一种如鲠在喉般的感受领悟着黑夜的压力。

我曾经连续数日毫不旁骛地阅读只有二十一万汉字的《有七个尖顶阁的房子》（上海译文出版社一九九一年版名为《古宅传奇》）。那是在南方恹恹连绵的梅雨季节，在一间清冷阴森的老房子里，我惊惧地走进平其安家族梦魇般的生活，听命于一种微妙而奇异的吸力，把恐怖、压抑、灾难感和罪孽意识一齐唤醒。就像置身于坟墓之中那样，没有人打扰我，安谧而缓慢的阅读使我把只身独处的招待所房间幻想成了一幢年代久远的有七个尖顶阁的闹鬼的房子。

但是那时候阅读霍桑我并没有意识到一定应该远离人群。直到一年以前，我结识了韦克菲尔德。

《韦克菲尔德》是纳撒尼尔·霍桑的一个短篇小说。它的故事简单明了，但却像月晕础润一样呈现出某种可疑的征兆。一个姑且被称为韦克菲尔德的有着十年婚史的男人，在一个十月的黄昏吻别妻子走出了家门。他住在一处事先安排好的，看得见自己家院的地方。他计划一周后回家。可是他的旅程是那样短暂，近在咫尺的旧居使他无法心平气和地安享孤独，第二天一大早他就责怪起了自己的唐突荒诞。他想立刻回家。可是一天过去了，一星期过去了，甚至一年也过去了。有一次他已经走近了熟悉的家门，有一次他与自己的妻子在街上交臂而过，但他却终于没有回家。直到这样的自我流放持续了二十年以后，他才在一个普普通通的落雨的夜晚悄然回到了家中。他的脸上，还挂着当年出走时的那种狡黠而诡秘的微笑。这就是韦克菲尔德的故事。霍桑认为：这里面一定有一种无所不在的精神和一种道德上的寓意。

或许是这样吧，寓意总是耐人寻味的。于是我想到了弗兰茨·卡夫卡——一棵盛产寓意的永恒的病树。卡夫卡对我来说是一个更为熟稔的作家。我甚至怀疑我对霍桑的喜爱本来就源于我对卡夫卡的热爱。尽管霍桑先于卡夫卡八十年已经来到了这个不祥的世界上。霍桑和卡夫卡一样的身材瘦长，眉清目秀，长期的封闭独处使他们一样的敏于内心生活。当然这只是外在的比附。促使我把他们联系在一起的，则是贯穿于他们小说之中的那种血脉神髓，是他们对人类精神生活所做出的冷峻的、绝望的、一针见血的先期预言。这正如豪尔赫·路易斯·博尔赫斯所分析的那样：《韦克菲尔德》预先展示了弗兰茨·卡夫卡。如果卡夫卡写了这篇故事，韦克菲尔德将永远不能回家；但霍桑让他回了家。当然了，韦克菲尔德的归来和他的长期离家是同样可悲和残酷的，这一点不言而喻。

霍桑在三十八岁时结的婚，在此之前，他过的几乎纯粹是想象的精神生活，并且一度蛰居乡中十二年之久。他在给朋友的信中写道："我成了囚徒，自己关在牢房里，现在找不到钥匙了，尽管门开着，我几乎怕出去。"卡夫卡在自己生命短暂的四十一年里，则极少离开幽居的故乡布拉格，他孤僻内向，脆弱敏感。他在信中对父亲诉说："最近你问起我，为什么我总是怕你。对这个问题，我还是像往常一样，不知该怎样回答。原因之一恰恰是我害怕你。"看来，怎一个"怕"字了得。霍桑还只是怕外面的世界，卡夫卡已经进而怕起了自己的亲人。我不知道博尔赫斯是否叙述过自己的惧怕，但我知道，博尔赫斯在结束了欧洲的游学之后，几乎是从二十几岁开始就长期生活在布宜诺斯艾利斯寂寞冷落的图书馆里。他在陈述自己的创作活动时断然说道，他既不是为了少数精选的读者写作，也不是为了那个被称为"群众"的整体写作。他不相信这两种抽象的东西。"我写作，是为了让光阴的流逝使我安心。"我不敢设想，"不相信"是否也就是"怕"的同义词。但我敢推断，"韦克菲尔德"肯定是霍桑、卡夫卡和博尔赫斯们共同的儿子。

韦克菲尔德是人类的一种宿命，他的精神指向存在的本质：既不辉煌也不可怜。如果一定需要一个概括，可以借用阿尔贝·加缪的结论：荒谬。韦克菲尔德使我们能够潜入自己的内心深处，使我们能够感到我们的真实与虚幻。是的，与世隔绝的韦克菲尔德很想知道家里的事情，他对自己说："我再也不愿意独自一人睡了。"可是他却一次次地深化了自己的无意义，把自己归家的行动延迟了二十年之久。我想，二十年之后的韦克菲尔德一定是太老了，衰老会使人变得除去死亡别无所惧。如果二十年之后的韦克菲尔德依然是一个壮年男子，他将会做出怎样的选择我不得而知。我只想说，韦克菲尔德即使真的有博尔赫斯替卡夫卡安排的另一种结局的话，我还是愿意让他听命于霍桑的指挥。残酷的极致是心灵的绝望。

《韦克菲尔德》的提醒富有启示意义，我明白了为什么读《红字》时，读《有七个尖顶阁的房子》时，我都情不自禁地取了那样一种状态，一种希区柯克建议我们读悬念小说时的状态。

如何进行自我消灭

意大利作家伊塔洛·斯韦沃在小说《泽诺的选择》中，完成了一个"有的人活着/却已经死了"的主题。

寻找精神先于肉体死亡的角色，这在货物丰沛的西方小说库房里俯拾即是。泽诺的贡献在于，他（一九二三年）与他那些似乎更加大名鼎鼎的小弟弟默尔索（一九四二年/阿尔贝·加缪《局外人》主人公）和施蒂勒（一九五四年/马克斯·弗里斯《施蒂勒》主人公）们一道，异常漂亮地支撑起了在二十世纪越长越高的绝望大厦，使荒谬成了当今世界上最响亮的品牌。

泽诺、默尔索、施蒂勒这些难兄难弟，他们的共同特点是把自我消灭当成生活的目的。因为"使我们获得健康的任何努力，都会是白费气力的"。那么什么时候才能够重获健康呢？"地球将会恢复原来的星云状态，在天空中游荡，既没有寄生虫，也没有疾病了。"但这种深入腠理的认识，只能来自于清醒地认识到自己和这个世界都出了毛病的泽诺，而默尔索和施蒂勒，他们凭借的更是本能。默尔索和施蒂勒现代人化的成分过于浓烈，他们所热衷的自我消灭，与他们的大部分同代人更热衷于自我膨胀有点异曲同工。如此一来，他们的自我消灭终究以失败告终便算不上遗憾。他们不该忘记，那把高悬在他们头上的法律之剑，必然会蛮横而冷酷地剥夺掉他们硕果仅存的最后一点个人权利。因为法律只承认肉体的毁灭，从来不接纳精神的判决。而泽诺之所以能获得成功，关键在于他的自我消灭完全进入了个人化状态。与他发生关系的，既不是法律程序，也不是国家机器，甚至都不是组织集体或者父母妻儿，与他发生关系的，只是也可以与他没有任何关系的另一个个人化代表——疗治他的精神疾患的心理医生。心理医生可比法律国家组织亲人都要人性得多，心理医生希望你除却痼疾起死回生，可心理医生也允许你每况愈下做一具姥姥不亲舅舅不爱的行尸走肉。基于泽诺的个人化方式，泽诺有福了，他终于可以理性地而非莽撞地，客观地而非褊狭地，和风细雨地而非强硬激烈地，去处理自己。

当然有时候，泽诺也会在自我消灭的道路上回头观望。比如住院戒烟时，他会不无温情地想："在这个世界上，几乎所有的人都至少有一个家庭吧。"比如他最初开始背叛妻子时，他也良心不安地"感到自己很渺小，既有罪又有病"，"不想给她（妻子）带来痛苦"。然而，这毕竟只是泽诺行为中最无足轻重的一个部分，一旦我们听完泽诺关于"吸烟"，关于"父亲之死"，关于"结婚的经历"，关于"妻子与情妇"，关于"创办贸易公司的经过"的冗长缓慢而又明晰平静的讲述，我们就会了悟到，视死如归，其实并非只是英雄的壮举，在更多的时候，它是一个对生有了深入理解的人的最后选择。

　　有一个笑话是这样说的：一个年轻人驾着汽车，不顾生命危险地径直闯入火海扑灭了大火。嗣后，有人问这个年轻人，将怎样使用因救火而得到的一笔奖金。年轻人看了看自己的汽车，余悸未消地说，我要用这笔钱，先把汽车上那个倒霉的刹车给修好。

手抄书稿

据一个朋友讲，有一次她参加一个基督教机构的聚会，一位不认识她的基督徒在与她聊天时，由于不知道她是否也是教徒，这样漫不经心地问她一句："你也有信仰吗？"

朋友给我讲完这件小事，我没问她是怎么回答的。我觉得朋友的回答并不重要，让我感动的只是那个基督徒。我认为，那个可能性格挺开朗、有着比较强烈的与同类结识愿望的基督徒，一定不会不知道，如今这世界上的信仰或者叫伪信仰已经泛滥过剩，就像秋天沈阳市场上的大白菜那样盈衢溢巷了，各种主义、各种观念、各种神祇、各种宗教，像绳索一样将人捆缚。可是那个心如静水的基督徒却能轻而易举地将其他一切忽略不计，只是十分自信地面对自己的心灵，充满同情和怜悯地向别人发问："你也有信仰吗？"这的确有点难能可贵了。

英国小说家威廉·索姆斯特·毛姆在他的最后一部长篇小说《卡塔丽娜传奇》里讲述了这样一个故事：十六岁的残疾姑娘卡塔丽娜

是一个虔诚的教徒，有一天圣母马利亚显灵后告诉她，在一户人家的三兄弟里，那个侍奉上帝最虔诚的人可以使她恢复健康。在那三兄弟里，老大是个苦行修士，为了传播上帝的福音，他弃绝所有凡俗的享乐，鞠躬尽瘁，教绩辉煌；老二是个为国家和教会立下了汗马功劳的军人，曾被封为伯爵；老三是个老实厚道的面包师傅，为人善良，身份低微，与世无争。谁都可以想见，如果那个显灵的真是圣母马利亚，那么最终解除卡塔丽娜疾患的人应该是老大，至少是老二。可是故事的发展出人意料。在经过了漫长的反复与试验，在人们对圣母马利亚已经失去信任后，始终作为事件局外人的老三却创造了奇迹，他代上帝完成了恩泽子民、赐福卡塔丽娜的神圣之举。

这个故事并不尖刻，它淡淡地启发着人们的思维。事实上，这个故事里饱含了老年毛姆的善良企盼，它无意中溶化了"你也有信仰吗"的漫不经心的主题。老大与老二，尤其是老大，他的信仰之虔诚令人肃然而又悚然，他那种对于肉体的自虐式惩罚，足以证明他真诚的救赎之心。可是在精神的层面上，他居然不如他那个爱吃好菜好酒的三弟更接近上帝。这未免让人有点心酸。看来上帝所需要的并不虚无缥缈，上帝事实上既简单又实际。

关于信仰，我们还可以借助如下两本小说去认识和了解：意大利人翁贝尔托·埃科的《玫瑰的名字》和英国人格雷厄姆·格林的《人性的因素》。

在《玫瑰的名字》里，扑朔迷离的凶杀案和神秘莫测的藏书馆引人入胜，尽管在前两百五十页里连一个无足轻重的女性角色都没出现过（仅就我的阅读期待来说），可照样使我不忍释卷。但让人吃惊的是，这样一部作品却并非一般意义上的侦破小说，深入的阅读终于使约定俗成的规律和经验受到了嘲弄。它告诉我们的是：当一种观念与信仰把人限制在无力自拔的某一点上之后，或者是大善，或者是大恶——由于前提的不科学性，大恶更显得必然一些——便会应运而生。在全书的结尾，一切都已真相大白后，藏书馆的葬身火海、修道院的崩坍荒芜、诸多无辜生命的惨烈死亡，便成了科学性对不科学性的痛楚注释。我们看到，德高望重的乔戈尔修士可谓是他所认定的真理的忠实信徒，他不能容忍别人对于他的真理的质疑和修正。可最终的结果却事与愿违，他对于真理和信仰的捍卫，所导致的结论却是讽刺性的：真理和信仰是所有灾难的罪魁祸首。正是基于此，像基督（尼克斯·卡赞扎基斯笔下的基督）一样英明坚强但也有着缺点毛病的威廉修士才会说："敌基督可以从虔诚中产生，从对于上帝或真理的过度的爱中产生，如同异教徒来自圣人，被统治者产生于统治者一样。""敌基督"，这是一次刺人心肺的命名。

《人性的因素》如同格林的许多小说一样，干净、明快、从容、有力量。虽然它写的是间谍生活，但不像《第三者》那么阴森恐怖，也不像《我们在哈瓦那的人》那么悬念丛生，读者所能设想出来的间谍故事，在这里基本派不上用场。它所展示在我们面前的，只是又一出信仰的悲剧，人的悲剧。作为双重间谍的卡瑟尔，当间谍只是他所从事的职业而已，这与做工人当农民经商教书都没区别，庸常之辈卡瑟尔无意成为国际政治斗争的自觉战士。他为自己的国家英国做事，可他在心里却反对本国政府镇压非洲人民的无耻勾当；他为社会主义的苏联做事，但他却不是因为贪图金钱也不是因为信仰列宁主义。卡瑟尔所怀有的只是一个普通人的心愿：与妻子过平静的日子。在这里，我们不能说卡瑟尔不爱自己的祖国，不爱自己的民族。只是与虚幻的爱国主义和民族主义相比，他觉得热爱一个美丽的南非黑人姑娘更愉快幸福。照理说，爱祖国爱民族与爱一个异族民女也并非矛盾。可是政治斗争的冷酷与残忍，使卡瑟尔无法顺顺当当地实现这一最为普通的爱情愿望，他只能身不由己地把自己绑到双重间谍的战车上，等待国家这样一个庞然大物来呵护他脆弱的爱情。于是他成了一个没有信念、没有信仰、背叛真理、背叛祖国的罪人。这样，在卡瑟尔身上，我们便更清楚地看到了信仰被奸污以后所产下的怪胎，是怎样毫不留情地把现代人身上那点硕果仅存的人性的因素吞食殆尽的。

就这样，修士乔戈尔的有信仰使他害人害己，间谍卡瑟尔的无信仰使他害己害人。如此沿着与信仰有关的问题一路想下来，还的确有点惊心动魄呢。于是我想，能有胆量心平气和地问别人一句"你也有信仰吗"和从容不迫地回答别人关于"你也有信仰吗"的提问，大约到什么时候也不是一件容易的事。因为提问的和作答的，需要的都应该是一种境界。另外，我再多说一句，毛姆、埃科和格林讲述的故事，还有赫尔曼·黑塞的《纳尔齐斯与歌尔德蒙》和卡赞扎基斯的《基督的最后诱惑》所讲述的故事，其实离我们的生活一点也不远。

唯爱不泯

　　知道《辛德勒名单》先为一部小说后成一部电影，是一位朋友介绍给我的。朋友曾两次去看这部获得七项奥斯卡奖的电影，却都没能看完。"太压抑了，让人无法忍受。"他告诉我，"但我敢说这的确是一部出色的影片。"他接着告诉我。

　　我相信这位朋友的鉴赏趣味。但我始终没找到机会去看这部电影。我买来了小说《辛德勒名单》。

　　阅读小说是我生活中的一项重要内容，经验能帮助我较为迅速地判断出一部小说的优劣以及我对它的接受角度和接受程度。在我刚刚读完了《辛德勒名单》开头那个二十多页的漂亮"序幕"后，我不能不产生如下的疑虑：一方面，在"新新闻体"这一小说门类中，杜鲁门·卡波蒂的《冷血》（一九七五年）和诺曼·梅勒的《刽子手之歌》（一九七九年）都达到了相当的高度，紧随其后的《辛德勒名单》（一九八二年）能够承前启后吗？另一方面，写二战，写法西斯迫害犹太人的小说名著已经硕果累累，不管是美国人威廉·

斯泰伦的《苏菲的选择》还是德国人埃里希·玛丽亚·雷马克的《凯旋门》，都曾给我带来过强烈的震撼，难道澳大利亚人托马斯·基尼利还能做出更精彩的表演吗？

辛德勒的故事说起来简单。二战期间，辛德勒这个耽于享乐的德国男人，这个英俊精明的纳粹企业家，凭借他的智慧和权力，不惜倾家荡产，豁出身家性命，向一个饱经沧桑的灾难种族伸出了他的援救之手，无私地保护了一批批无辜的犹太人。我们知道，在本世纪最大的一次人类浩劫中，被纳粹法西斯屠杀的犹太平民多达六百万，而辛德勒这个良知未泯的人道主义者所能做的，只不过是杯水车薪而已。

然而，就是这面对车薪的一杯净水，它不仅很好地回答了我上边提及的两个问题，更用它所折射出来的爱的光辉，催生了我对于人性的深一层思考。我想到了本世纪发生在中国土地上的另一场浩劫。

有一个叫做张志新的女人的名字可能早就叫今天的中国人给遗忘了，还有在后来没有像张志新那样受到广泛传扬的遇罗克、李九莲，可能更没有人会记得了。中国人需要的历史要么是"四大发明"，要么是"三国演义"，所以巴金老人提出的关于建立"文革博物馆"的动议只能泥牛入海。我的一个白种朋友有一回调侃地问我："是不是亚洲人都有健忘症？"我反问他怎么了。他说："德国人没有忘记二战的疯狂，美国人没有忘记越战的梦魇。可在你们这里，日本'忘记'了对他国的侵略屠杀，中国'忘记'了给自己人民带来灭顶之灾的文化大革命。"我无言以对。我想提醒这个白种家伙，我

们有过一个关于若干历史问题的决议。可我知道，我面前这个走遍
了世界的人不是傻瓜。于是我只能说我没忘。我给他讲了刘少奇、
邓拓、老舍，又给他讲了张志新、遇罗克、李九莲……

　　我给我那个白种朋友讲述"文革"时，我还没有读到《辛德
勒名单》。现在我读到了《辛德勒名单》，我又想到了上面那些名
字。其实对于刘少奇、邓拓、老舍还有遇罗克和李九莲，我所了解
的情况并不比那个白种朋友更多一些。我能多说几句的，大约是张
志新。我的父亲当年在盘锦五七干校劳动改造时，与张志新同在一
个农场，他目睹了张志新入狱前的挨斗直至被抓上囚车；与我关系
甚好的前辈同行于成全在刚粉碎"四人帮"时，曾写过关于张志新
的报告文学和话剧，他的采访触须一直延伸至监狱狱卒。正是父亲
和于成全这样与我异常接近的人，使我了解到了一些更为"内部"
的情况。我知道了是谁打张志新的小报告，我知道了是谁用流氓手
段对待张志新，我也知道了是谁灭绝人性地割断了张志新喉管。我
知道了他们，也就知道了杀害一个无辜生命的，除了政治运动这架
庞大的机器，更是一些与那无辜生命同样普通的一个个"个人"。关
于张志新这个共产党员，只有一件事情我不知道，那就是当年在她
身边，是不是也有一个"辛德勒"。如果有，我想，哪怕这位"辛德
勒"只是当面对张志新表示过一点点安慰和同情，那他（她）也
值得我们铭记。

　　在文化大革命那样的血腥之中，的确每个普通的"个人"都自
身难保。但我们所看到的事实却是，当那一个个最为普通的"个人"

在打小报告时，在使用流氓手段折磨人时，在割喉管时，他们并不存在生命之虞，灵肉之难。他们既不是古罗马斗兽场里需要你死我活地角力的奴隶，更不是有着家恨国仇或者曾经杀父夺妻的敌人。他们不仅同宗同祖，更有着相同的目标与信仰。他们把伤害他人荼毒同类当成最大的快事，只能证明他们的人性已经堕落到了何等地步。而更糟糕的是，一旦时过境迁，天地翻覆了，他们想到的不仅不是自省和忏悔，反而是装疯卖傻，蒙混过关。他们大言不惭地把一己的恶推卸给一个大而无当的组织、理想和主义，轻而易举地就把自己抖搂个一干二净。于是有朝一日再找到了适宜的土壤，他们便会理直气壮地让藏匿起来的恶德再度复苏。他们不懂得爱，更不懂得反省和思考爱。由这样一些"个人"构成的群体，实在是一种比任何灾难都要可怕的东西。

就此我们发现了辛德勒的意义。辛德勒这个普通的法西斯"个人"，在半个多世纪前的为兽生涯中，却能身体力行地除恶向善，仅仅用难能可贵来评价他是太苍白无力的。我想，辛德勒的行为对于每一个中国人来说，即使是对于像我父亲、像于成全以及像我这样身在兽群之外的"个人"来说，都应该是一次醍醐灌顶的唤醒。面对辛德勒那冷静的微笑，我们理当感到深深的惊怵和长久的震撼。

基尼利说，一九七四年（张志新被杀害的前一年），当辛德勒走完他生命的途程后，全世界"每一个洲都有人为他服丧哀悼"。基尼利大概指的是每一个洲都有受到过辛德勒救助过的犹太人在感念他。可我想，为辛德勒服丧哀悼的，肯定是这个世界上所有正直的、富有同情心的、懂得爱与被爱、懂得尊重生命的人。这不是一个种族对一个个人的感念，这是整个人类对自己良知的确认和赞美。由此我也应该清楚，我没有理由为二十多年前我还是个孩子而自认为可以减轻愧疚，可以不负担一个个"个人"对于其他一个个"个人"所犯下的罪孽。我必须和我的父兄一起站到辛德勒的灵前，去体会身心得到净化后的强健与高尚，因为尽管文化大革命已成历史，但生活并没停止，人性中德行的较量更没有结束。只要这个世界上的罪恶与灾难还在无羁横行，每一个痛恨罪恶与灾难的人，就应该让善良悲悯还有对灵魂的自救成为生命中不落的太阳。

　　其实，《辛德勒名单》的印证朴实也简单。若干年前，文化大革命谢幕不久，有一个诚实的中国女作家就站在人生舞台的边缘一角，用她细弱的声音，提醒过我们这些作为一个个普通"个人"的观众：爱，是不能忘记的。

卡夫卡退婚

译成汉语的卡夫卡作品，我大多读过，包括他的日记和书信，包括别人写他的传记。如果文如其人这话准确，那么，文也就应该能说明人。卡夫卡的文基本能说明他。他悲观，忧郁，严谨，自律，是个诚恳的君子温情的绅士，柔弱腼腆却意志坚定，焦虑其里而安详其表。但在有一点上他让我困惑，他在四十一年的短暂生命里，在并无任何外部压力的情况下，曾三度订婚又三度退婚，以"甩"未婚妻的方式，涉嫌羞辱了爱他的女人。倒没人规定，订立的婚约不能毁弃，每一桩风流韵事的曲折后路，都必须通往婚姻的殿堂或者地狱。问题是，他不是卡萨诺瓦型的花花公子，也不是叔本华式的厌恶女性者，还与每个恋爱对象间都没什么障碍——比如，与他最情投意合的蜜伦娜虽系有夫之妇，也甘愿为他"牺牲一切"。既然如此，他为何要出尔反尔、左顾右盼、朝令夕改、自欺欺人呢？我相信，当他一次次让爱他的女人情伤心碎时，他心头那种自责的疼痛，几乎会长过他的生命。

好多年里，我一直想解开卡夫卡的退婚之谜，如同为蒙冤的好友找回公道，尽管我知道，欲撬开别人的心底密室，远难于在文明世界搞强制拆迁。是的，卡夫卡有他的夫子自道：婚姻生活会影响写作，会让他平庸，"生活方式的千篇一律，规律性，舒适和依赖性"会毁了他。可如果是这样，像他这等睿智之人，矛盾一把也就够了，哪还用三番五次地百般纠结，况且，在他熟读的前辈同行中，并不缺少现成的楷模：因了同样的理由，福楼拜就拒绝结婚，克尔凯郭尔虽有过动摇，也只订婚退婚各折腾一次。显然，是卡夫卡不肯就事论事地一把钥匙开一把锁，他把俗常的婚姻之事，解成了一道旷世难题。

卡夫卡天性敏感多思，质疑追问时，喜欢起步于极端个人化的具体经验，甚至也只止步于此，并不涉足观念领域。熟悉他作品的人都很清楚，他对身体、对家庭、对日常生活与社会机制，包括对他视若生命柱石的小说写作都不信任，他的全部文字，只为诉说同一件事：他置身其间的人类世界，是为加害于他而存在的。他构建匪夷所思的滑稽故事，记叙来路不明的怪诞人物，使用因无助而沾沾自喜、因无奈而津津有味的诡异笔调，孤注一掷地从自我消耗中榨取每一滴渗血的浆汁，以喂养这世间绝望的果实。不难看出，卡夫卡的旷世难题就是绝望，是他那种无可救药的绝望感，以及他对那绝望感的失败的救治。

作为旁观者，我们咀嚼卡夫卡能以苦为甜，可卡夫卡每每自食其果，我猜他一定苦不堪言。一般来讲，再冷酷的质疑者，再决绝的追问者，否定也是为了肯定，粉碎也是为了再造，即使那肯定与再造漏洞百出，多数人也会拿了贿赂般含糊验收。毕竟，生命和生活都是缺陷的原型，经不起推敲。可卡夫卡偏执，对自我检点有病态的热情，喜欢将世间缺陷都栽赃给自己，再擘肌分理地加以推敲，任推敲出的疼痛深入骨髓。他没兴趣大约也没有能力，像卡萨诺瓦那类玩世者一样，像叔本华那类厌世者一样，一边以抽离自身的理念谶语去诅咒世界，一边用接纳世界的感官体验去丰腴自身。他的特长是通过自虐缓解紧张，头破血流也要以身试法。

卡夫卡的绝望，由遍布于他生活中的恐惧感受抽象而出，他欲调和与绝望的关系，首先必须克服恐惧，而摆脱孤独，是克服恐惧的通行手段——具体来说，多数人把婚姻视为抵抗孤独的第一道防线与最后的堡垒。于是，有时候，一向与多数人格格不入的卡夫卡也会失去主见，以为婚姻也是能帮他逃离孤独之海的救命绳索。只是，每次伸手，还未抓牢绳索，他便能够及时发现：前方的热闹并不是安全岛，而是一道无底深渊。与孤独之海的令人窒息比，热闹之渊的非我化洗劫更为可怕：热闹意味着侵蚀、剥夺、占有、控制，意味着荒芜的集体习俗对妖娆的个人脾性的覆盖与毁损，意味着自由独立的终将丧失……看来，要么溺毙孤独，要么坠落热闹，卡夫卡面前唯死路一条。

事情并非这么简单。卡夫卡的首鼠两端，虽然表现为针对某一条或某几条确然死路的判断与选择，但那判断与选择的切片样本，透露出的，却是他玩味失败时的痴迷与执着，甚至喜悦。作为一个内心冲突永远优先于外在行动的人，放弃并非就是否定，他在肯定与否定间广阔的灰色地带艰辛跋涉，只能是他甘心臣服于寻觅与求索本身的一个结果。就此，我愿意以为，他反复无常的订婚退婚，其实是他陷身于另一个千古谜题时的下意识挣扎：爱情与婚姻是什么关系？

爱情是一种愉悦灵肉的人性体验，比较脆弱，但也不无顽强，出之于爱与被爱的本能需要。可许多时候，多数情况下，它和虽然顽强但也脆弱的婚姻，是拴在一起的两只蚂蚱。大部分人，只能看到它们形似，却懒得计较神是否通，把常常落户于物质世界的婚姻大厦，与更多扎根于精神领域的爱情茅屋规划建筑在同一小区，盲目草率或居心叵测地，在它们间画上等号，再出于种种社会化需要，只为婚姻强制保险，不为爱情颁发驾照。可卡夫卡属于小部分人，他相信太阳能带来光明，但不承认带来光明的都是太阳，他不肯忽略爱情与婚姻的根本差异：茅屋必为秋风所破，大厦才支持亮化工程。这令人沮丧，但没办法，主宰生活的不是心因，而是物象。爱情主要通往灵肉的愉悦，是单纯的审美活动，不论多顽强，其"无用"性都决定了它的核心只能脆弱；而婚姻主要指向繁育后代与经济合作，有实际的功能价值，再脆弱，其"有用"性也注定了它的骨干必然顽强。这是审美只能归顺于功能的理由，亦是功能必然蚕食审美的原因。进退两难的卡夫卡，正是在这个关口上没了主见：他冀望于以审美摆脱孤独，但对功能的清醒认识，又让他在更强大的恐惧威慑下瑟瑟发抖。

当然，在卡夫卡笔下，爱情是种稀缺物质，他这个不信任一切的人，未必会将其视为例外。也许我在强加于他。我相信爱情。但我比相信爱情更加相信，某一存在之所以价值巨大，正在于它可供误读与曲解的阐释空间格外广阔。那么，对卡夫卡磨磨叨叨的退婚行为，我继续解读为那是他在诀别爱情，不算牵强也说得通吧：他退掉爱情，其实是退掉了生活中萌芽的希望，退掉了生命里残存的可能，退掉了对于绝望的救治。

加缪的石头

好多年前与朋友聊天，数叨各自喜欢的作家，数叨完，朋友对我的评价是：你喜欢的都是哲学家。这"哲学家"里就包括加缪。读大学时，加缪还真攻哲学专业。对朋友的刻薄我不以为意。兴趣使然没有办法，我喜欢的小说，的确多含理趣智性，其间飘溢着哲学的芬芳——遗憾的是，中国那种止步于形而上学的道德哲学少有这芬芳。

像多数人一样，知道加缪，是读他篇幅不大的《局外人》，那时我大学刚刚毕业："今天，妈妈死了。也许是昨天，我不知道。"这劈面而来的第一句话，就将一种罪恶的快感注入我身体，顷刻之间，便颠覆了我的伦理观念：谈论母亲之死，怎么能用这样的口吻？我受的教育，都赞美母亲，即使母亲邪恶卑鄙，也得把她伪造成圣人——中国文化里，好像母亲也不邪恶卑鄙，邪恶卑鄙的只能是继母。加缪把神圣还原为凡俗，让我因他对母亲的态度而喜欢他。我喜欢一切思想意识层面的冒犯与挑衅。当然，《局外人》的表达重心不在母子关系或神圣与凡俗，它以顺脖梗子灌凉水的方式征服我的，是虚无感。那时候，年轻的我思考问题很中国特色：怎么活？误以为应世哲学的烂泥塘就是永不干涸的大江大河。可同龄人加缪（写作《局外人》时他二十多岁）的适时点拨，惊出了我的一身冷汗，沿着他细长的手指向远方望去，我方发现，原来生命哲学的瀚海才广阔无涯且万世荡漾。为什么活？生命的终极问题跃出了海面，它像一部现代派小说，有点别扭，有点晦涩，但经得住多角度的品咂琢磨。

不久之后，加缪的另一本书又摆到我面前，《西西弗斯神话》，这是本暗地里呼应《局外人》的哲学随笔。那时我已接触过康德黑格尔们的佶屈聱牙，比较之下，加缪这一类型的生猛鲜活更打动我。"只有一个真正严肃的哲学问题，那就是自杀。"又是劈面而来的冒犯狂言与挑衅妄语，比贬抑孝道还让我惊骇。他在哗众取宠吗，还是在故作高深？

神话里的西西弗斯得罪了领导，受贬天天做无用功：推巨石上山。山尖尖上留不住巨石，巨石旋即会滚落山脚，他得弯腰撅腚地重新来过，周而复始无止无休。加缪借用西西弗斯，更清晰地，让我看到了我的处境。他太狠了！他以薄薄的两本小书，结结实实地动摇了我此前建立的人生信条：过有希望的生活。

"过有希望的生活"有什么错吗？没错，假如你把希望视为生活的根据，有办法让"明天会更好"与某些具体的奋斗目标结合起来，希望的确能暂时壮阳。可是，究竟什么算"希望"呢？寒窗苦读的希望是念大学吗？好好写小说的希望是当厅局级作家吗？以灵肉为柴燃烧爱情的希望是煮熟婚姻这锅糊糊粥吗……如果是这样，那求知的满足感、创造的欣快感、男欢女爱的愉悦感，是否会因其难以量化、不生成结果、无从建立目的性价值，而不再是人性中更值得把玩的奇珍异宝呢？秋波流转间，希望的媚眼的确顾盼生辉，可那辉，却怎么看怎么像陷阱上的迷彩伪装。

希望是对未来的关怀，其姿态高蹈，不容易让人也留意到，它身后的阴影会遮蔽当下，会忽视或者冷落当下，甚至干脆摧毁当下。但生活的常识是，未来永远始于当下，即使未来并不存在，当下的门槛也绕不过去，而通往未来的曲折台阶，再光洁齐整高入云端，也得由无数级当下依次铺就，哪怕当下的砖石残损破碎，尚堆在沟壑深深的底部。可人们更喜欢张扬希望贬抑当下，这原因多多，其中至为重要的一点，是有时候，许多时候，当下的同义词也叫及时行乐。强调当下要冒风险。在希望被标举为端庄神圣的堂皇语境，及时行乐低俗猥亵，它所蕴藏的丰富内涵，尤其那个赋予了生命全部意义的"乐"的概念，总被简化为生理满足，几乎等同于粗鄙可耻。这种别有用心的词义缩水，是以谎言强奸诚实，就如同如今的公共声音，也色情场所般浑浊下流，皆以"妓女"强奸"小姐"。表面看，这种强奸彬彬有礼，毕竟，这很像"高雅"理想对"庸俗"现实的超越与提升，可事实是，任何理想都起飞于现实的跑道，没有现实的地面导航，理想的飞翔就不真实，如果对之不敢承认，卸磨杀驴或言不由衷，只能证明，那超越与提升伪善且功利。首先，人作为一坨血肉之躯，践行生理满足之乐不仅不粗鄙可耻，还是对天赋人权的积极回应，对于大自然的造化和赠予，谁都没资格否定拒绝；其次，只要思想和情感没被彻底格式化，任何人都不难明白，及时之"时"也好，行乐之"乐"也罢，都弹性巨大边际广阔，狂欢于一场以九十分钟为时段的足球比赛，与陶醉于一次以一生为期限的爱情甜美，同样是对"时"与"乐"的恰当把握与深刻应用。固然，也有些人，甚至为数众多的人，由于思想和情感接受格式化的程度比较彻底，便很难理解，为什么"希望"只有转化为"及时行乐"，才能真正地体面健康。是势利让他们一叶障目，只识"成功"为生活的砝码，不认生命系"过程"的享受，于是，在他们那里，只有金牌丁当的奥运"希望"才叫幸福，而平日升华身心完美技艺的卓绝之"时"与磨砺之"乐"，只算囚犯的刑期与苦役的劳作。

社会性对人性的异化无所不在，但人性对社会性的反抗也没有穷期，能够找到在"西西弗斯神话"中滚石上山的"局外人"身份，我必须承认我运气好。借助于加缪的隆隆滚石，我碾碎曾让我无比信赖的希望时干脆利落——当然，我没必要也碾碎"希望"中那个动词的部分——否则，继续与"希望"中那个名词的部分勾肩搭背，在亦步亦趋中枯萎活泼的生命可能，那后果真是不堪设想。生命是生活的宿主，一任生活在标识明晰的轨道上按图索骥，只等于在了无意趣的苍白时空中堆积和繁衍僵化的事物，与人其实关系不大。要让生活与人有关，必得通过生命的摆渡，告别此岸向彼岸进发，即通过爬出"希望"之类美丽然而阴险的陷阱，创造属于独特个体的"时"刻与快"乐"。没人否认，生命只是存在的过程，它的诞生只为湮灭，面对死亡这一常胜杀手，它上阵之前就败局已定。但恰恰是它的绝望属性，能从反抗的徒劳中昭示人性的尊严，能在失败的悲壮里彰显精神的高贵，从而让超越性的意义和价值洗礼生活，让只有经历的贫瘠却没有经验的丰饶的匆促人生得到拯救……

　　看来，"哲学家"加缪没哗众取宠，没故作高深，他负责任的一针见血，只表明他有着指认皇帝裸体的清醒与率真。现在，好多年过去了，推着加缪这块哲学的巨石暗夜行路，我的跟跟跄跄竟越来越像优美的舞蹈，并且，我的膂力也得到了锻炼，能让我抱紧心爱的姑娘。

知识分子的背叛

从文风看，朱利安·班达是个绅士，宰杀对手时堂堂正正，立绞架，圈法场，不惜工夫不计成本；相比之下，保罗·约翰逊有粗野之嫌，挠脸皮，踹裆下，冲着对手滥施拳脚。也许这与他们著作产生的背景有关：前者的《知识分子的背叛》出版于一九二〇年代，那时理想主义的救世精神还大行其道；后者的《知识分子》出版于五十年后，解构主义朝任何一件美裘华服下剪子都不手软。他们的一致之处是，都不留情面地让知识分子的脓疮烂痈大白于天下。

知识分子怎么了？偶染风寒了还是身患绝症了？

多年来，在我小说中粉墨登场的，多半是知识分子。是直觉指引我选择了他们。可能与我的家庭环境与教育背景有关，我一直喜欢知识分子，把他们视为学识智慧刚正良知的楷模样板。我小时候，知识分子是过街鼠和落水狗，一副苦相，可即使那样，在作文里，别的孩子以当工农兵为最大愿望时，我的理想也是当知识分子。不是我将工农兵与知识分子对立了起来，是时代。就我个人来说，我尊重所有劳动和一切阶层。

"知识分子"一词含义微妙，说它概念混乱也不过分。比如在朱利安·班达与保罗·约翰逊那里，指称的是那种保持独立人格，以对社会的研究监督批判为己任，并能喊出自己声音的人，即罗素萨特阿伦特哈耶克们。人文学者居多。而我小说里的知识分子，则是职业标签，只符合"具有较高文化从事脑力劳动"这种大概其定义，比如我和我的爸妈妻子。不是为了拉帮结伙，也没想区别高低贵贱，我把前者称为思想型知识分子，后者称为生计型知识分子。

我小说只积累"生计型"案例，过去我没想过个中原由。可近几年，当我有兴趣理性地关注知识分子问题，并怀揣着民族主义的鸡肠小肚，狭隘地集中考量中国知识分子时，我意识到我小说的知识分子图谱并不完整，"思想型"这块成了缺项。倒没人规定我不能只画某一群体的半张脸孔，但我想画完整，却做不到，总得找出症结所在吧。

我重新回到了我的小说。我承认，我的直觉只指引"生计型"在我小说里安营扎寨，其主要原因，是"生计型"的外包装与我及我视野里的同类更迹近孪生：念过几本古今中外的书，想过一些国命民脉的事，虚伪矫情时多些技巧，卑鄙龌龊时善于掩饰，若事不关己，也有些是非感羞耻心，欲助纣为虐，还需要歪理支撑邪说蛊惑……如果单纯地做小说讲故事，我的"生计型"倒也全须全尾，一个萝卜顶一个坑，可让我经由他们去走通知识分子这整座迷宫，去想象和创造"思想型"那另半张脸，我没法不盲人摸象。尽管

271

"生计型"和"思想型"都有个知识分子的共同系谱。我猜不出，我小说的构图有所缺欠，是否源于现实生活中"模特"的缺席，而同样的原因，是否又导致了考量中国知识分子问题时，我始终无力调准焦距。

我没想推卸责任自我开脱，但纵观二十世纪以降的中国，除了多数情况下影像模糊的鲁迅胡适等几个人，思想型知识分子的那副担子，的确没见谁身体力行地担起来过。也许顾准……也许巴金……我没本事摸着"生计型"的脉去诊断"思想型"的病。

幸好朱利安·班达和保罗·约翰逊动用的是重型武器，"思想型"在他们射程之内，这样，加上我的火力瞄得上的"生计型"，我对知识分子整体的判断，就避免了空穴来风。我相信呈现在我面前的图景基本写实：曾经五官端正四肢健全的他们，而今已经面目全非，奇装异服，披头散发，十足黑帮老大身边马仔的行头。显然，"背叛"是他们演变的原因。可他们"背叛"了什么呢？我不反对两位"思想型"得出的结论：使命异化和道德堕落，是知识分子的首要罪愆。但对这结论，我又不满足，至少在中国的语境里我无法满足。异化和堕落，总要以面孔完整为前提吧？可一个半张脸的怪物，原本就残疾并且劣质，又怎能用通常的异化标准与堕落尺度去衡量呢？所以我觉得，在中国，知识分子的最大背叛，倒是他们自甘于安居乐业在"生计型"的温柔乡里，而丧失了向"思想型"的荒野靠拢或哪怕只是张望的热情与勇气。

虚　有

　　人由一堆实实在在的东西构成：皮肤、骨头、肉、脂肪、毛发……可又不尽然，在那堆实实在在的物质里，又有一些看不见摸不着的东西流动其间，并兴风作浪翻云覆雨，我们将其称之为精神。

　　精神来自哪里？我们一般把它视为灵魂的出产，可灵魂呢，它又是个什么东西？显然，这二者皆为虚有之物：你说它有它却无，你说它无它却有。据说，有人曾以十足荒唐的方式称量过灵魂，还给出了一个三四斤左右的具体分量。我不知道相关部门是否公证认可了这一"科学"成果，但在我看来，这世界的宽厚与丰富就在于，它既允许物质性的实在存在，也允许精神性的虚有存在，以计算实在的尺子与秤盘去考量虚有，根本就是文不对题。

　　实在与虚有相伴而生，就像庄稼与上帝比肩共存一样。没有庄稼人会饿死，而没有上帝……解释一句，作为一个没有信仰的人，我这里提及的上帝与宗教无关。

　　实在肯定先于虚有，涵容虚有，因为虚有必须出之于作为实在的人的精神活动；可虚有的精神有一个价值非凡的特点，即它的活动能分泌虚有，而某种意义上，这个虚有是完全可以反过来再先于实在与涵容实在的。比如，上帝是实在吗？我以为，如果是，它也只能是一种虚有属性下的实在，因为它首先是人类的精神活动创造的虚有。那么，虚有的上帝又何以如此神奇地覆盖与统摄了人类这个实在呢？我不是要把一个"我思故我在"式的命题导上诡辩的轨道，我想引申的，其实是虚有世界里上帝之外的另一个奇迹：小说。

小说的确是个奇迹——我这里指的不是物理文本，而是观念文本——它置身实在世界而又怀抱实在世界，就像美国画家M.C.埃舍尔那些以"缠绕的层次"画出的"怪圈"。本来小说由虚有孕育，幻觉与想象是它的羊水，虚构与悬拟是它的胎盘，可随着它的呱呱坠地，它所呈示的独立的虚有世界，竟可以与实在世界彼此呼应，互为镜像，相辅相成，并能以一己无形之躯，为无际无涯的实在世界提供栖息之所。想想吧，即使卡夫卡的《城堡》与《审判》只是一粒沙或者一滴水，那渺小的沙粒与水滴中，是不是也足以盛装我们所有人的生命与生活。

实在世界是刻板、粗鄙、窒息的，为此我们需要松弛、超逸、自由的虚有世界；也正因为有一个虚有世界庇护着我们，我们才能滤掉实在世界的忧烦苦痛，从中汲取妙趣作为生命的给养。

虚拟的力

艾平兄：

　　自成都回来，夸张些说，我一刻没忘记我们讨论的问题。我努力调动感觉理顺思路，想尽量清晰地深化判断，而且，尽管你笑话我死读书，反对我掉书袋，我还是把以前生吞活剥过的一些相关书籍又找出来温习。可一个多月眨眼过去了，我的自省自悟仍不成型，有些想法，孤立地考虑能自圆其说，连起来看却彼此抵牾，甚至互相否定。显然，对我来说，这一问题过于棘手。而另个理由，仍源于我对造型艺术感觉迟顿——我按你教诲，让书房每一个能立住画册的地方都变成展台，把我手头毕加索马蒂斯凡高塞尚们的印刷品摆布开来，用心从中找寻我们关注的那个东西：力。真惭愧呀，我无论如何也摆脱不了经验的参与，接受那些作品时，做不到光从图形线条这种基础元素上生发感觉，而必须以画家对入画事物的观察角度理解态度处理方式作为参照。比如面对杜尚的《下楼的裸女Ⅱ号》或蒙德里安的《构图》，尤其后者，我实在发现不了它们的力缘何而生又生自何处。我这双呆滞的眼睛审视它们，只有先看到杜尚与蒙德里安这样的署名，先看到"现代艺术"之类的艺术史定论，才有可能再看到别的。再比如，将马奈的《奥林匹亚》、柯罗的《仙女卧像》、提香的《乌比诺的维纳斯》、乔尔乔内的《沉睡的维纳斯》一并展开，我能发现，有一条明显的模仿（我不好意思说"抄袭"）线索一路上行，让我都尴尬，如此面对同样大名鼎鼎的它们，我该怎么欣赏和理解呢？我反复对比一些除了题材，构图风格也相似的作品，如米勒的《瓶花》与雷诺阿的《瓶花》，如凡·艾克的《夏娃像》与丢勒的《夏娃》，我知道，它们都是时间检验过的精品佳作，它们肯定共同携带着我俩一致认同的好作品所必然具有的那个基因性东西：力。但这个既直白又神秘，既最有个性又最有共性的力，又藏匿在每幅作品的什么地方呢？我高看雷诺阿，是因为他那瓶锦簇的花团更色彩斑斓——就色彩而言，与素雅相比我喜欢浓艳；我高看凡·艾克，是因为他那个怀孕的人母夏娃村姑般平凡——对于一个具体的女人，与清纯的天使模样比，我更喜欢她沐浴过性欲的"不洁"影像。可如此社会批评般地赏析绘画，包括阅读小说，不光你坚决反对，我自己也从不同意。我也希望能从几根直线曲线的勾连中看出和谐或者冲突，从几个圆形方形的搭配上发现恬适或者焦灼。顺便说一句，也许与造型艺术和语言艺术的表达方式不同有关，站在社会批评的角度创作与欣赏，在小说领域更为普遍。与你的同行比，我的同行更乐于也更方便大把抛售历史演义与时代报告，除了展览什么记录什么证明什么，并不唤醒什么解剖什么创生什么。再现说与反映论的社会批评尺码太像一座无障碍的溜冰场了，它保证了程式化的公共话语能顺畅轻巧地滑行其上。

请理解我老艾，我没办法不往返于绘画和小说这两个领域，如果仅从绘画的角度展开讨论，我必然如同在成都一样，只能怯怯地就此打住。作为一个专事小说的人，除了小说，在其他领域置喙我没勇气，即使小说，虽然我已钻研有年，领悟的也只是一些皮毛，写时倒敢大刀阔斧，说的时候，还是不敢张大嘴巴放大音量。所幸的是，我们讨论的东西，并不因绘画与小说的门类不同而别如天壤，它像性欲本能，一视同仁地共属于男女。所以，我下面的讨论可能还会间或以小说作伐，尽管我知道，你已多年不读小说。

我试着"小说"我近来的思考。

不论站在创作还是欣赏的角度，我们喜欢一件作品，说它好，都原因多多理由多多，但究其根本，一定是它穿越人心灵世界的那股力量活泼且强劲。这是一股以千差万别的形态造就着千差万别的作品之好的冲击波，你将它命名为"虚拟的力"。这我完全同意，没有这力就没有艺术。我还认为，你思考这一美学范畴的经典问题时，舍弃了传统的"美"的概念，代之以别致的"力"的命名，并非为了标新立异，而是为了强调纯粹。美一般表征为具体的存在，有迹可循；力则抽象，无法可依，参与建构存在却不表现为存在。另外，人类的艺术活动走到今天，广受追捧又饱尝蹂躏的"美"，其内涵与外延已言人人殊，你不想任它含糊其辞。如果我没错误地理解你的表述，我以为，我们的细微分歧在于，在艺术品中，这种神秘的力由什么凝聚又怎样运行。这个分歧，约略包含两个部分：一部分指向感受，即情感的直觉化，另一部分指向表达，包括情感的符号化形式化。说明一句，我这样机械地条块分割艺术创作，教条且无理，暂且如此只为言说方便。其实，对前一部分，我们也无分歧。直觉是一个人对事物的独立反应，它可以雷同于他人也可以其实更应该有别于他人。一个感受能力良好的艺术家往往直觉特异，这保证了他创作出好作品的几率更大，而一个感受能力低下的艺术家，直觉多半粗糙浅表，不太可能与好作品结缘。好作品的生产者必须是这样的人：既具备良好的艺术直觉，又有能力以准确的笔触去触及事物。

对了，以准确的笔触去触及事物，这样的创造才会有力量。阿基米德说，给我个支点，我能撬动地球。顺着他的意思我想说，有了事物这个支点，我们才能撬动艺术。你当然不认同我这个支点。在你那里，"准确的笔触"是绝对的，是意义的终点，一幅画里，"夏娃"与"瓶花"并不存在，只存在图形或者线条，还有色彩；而在我这里，"准确的笔触"是相对的，因为孤立地看，笔触的是否"准确"无以检验，或检验出了，也只有工艺价值而无艺术价值，只有让它"触及事物"，去为一个个具体的"夏娃"或"瓶花"建立秩序，它的是否"准确"才有判断依据。

现在，我不想展开分析你的观点，它的明晰度与纯粹性都一目了然。我只分析我的观点。我们创作一件作品，即使命题作文，其着力点预先也难以确定，虽然那力可能蓄谋已久，在一根线条或几个句子出现之初甚至出现之前就开始运行，但只有作品完成之后，作为结果，它才能得到充分体现。我们能盖住一幅画的五分之四或压缩一篇小说的八分之七，就画的残角或小说的梗概做评论吗？我不否认，一根圆柱或几句描写，也可以很美，很有味，很适宜承载虚拟的力，但前提是，那美味力的身后，得有个同样彰显着美味力的作品的整体作为背景，或者，那圆柱或描写，本身即是独立的存在；如果那圆柱和描写只是一幅画或一篇小说中有待展开的局部与片断，大概，无论其美味力多么强大，也会因思想信息的孤立单一而成为模棱两可的可疑的东西。这相当于刘翔在比赛场上，有着完美的起跑与冲刺，可中途跨栏时，连续摔了几个跟头。"海内存知己，天涯若比邻"再精彩，也只能归类为格言警句，把它植入《送杜少府之任蜀州》，它艺术的品质才有深化空间。我很清楚，你对"准确的笔触"绝对化时，并非不知道，只有"触及事物"，线条和图形才有依托，否则便是无皮之毛，除了极端如《构图》者，即使《下楼的裸女Ⅱ号》，也要"触及"某些事物：那堆不无华丽的混乱线条，至少得依附于"楼梯""裸体"以及"下楼"的行为。另外，它画面的"混乱"与题目的明晰，仿佛已在微妙地暗示：抽象与具体，没法不是相连的骨肉。你之所以不允许"事物"的杂质玷污"准确的笔触"，应该源自你强化感觉的那种洁癖，你坚信，艺术与叙写对象无关，表达感觉是艺术家创作的唯一理由。

对此我也深信不疑。艺术是艺术家的内在活动，只为抽象情感，不承担其他责任，艺术的目的在于自身。至于艺术家表达意念时，必不可免地要瓜葛到的外在事物，不过是我们为感觉赋形时借助的道具,是感觉外射时选择的焦点,是艺术的借口。我们视爱与死为艺术的永恒主题,可并不认为爱是艺术死是艺术,尽管,我们可以艺术地爱或艺术地死。有本墨西哥小说叫《恰似水于巧克力》,以十二章喻示一年的十二个月,每章都有一则详细的菜谱被融入故事的叙述之中,据说,不少家庭主妇读过该书,兴致勃勃地照此下厨。但读者青睐《恰似水于巧克力》的十二则菜谱,肯定不因那十二道菜比菜谱书上的一百二十道或一千二百道菜更适合餐桌,只能是整个小说魅力强大,才让菜谱这一小说组成元素也格外的色香味美。将事物这个客体目的化的庸俗美学观不值一驳。一般来讲,读作家艺术家的创作谈时,我的态度是半信半疑,一是他们常常成心不实话实说,再一个,更多的情形是,他们对自己及自己作品的把握反倒多有拘囿。我愿意通过一件定型产品独有的形式和内容去发现真相。但现在,我很想引用一下小说家福楼拜的夫子自道,以代言我内心与你相通的那个部分:写作《萨朗波》,是为表达"有关黄颜色的印象",而写《包法利夫人》,是想表现"某种类似在一些长满小浮虫的角落里的发霉的感觉"。你信他话吗?我信,他没这么说过我也相信,因为这确实是最本原的创作动机。

但是,我们说事物与艺术没关系时,说古代迦太基雇佣军起义(《萨朗波》)或包法利夫人的婚外恋情(《包法利夫人》)与艺术无关时,说的只是生活中那个实在的事物,其意思是,不能因为有了籍里柯的油画《梅杜萨之筏》,就说大西洋上的一场海难是艺术,更不能因为有了刁斗受油画《梅杜萨之筏》启悟而写的小说《梅杜萨之筏》，就说沈阳城里一个三口之家的生活困境也是艺术。这是这一道理简明的一面。但它更有个复杂的面向。达利的《记忆的延续》荒诞滑稽，以几块折叠弯曲的"软体表"为表现主体，多年里，每看到它我都莫名地忧戚。我常想，如果仍保持现有的构图与技法，但画中的主体不再是时钟，而是丝绒或线绳或纸张这种软性的东西，即使也硬，却变成书籍或相框或盘盏类硬物，并且题目也不再涉及"记忆""延续"这种时间标识，只叫《无题之三》或《作品五号》，它对我的打动也能一如现在吗？在此，对我来说，我相信对于达利也是如此，作品中钟表的意义是决定性的，尽管钟表首先是图形符号，但这一图形符号的规定性与经验化，却给了画作一个抓手，让达利创作它的感觉和我观赏它的感觉，都有了条通畅的阐释渠道。在这种时候，作为艺术家的感觉媒介，随着"我"的痕迹刻上事物（钟表），事物（钟表）的属性已得到改变，它已由生活中普通熟稔的实在事物，转化成了艺术的结果，成了艺术品中具有表现性质的虚有"事物"，于是，不论事物还是"事物"，便不可能不与艺术发生关系。

我为什么一定要让事物与艺术"发生"关系呢？我以为，我不是为了缩减感觉，恰恰是为了放大感觉，为了更充分地传递和理解感觉。关系是万物的因，也是万物的果，而艺术与感觉，尽在"万物"中。

首先，由于艺术行为是人的行为，当我们说艺术的目的是它自身时，这其中还应该包括，艺术品是艺术家的人格写照。你能理解，我说的人格，不指道德品质那类东西，不前缀或后缀高尚与低下，这个人格，指称精神的格局与认知的风格，指称人性化的深度与个性化的强度。所有生命中，唯有人懂得解析自己提炼自己确认自己预见自己，对自己的思想、感情、意志、选择、判断、欲望以及偏见，能从内部发展和完善，从而形成不同的人格。这种发展和完善，看上去只是内部的事情，却须臾离不开外部参与，发动它并促成它的，正是人与事物的关系碰撞。出之本能的感觉动物也有，但在本能之外，人的感觉却又能经历汲取或扬弃的淬炼与提纯。人格是淬炼提纯后的精华部分，即使那人格空洞苍白如宣传画口号诗。每个艺术家在自己身处的时代中环境下，都会生成各自的直觉，都要面对各自的问题，都想寄予各自的情感，都愿呈示各自的经验，因此，即使以同一实在事物为表现对象，不同艺术家的主观感受，也会给艺术品中的虚有"事物"打上有别于他人的"我"的标签，令其显现出特殊的观念，让"我"的特殊表达构成每一艺术品的特殊意义。这也是我支持阐释的唯一理由。我相信，指向自身的艺术品的目的里富含意义，在诸多因素的相互作用和影响下，那意义燃烧于局部却照彻整体，发射自整体又光耀局部，而阐释，是为其熠熠闪烁添加的柴草。当然，我说的阐释，不是指对一个概念化"真理"的复制与繁殖，不是将虚有的形而上"事物"还原为实在的形而下事物（这种"还原"也不成立），我说的阐释，是对暗示比喻象征的感觉化疏通，是理解"事物"而非事物的一个过程（美国有个女作家叫苏珊·桑塔格，曾声势浩大地"反对阐释"，但她的"反对"，有其特殊的政治内涵，并不像有些望文生义者理解的那么狭隘）。也许你会说，像蒙德里安《构图》那类作品，其暗示比喻象征几乎渗透于每丝布纹，足以通畅一百条阐释的渠道，为什么我对它还束手无策呢？首先我承认，任何东西都有层级之分趣味之别，曲子比较高新特奇，和者盖寡在情理之中，关乎心灵的艺术尤其如此，享受它理解它，既要有抽象的意愿也要有抽象的能力。但我更要说，一旦进入创作与欣赏的具体过程，一个人的感受性情绪，还得有一个与之对应的认识对象作为依傍，否则难免无的放矢，尽管，不同的动机需要不同的表现方法，依据想象力需要，艺术家有权应用任何手法变形任何对象以表达自我。艺术作为一种语言方式，流通于使用和接受中，而使用和接受，都该自圆其说，不能因语言的特性也是错综复杂与歧义纷呈，就以大而无当和牵强附会含糊其词。使用艺术的困难在于，艺术家的感觉与手法，与所对应的事物对象有无数种接榫方式，但找到一种最恰当的方式殊为不易——这也可以解释，为什么许多顶级大师的作品质量也参差不齐。接受艺术的困难在于，每个人都存在着生存的知识的心理的等种种经验的差异和局限，并不是睁大眼睛就能找到艺术家引他入胜的蛛丝马迹，幽深中可能永无曲径——这同样可以解释，何以往昔的伟大艺术品已汗牛充栋，可一代代后人，仍对能代言自己的新的创作需求强烈。艺术是观察世界理解生活的最佳途径，而观察和理解都需要凭据，无米之炊巧妇也难为。暗示比喻象征，只应该是雪泥鸿爪，太天马行空，无异于教幼儿园小朋友爱国主义。一个允许每条道路都抵达自己的罗马，其实很难扩大感觉，反倒容易稀释感觉，当罗马不再是帝国的神秘都城而是村后的撂荒野地时，艺术家的笔触所触及的，更可能是一片空无。人是意识的动物，意识是一种高度结构化的事物的属性，"染尘埃"是它的本相，即使发酵潜意识的酵母深藏于精神的无菌箱里，它的分子式也被写为事物。在我看来，卡夫卡把他那类小说也视为现实主义，立论角度正在于此。所谓现实，除了裸露在外的事物表象，也包括甚至更包括隐藏于事物表象之下的一系列转化，只有有了这种转化，那些出之于潜意识的想象与梦幻，才能与他反复无常的订婚退婚一样实实在在，变得既可以把玩也允许阐释。一件完全被把握了的作品会失去其广度而演变为概念，一件完全无法把握的作品，也不能免遭同样的尴尬——没有边际的广度还是广度吗？其实说心里话，从广义艺术的角度说，对蒙德里安《构图》那样的实践与探索，我始终都深怀兴趣，对其意义从未低估，甚至这种切断关联拒绝阐释的事情，我写作时也尝试过。在一个近三万字的中篇里，除了《的》这个题目，内文里我没使用一个"的"字。你可以想象，写个三十字的短信没"的"行不。我对蒙德里安的挑剔，也许更与他只以"构图"打发我有关。在我画册上，与《构图》同一对开页上的另一幅画，是莫霍利-纳吉的《ZII》，它呈现的，同样是些不明所以的几何图形，可我接受它时倒心平气和。何以如此呢？我不知道你能否相信我的解释：像"ZII"或者"的"这样的题目，似乎隐约可见雪泥鸿爪，而径直让"构图"充任画名，比《无题之三》或《作品五号》还抑制我想象，让我连天空都看不到，何谈天马。当然你不相信我的解释也很正常，我有一个中篇小说，题目也就叫个《小说》。

其次，作为强大的非理性行为，艺术总来自意念的强迫，它把外在事物的真实性用作图解和证明，通过审美经验的加工改造支配和解释，创造出只存在于作品中的真实"事物"，来为我们精神的真实性提供服务。这一过程，是个将感觉形象化的操作过程，而这样的操作，若不以毛坯材料为目的物，纸上谈兵都不可能。正是在这个意义上，我视事物为摆渡艺术过河的舟楫。作为艺术家的基础性"笔触"，画家的线条图形不论重要到何种程度，单摆浮搁时，也不涉及灵魂和温度，也不流露情绪和态度，它的力量无以体现；只有让它携带上意念的信息，让它在赋形操作中师出有名，它才能为毛坯材料编排出适宜的秩序，为艺术建立起圆融的结构。任何一种艺术语言，都要在"及物"中发生功效，其秩序，必须外现为"事物"的秩序，其结构，必须外化为"事物"的结构。以李清照的小词为例："昨夜风疏雨骤，浓睡不消残酒。试问卷帘人，却道海棠依旧。知否？知否？应是绿肥红瘦。"它营造的那种惆怅感觉深彻透骨，试问艾平兄，若它只有悦耳的音韵顿挫而没有对事与物的巧妙摆布，它营造的感觉还存在吗？比如，不借助卷帘人的粗糙不文，"绿肥红瘦"能获得那种超越性的喻示效果吗？事物的确与艺术无关，艺术只关线条图形，但线条图形在创造艺术品时，必须有一个选择事物并"触及"之，进而使其成为"事物"的过程。那实施选择与触及的是什么呢？它只能是艺术化的感性之本能，而非外在于艺术的理性之欲求，就如同我们小说家常说的那样：我左右不了我笔下的人物。因为，虚有"事物"从实在事物中的涅槃重生，是非艺术手段怎么努力也无法实现的。当毕加索的亚威农少女走上画面时，她们就不再是他画室里裸着身子数劳务费甚至与他有过一腿的女模特了。你知道的，我素来对自然景物缺少敏感，在我眼里，兴安岭的莽莽林海与我家窗外篮球场大的一片绿地没有区别，可十多年前，我们驾车走青藏时，黄昏过都兰那一幕对我的震撼，几乎具有重建我世界观的巨大意义。那斜射光线与浓重层云组合而成的奇谲穹窿，在你这个画家眼里可能见怪不怪，在你这个老西藏眼里可能习以为常，可对我来说，它是艺术，是诗是画是音乐，是我的地狱与我的天堂。假如我是诗人，试图描述那种震撼，我会写出这样的句子："黑云压城城欲摧，甲光向日金鳞开。角声满天秋色里，塞上燕脂凝夜紫……"尽管，唐人李贺的燕门"事物"与我眼前的青藏事物毫不搭界，但我的感觉，完全可以通过对此事物与彼"事物"的穿越实现表达，而它们是否搭界毫不重要。为此，我很想为德国美学家威尔汉姆·沃林格的理论做点补充：艺术的本质，存在并决定于人的先验的形式意志这肯定不错，但"形式意志"这粒固有于生命中的先验的种子，并非只是理念之瓶中的观赏标本，它只有被种进体验和实践的肥田沃野，即通过人与事物的牵扯勾连，才可能绽放为艺术的姹紫嫣红。不萌芽的种子不算种子。这就好比，没人否认自由是生命中不可理喻的自发性本能，但在一个奴隶的王国，在一个反人性的大背景下，再蓬勃的本能也注定萎缩。

对"形式意志"的体验和实践，是指对事物的整合与再造。艺术的过程是通过直觉对一堆散乱事物进行组装的过程，艺术的能力是让意念引导技术对事物进行发掘的能力，艺术品的质量高下，取决于其内外部秩序的是否和谐，其构成是否合目的性——当然，是康德那个"无目的的合目的性"。西班牙画家塔皮埃斯研究过多幅凡高自画像后，认为其间有股非凡的庄严，而这庄严，来自凡高"狂热"的、"踌躇"的、"近乎批判"的笔触。我想，这种笔触无疑就是凡高自画像中力的所在。那么，既然凡高的"狂热""踌躇""近乎批判"体现了力，假设方力钧那些大秃头"准自画像"（我听说那些大秃头正是镜子里的他自己，不过这一听说准确与否并不重要）也很庄严（不是调侃，从中我的确能看到某些中国式庄严），也以"狂热""踌躇""近乎批判"体现了力，是不是可以说，方力钧的力与凡高的力就一样呢？这样比附显得很蠢，还像搅浑水，但我的本意，是为在极端之处凸显结论。一件艺术品的价值存在于自身，有赖于它对自身零部件的合理装配，评价它的唯一标准，只是它的自洽程度，用任何外在的尺度规定去衡量它，都是隔靴搔痒，或者文不对题。方力钧与凡高的笔触的确都有力，但艺术之力的爆发，离不开"形式意志"的导向规约，而"形式意志"分泌自不同的艺术家人格时，必然结缔不同的思想，于是，同样为自画像赋予了"庄严"的方力钧凡高，即使他们笔触的"狂热""踌躇""近乎批判"一模一样，由于他们只能以各自独有的体验与实践去建立各自的作品秩序，他们那力，便效果相同却体系迥异。在我的几部长篇小说中，我曾在人名使用法上玩过点花招。像《私人档案》和《回家》，通篇没有一个人名，前者的主人公分散于小说的五个部分，五个第二人称的"你"是他们的共同名字（也许这五个人真是同一个人，但我这作者也不敢肯定），而其他人物，我这么称呼他们：你妈、你女朋友、你女朋友的前男朋友、那个有关部门的同志、治丧办的中年男人；后者的主人公，倒是第一人称的简明的"我"，但对其他人物，我又给予这样的命名：男同学、女领导、挖坑男人、看门女人、玩健身球的老人；至于《证词》里，除了"我"这个主人公和一些配角，大部分重要的出场人物，皆被我用翻译小说中的人名呼来唤去：米丽亚姆、赫索格、丁梅斯代尔、安娜、阿×……光听我罗列这些人物称谓，当然看不出它与建构独特的小说秩序有什么关系，但通过它理解我在小说这个整体之下的细微部分的煞费苦心，至少能让"形式意志"操纵我的线索露出点端倪。表面看，我的命名法只关好玩，只与我喜欢文字游戏的癖性有关，但深究起来，更应看到，这些或啰嗦或笨拙或古怪的人物称谓，因为与我小说中的其他要素已建立起充满张力的意见一致性，它们逐渐发散的某种效能，便能以一种安静却又执拗的力量，参与到我小说的发展走向中，为生成和强化我所追求的叙述调子推一点小波助一点小澜。如果我为我笔下的人物重新取名：把"赫索格"换成贺卫国，把"米丽亚姆"换成米丽娟，把"你女朋友的前男朋友"换成艾平，把"挖坑男人"换成刁斗……会怎样呢？我没想耸人听闻，但我相信，那至少会部分地改变我小说的味道——那味道有可能更迷人吗？大概相反。我也没想老王卖瓜自卖自夸，即使不从作者的角度，只站在一个还算成熟的读者的角度，我也认为，我的人名使用法足以为那些小说加重些意义的砝码。也许你要说，这种雕虫小技不足为训。我不反对，但"形式意志"的功德圆满，不正开始于一砖一瓦一铲泥吗？

优秀的艺术家突破旧规，优秀的艺术品创立新法。用康德的话说，在天才身上，艺术的天性制定规则。但是，天才的"形式意志"也并非就与生俱在并长盛不衰，只有持续的体验和实践，才能保证他既自己功德圆满又区别于他人的功德圆满。罗丹为雕塑《巴尔扎克》耗数年之功，订购者已经接纳了他的作品，他仍不满意，宁可退回订金，也要一遍遍打碎完成的作品，再一遍遍让他的伟大同胞以另样的姿态在石头上复活。他给他扒光衣服或穿上睡袍，他让他舞动上肢或失去双手，他以对他/它的反复修改，勘探和铺设一条破旧立新之路。我把这视为强大的"形式意志"绑架艺术家的最好例证。反例同样很多，只是举证起来不便具体。我以为，当艺术家对艺术规律失去尊重时，比如，毫无创见地走轻车熟路照搬他人或重复自己，再比如，按大展评委的口味挥画笔，依出版商的好恶写小说，就是摆脱"形式意志"绑架的突出表现。"形式意志"是个特殊的绑匪，它绑架你是高看了你，若你反抗它还懒得绑呢，而它不再绑架你时，你的艺术生涯也就到了尽头——我当然承认，最低俗的动机也可能成就最脱俗的产品，但前提是，进入生产时，你应该只听命于"形式意志"这个主人，而忘掉评委出版商的指手画脚。

艺术的破旧立新，要在思想与事物的不断对接中完成，这个对接，即是体验与实践的高强度训练。我们都知道，与音乐艺术的天才儿童比，视觉艺术的天才儿童为数甚少，即使存在，某种意义上也不真实（文学神童则基本没有，小学生写小说的八卦新闻说明不了什么），这也许能从生理现象上解释心灵与事物的关系问题。耳朵可以独立发展，但发展眼睛，尤其发展与思维能力互动共生的文字能力，脱离开对认知对象的认知肯定不行。达利说，他和疯子最大的区别就是他不疯。其意思应该是，虽然疯子的直觉可能也好，但疯子的直觉是盲目的、纯粹非理性的，终止于事物，未融会于事物，做不到对事物进行别有意味的整合与再造。而他作为久经体验与实践训练的艺术家，为感觉赋形时，懂得以明智引导盲目，能理性地尊重内心感应源于外部刺激的客观规律，不卸磨杀驴，不数典忘祖，不否定钟表与"记忆""延续"的经验性联系。至于你书架上出自李津之子一个五龄童之手的泥塑作品，你对它有较高评价，以此佐证直觉的绝对性，我却认为它并非充分证据。我不想说艺术家李津对五龄童儿子的耳濡目染同样属于事物刺激心灵的方式之一种，我只想说，当今世上，儿童画广受多种因素合力鼓吹，若有佳品很难漏网。可真正作为"艺术"影响公众的，你见过吗？我们见到的是，即使凡高毕加索，支撑他们旷世之才的也是刻苦训练。训练是理性在非理性领域的友情演出，不光感觉的表达离不开它，感觉本身的生成发育，没它同样无法实现。你提倡冥想与省思，推崇达摩面壁式的彻悟之法，其实面壁思想，正是思想的健身体操。我现在能有保留地同意萨特的"介入说"，就是意识到，介入除了是非艺术行为，指向外在的政治角逐社会争端，同时，它也是内在的思想行为，甚至主要是思想行为，它更指向一个艺术家可能长期坚持也可能有所调整的，感受与观察世界的角度，理解与把握内心的方法。我常想，为什么一切阴暗的禁锢的暴虐的时代，都把艺术当头号敌人，比如，在古代中国要焚书坑儒，在当代中国要革文化命，希特勒与斯大林迫害起艺术家来都不遗余力。其理由也许是，真正的艺术倡扬想象精神自由情怀，会唤醒人性中明亮的舒展的悲悯的东西，而这些东西，因不利于反人性者的压迫统治，便被视为冒犯与挑衅。这显然是艺术与事物之关系纠缠不清的一个反证。艺术不怀有艺术之外的任何目的，却偏偏能在艺术之外达成目的，这个抽象目的的具体化，大约就是"介入"的结果。好的艺术家会因对复杂人性与纷繁现实的广泛关注而敏于刺激多生思虑，为释放这些刺激与思虑，相应地，他必然要以多样的技法与风格，新鲜的表达与倾诉，去参与也包括性灵化的艺术生活在内的世相生活。所以，动辄横扫一切的暴君反艺术时，并不是反对艺术的笔墨——他也没闲心对图形线条大动干戈，况且，中性的图形线条，同样也是他洗脑的工具挞伐的武器。反人性者所惧怕的，其实是笔墨与事物建立的关系，因为那关系艺术化后，是穿石的滴水，能颠覆包括人的思想意识在内的一切事物，而那颠覆，将复苏人性，重现美好，让卑微的生命也渴望尊严。

艺术即表现，而艺术表现的，即是为它所表现的。作为一个小说家，我相信画家也一样，对于笔下事物的选择，远比一般人以为的更要复杂。小说家在纸上叙说什么和怎么叙说，画家在画布上描绘什么和怎么描绘，其理由经常隐晦而神秘，如果一定要做解释，那便是，当艺术家选择某类事物作题材时，是因为那题材有可能溢散出特殊的意义：有助于传递他的特殊感觉，有助于证明他的特殊观念。而题材确定后，艺术家倒可以某种程度地松一口气，这时他的唯一工作，只是最大限度地实现这种选择的意义：那个诞生于他手中的目的物，越能放大他的感觉和观念，就越成功。艺术的生命卓然独立，但这一独立生命的血管里，必须有父母的血液共同流淌——是感觉的抽象与事物的具体生成了它。当然，最终发生的独立的艺术，并不姓感觉也不姓事物，它自备一格地以艺术为姓氏，它与它的父母平行而立，在我们这个物质和精神互为表里的人的世界上，架构稳固的三角底座。不可否认，在艺术史中，也有许多创造者繁殖艺术时，会轻看感觉与事物的合卺，认为感觉的花蕊不向事物敞开，或事物的花粉不洒向感觉，艺术也能无性而孕。这多半是行不通的：过分强调事物，会导致艺术的肤浅鄙陋；让感觉一枝独秀，又会使艺术沦于虚弱空泛。无疑，前一种情况更为普遍，对艺术的伤害也更致命。在感性世界，物质是处于末端的事物，可我们却过久过深地沉溺于物质而自阉感性，成了无根之人。于是，矫枉过正便成了挑战现实的艺术家们捍卫艺术的极端化武器，似乎否定题材就能抵消对题材的过度诠释，进而把人的感性从横流的物欲中拯救出来。

　　我反对道德自律之外的矫枉过正。我认为，罗素的中庸之论恰恰不失为中恳之语："物质要比通常所认为的少一点物质性，精神也比通常所认为的少一点精神性。"基于此，我想说，艺术品的题材与内容，分别是它的起点与终点——你一定认为刁斗疯了，在说昏话；好，为了表述得婉转一点，我换个说法：艺术品的起点与终点，分别是实在事物与虚有"事物"。你已经知道，我的"事物"指向艺术结果，是承载着"笔触"的艺术成品。比如，它指向《西游记》的西天取经时，并不捎带着也指向唐朝高僧玄奘的天竺之行，或者，它定格为你的"醉酒男"或"牧羊女"时（你推举直觉否定事物的执念比蒙德里安还要顽固，你的作品，连《构图》这样的命名都不存在），并不因为它们也系西藏人物拉萨故事，就与陈丹青的《西藏组画》或于小冬的《与拉萨干杯》在纲目科属上有什么关系。但是，我又要说，世无玄奘，便没有"西游"，而没有藏地风情中的善男信女，醉酒与牧羊在你画布上溢散出来的也不会是现在的气息。题材也好事物也好，都是被艺术家直觉照亮的毛坯材料，而内容与"事物"，则是形式化的结果，是艺术家把毛坯材料秩序化后，创造出的新的关联。长久以来，人们受缚于懒惰与功利这两大根性，总是忽略艺术品之内容与形式高度统一充分圆融的整体性，只习惯用二元对立的眼光看待艺术，通过为内容与形式分高下排先后来割裂它们。其实，一件艺术品是否优秀，并不取决于它内容如何或形式怎样，而是取决于它业已成为形式的内容。形式即内容，内容即形式，它们貌似可以分解，实则浑然为一体之身。评价某一作品时，我们能说它内容很好但形式很烂或者相反吗？艺术家孕育形式和内容时，真想厚此薄彼都做不到——谁那么干了，不论成心还是无意，必然会受到严厉的惩罚。怠慢形式即是怠慢内容，藐视内容即是藐视形式。列宾的《伊凡雷帝杀子》与蒙克的《呐喊》，对我有同样的震骇效果，可我并不认为，那震骇分别来自前者的内容与后者的形式。内容只能并且唯有存在于它依凭的形式中才会获得生命，形式也只能并且唯有参与到它呈现的内容里才能放射光彩，若一枚硬币只有一面，剩下的一面也等于零。就爱情来说，性生活是它的内容还是形式呢？形式和内容，内容和形式，从来都是它伴着它出生，它伴着它成长，直至它和它以一个综合的它的形象现出真身——它的名字，也许叫《伊凡雷帝杀子》，也许叫《呐喊》，也许叫《无题之三》或《作品五号》。

两百年前的英国诗人柯勒律治，是超验写作的早期实践者，他想到的一个问题甚为警辟，公案般让人浮想联翩："一个人在睡梦中去了趟天堂，别人给他朵花以为证明，他醒来后，发现那花果然在手里，会怎么样呢？"我不知道柯勒律治在什么语境下有此一问，没准只为卖弄机智。但我觉得，用它解说我的问题倒挺合适。睡梦是一个艺术家的直觉，天堂及花和赠花人是他面对的事物，由梦而醒是他的创作过程，他实实在在地攥在手里的那一枝花，便是从事物中脱颖而出的独立的"事物"。这就好比，被杜尚送到"独立艺术家协会"的那只小便器，不论是否被作为展品接受下来，都已脱离了"有用"的生活器具阵营，而以《泉》的面目，加盟了"无用"的艺术品队列。在谈及自己的裸女下楼时，杜尚曾说："下楼，首先是对一个被固定在运动中的物体的形象的着迷而出现的，其次是对那种古典主义的躺着站着的裸体的挑衅。"针对这句话我很想问，他的非古典主义的运动的裸体，为何不是仓皇飞离人间的天使或参加天体营田径赛的女运动员甚或被情敌从被窝里追赶出来的少女或少妇呢？怕她们入画会导致题目过长吗？杜尚可不介意为他的作品取长名字，他经营有年的《大玻璃》，其学名就叫《甚至，新娘被单身汉们剥光了衣服》。我完全相信，那非古典主义的运动的裸体之所以被确定为下楼的裸女，与楼梯完全没有关系，只是为满足自己懵懂的直觉，杜尚发现，以裸女下楼表达意念，他的"笔触"更容易"准确"。可作为一个喜欢"转移"兴奋点的艺术家，杜尚却在不同时期，画过两幅有所区别又旨趣相同的"下楼的裸女"，难道这不是他对诸同类事物沙里淘金的一个结果吗？人们的正确联想，只能诞生于一系列已知的事物之中。结合我个人的创作实践，我倾向于他曾沙里淘金，"懒散"的他两度让裸女走下楼梯，是因为他特别看重某一特别事物向"事物"转化的特别功效。当然，在杜尚身上，更突出的例子是他"怠慢"事物"藐视""事物"。他给《蒙娜丽莎》添加胡须的《L.H.D.Q》，说是不严肃的信手涂鸦并不过分，谁若想从中发掘"准确的笔触"，很容易被人笑为白痴。我就白痴。在我看来，杜尚那匆促的笔墨力敌千钧。理由很简单，既然艺术在出自技艺的同时也出自观念，出自艺术家的人格储备，那么，当艺术家具体的手中之笔偶然点染时，他的抽象的心灵之笔，必然早已运斤成风。杜尚的胡须之所以有力，不在于它蜷曲还是下垂，而在于它使《蒙娜丽莎》及其作者共同构筑的伟大传奇，于一瞬间，就从圭臬变成了玩笑。艺术是借用可把握之事物对难于把握或不可把握之事物的理解与确认，其基本的游戏规则，是对司空见惯的东西做异常化处理，以某种方式改变日常事物的功能或属性，要驾驭好这一规则，我们把玩"司空见惯"的"日常事物"时，光靠技艺的手显然不行，还须仰仗观念的心。心的"笔触""准确"了，手的"笔触"才能"准确"，这之后，"虚拟的力"才会横空出世。

还记得我给你推荐过短篇小说《墙上的斑点》吗？你对之赞不绝口，我们一致认为，如果直到小说结尾，作者也不把那斑点具体为蜗牛就更好了。我没给你多说那小说作者，不妨现在说说。那作者叫弗吉尼亚·伍尔夫，是个于一九四一年不足六十岁时投河自尽的英国妇女，文学史将她定性为意识流作家，归属在心理小说派中。她不光有很强的创新能力，理论也好，她的《论现代小说》等文学随笔，至今看来也深具洞见。她认为，艺术的任务只在于揭示人的内心生活，一个作家要描绘的，不是事物本身，而是那事物在一个人感觉上的种种反映和在心中勾起的复杂感情。关于这一点如何做到，她认为，唯有精确地表达好瞬间的印象与意识的流转。对伍尔夫创作实践的成败得失，我不想评价，也没那能力，但她的艺术观念，多年来对我多有指引。现在让我想到的是，一个人的头脑如高速运行的计算机，信息蜂拥而来，感受重重叠叠，在这样一个乱花迷眼的情势下，该如何形式化其中的某些印象某些意识并表现之呢？

捕捉印象于一瞬及截取意识之一脉，首先功推直觉或幻觉，这一点先人早有了解。再早的案例我没留意，但自柯勒律治始，尝试着通过药物、疾病、梦以及其他各种真假莫辨的通灵手段开发潜意识的作家诗人，我能数出一串名字。嗜好鸦片的柯勒律治有首未完成的名诗叫《忽必烈汗》，据他自述，那诗就是他服药入睡后的梦中所得。他的诗之所以系半成品，是因为偶有来客打断了他，一小时后再执笔时，梦中记忆已基本消失。"药物艺术史"发展到今天，其加盟成员已大大缩减，至少不见谁自我宣称。不知是人们对艺术的追求降低了标准，还是更珍爱身体担心药物副作用的秋后算账，抑或太惧怕被拖上毒品乃至犯罪的贼船。而今的药物，为歌手运动员专用，也许因为他们的成果比小说家诗人更GDP吧。社会进步的标志之一，是铤而走险只能为钱，为艺术，光德艺双馨就可以了。我重视潜意识，但不主张以有可能损害身体的方式开发利用。我不认为尼采思想是他精神疾病的必然结果，即便是，如果谁说他病得很值，我也把那人看做混蛋。我受惠于尼采，但假设他因健康长寿而平凡庸俗，而无益于我，我宁可对"上帝死了"一无所知。二十多年前，我一度热衷于记录梦境，每次睡眠都支离破碎，所有的非睡眠时段都昏昏沉沉。梦中确有意外的惊喜，但身心之不爽太可怕了。我很快收起了枕下的纸笔。我入睡的障碍至今存在，不知与当年的"淘梦"有无关系。其实，真正的艺术家都是神秘主义者，没人轻看直觉幻觉，连以"历史书记官"自况的巴尔扎克，在这点上都与我们同道："真正冷静沉着的作家的头脑里，会发生一种无法解释的、闻所未闻的、科学也难以阐明的精神现象。这是一种第二视觉，使他们在各种可能出现的场景中看透真相；或者还不止，这是一种不知名的强大力量，能将他们送去他们该去或者他们想去的地方……描写对象朝他们走来，或者是他们朝描写对象走去。"我想，巴尔扎克之所以远远高级于他后世的诸多徒子徒孙，就在于他的力量发自直觉。他把大量的咖啡灌进肚里，难道只为消除疲劳吗？二战以前，有批才子聚集巴黎，大张旗鼓地试验无意识状态下的自动写作，还先后两度炮制过对现代艺术影响甚巨的《超现实主义宣言》，可惜我接触到的资料有限，对自动写作的模式（如果它有模式）一知半解。在今天的中国，二十年前的一些诗人有过类似试验，但戏谑成分过重，认真声称自己始终自动写作的，好像只有小说家残雪。我也没机缘认识残雪，没法了解她自动写作的具体情况，但残雪小说是当代中国文学的一个异数，有些篇什奇妙无比，我阅读时，好像自己在自己内心的深渊里扑扑腾腾。

可即使写作（包括绘画）真可以自动，光有直觉幻觉当导游就行，那么，它打捞的印象来自哪呢？它又为何只肯打捞"这一个"印象？它筛选的意识来自哪呢？它又为何只愿筛选"这一个"意识？难道打捞和筛选都是瞎猫，逮上哪只死耗子就算哪只？这样虚无艺术的流程，是拿神秘主义这个美味豆包不当干粮。的确，我们叙写事物不为事物，为的只是情感的奔突内心的骚动，但这并不表明，我们对事物的"事物化"结果没有期许。只要是艺术家，就不能不追求"事物"背后浮游而出的某种意味，并愿意它尽可能地弥散广远。那意味是什么，我们也许并不知道，或知道了也无法言说，或说出来了也言不及义，但正是这个难以用物质形体表现的意味，能成为一件作品的精髓。像《蒙娜丽莎》那么端庄祥和的肖像画数不胜数，像《L.H.D.Q》那样无厘头的恶作剧比比皆是，可为什么只有少数的它们能在同类中成为翘楚？我不认为其理由仅仅是其他同类作品的作者才华不足或技艺不精，我只想进一步强调，虚拟的力，更发轫于艺术家的人格之中。至于王羲之王献之父子间那类轶闻趣事，听了我只会一笑而过，不认为它有微言大义。儿子王献之年幼学字时，把一缸墨汁都练光了，父亲王羲之检查他作业，发现有个"太"字写成了"大"，就在下面加了一点。某日，王献之请妈妈评价他的苦练成果，妈妈认为他的字还欠火候，但说，那"太"字下面的一点炉火纯青。我一向主张，干什么都需要艰苦磨砺，即使莫扎特那种天纵之才，也需要拳不离手曲不离口。但让技艺玄虚到"太"字下面一个点那种程度，我还是觉得，它的励志主题太蛮横了，容易把艺术挤压得没了血肉。我不懂书法，但我相信，《兰亭集序》享有千载盛名，的确因为它力透纸背，但那力，却绝不仅仅就贯通在王羲之自如挥洒的横竖撇捺点弯钩上，王氏家族的宦海传奇、曲水流觞的文人雅事，包括《兰亭集序》中添词加句的旁逸斜出甚至唐太宗李世民给予的超级推崇，对成就它的磅礴之力都非可有可无。如此我们或可看到，虚拟的力这根绵延的红线，上挂下连时并不孤军奋战，在"形式意志"的作用下，它生成于艺术家的人格之中，落脚在适宜它的事物之上，通过感觉的经验化，它选择自己伸展的方向，通过秩序的合目的性，它确定自己飞翔的高度，当一件完整的艺术品携带着自身特有的信息凌空舞蹈时，它所牵拉着的虚有"事物"，已成为一个独立于所有实在事物的新的存在。有形的手之笔触是一只风筝，放飞它的，其实是无形的心之笔触。

我把神龙见首不见尾的虚拟之力变成按部就班的电脑程序，让它如此理性地凝聚规范地运行，老艾你一定坏坏地笑了。请原谅，我这里的理性与规范只为表述方便，我还不至于把艺术活动等同于外科手术。是的，我把各种似是而非的外在因素搅在一起，损害了虚拟的力的纯粹性质，对此你一定回以不屑。但解构纯粹拆分唯一，也许正是我的本意。你知道的，多年以来，我一直是席勒艺术游戏说的虔诚信徒，可在这封信里我表达的意思，好像是在否定自己。不是这样，我不觉得把事物引入艺术就亵渎了艺术的游戏精神。不过在此我不想展开来说，关于事物与游戏的关系问题，也许需要另文讨论，还也许，此文也已解决了它，只是那解决的方式模糊而委曲。在我看来，世间之事，只要有了人的参与，便不会再有纯粹的可能。我不是利用相对主义的弹性逻辑为自己铺设后撤的台阶，我相信不纯粹才是人世的本质。按照道德理想主义的说法，爱情之事最无杂质，可设想一下，一个小伙子忽然知道，他与之恋爱的姑娘的爹，大权在握是个高官，不仅能送他好车好房，还可以让他突击入党突击提干，这种时候，即使他无意攀龙附凤，可他对那姑娘的感情，是不是也会跨越式攀升呢？一如新闻报道里的我国经济。我的意思是，如果那姑娘的爹只如你我般普普通通，小伙子对姑娘也会爱意潺潺，可如果那姑娘的爹如同——就不以具体的名字做例子了——那么权势显赫，对那姑娘，小伙子定然会爱意滔滔。艺术之力与爱之力没什么区别，都有其单纯感性无条件的一面，可就其立体的全面而言，对它们都是多重因素汇聚的合力这一事实，我们不该视而不见。如果为艺术清理门户，对顾闳中《韩熙载夜宴图》那种"反腐纪实画"，对达·芬奇《最后的晚餐》那种主题先行画，对杜尚者流的种种"反艺术"创作，我们不能找到扫地出门的恰当理由，就应该承认，虚拟的力由感觉与事物混搭而成。

老艾，这封信断断续续写写停停，居然花了几个月时间。这真荒唐。但我也以为它不特别荒唐。艺术之事，包括我们在绘画中在小说里所悉心寻找和试图创造的那个虚拟的力，是足以消磨我们一生的东西，与一生比，几个月只是短暂的瞬间。这就好像，与绘画和小说中所蕴藏的力之伟大相比，我们为发掘它呈现它即使付出再大的辛劳，也微不足道。再重复一遍，我写这长信，丝毫没想否定或诋毁你理解的力，我希望的，只是再把我的理解也汇合进去，去加强那力放大那力，让那力不光具有技术的品质，更显现出精神的品质。

消失的小说

备忘录：记

在那批小说中，最早进入我脑子里的构思是《安乐窝九号》，这我记得非常清楚。我还记得，它的篇幅也比较长，大约完成了两三万字，已经有了完整的两章。但在那批小说中，最早被我写入电脑的并不是它。

《安乐窝九号》，是一部长篇，故事的展开时间是一九六六年。

一九六六年，毛泽东发动和领导了文化革命，那时我还没上小学。实事求是地说，作为一场殃及全国的毁灭性浩劫，"文革"给我这个孩子带来的影响不能算大，我的直系亲属中，也没人在那个年代遭逢过太多特殊的际遇。要知道，中国的"文革"和德国的屠犹，还有苏联的大清洗，算得上是二十世纪人类历史上最酷烈的政治灾难，置身于中国这样一个政治凌驾于一切之上的国度里，能够从政治灾难中全身而退，这应该说是值得庆幸也让人满足的。是的，我姥姥曾在居民委员会受到过简单的批判，她战战兢兢地把一木盒首饰一副麻将牌一根所谓的"龙头拐杖"还有些其他既有欣赏价值又有保值价值的东西扔进了北陵大河；我爸爸也曾先荣后辱，本来正风光无限地办着歌颂毛泽东的"红太阳展览"呢，却眨眼之间又被打发往盘锦干校和桓仁农村去劳动改造，好几年里过着"老父一人在天涯"（他写给我和姐姐的诗句）的绝望日子；我妈妈则是先被学校停职一年，然后发配到工厂当翻砂女工，有段时间，我家每天都能聚来一屋子她的学生找她麻烦；至于我和我姐，自然也曾间或地受到过邻居孩子的欺负污辱，有时上午刚抹去写在我家窗外的"打倒刁地主"，下午就要面对画在我家门上的下流画……可这一切，现在看来，真的可以说是无足轻重，我们这个根也不红苗也不正的臭老九家庭，相对于毛泽东时代的许多同类家庭来说，不能不说是一个幸运而又幸福的家庭。

　　但不知为什么，多年以后，差不多是一九八九年以后吧，当许多人已经忘记了"文革"，特别是许多我父兄那辈中所受折磨比我爸爸妈妈姥姥多出一百倍的人也忘记了"文革"时，对"文革"题材小说的写作，却让我兴趣日益浓烈，要把我眼中的文化革命写出来的念头，成了我心中挥之不去的一个情结。

　　本来在我的文学理念中，那种所谓选择题材的做法，纯属幕间丑角制造的噱头，它设置的骗局，如同"深入生活"的滑稽闹剧，留给我的只是笑柄。我只关心人的——应该说是我的——精神活动，是人的/我的状态情绪感觉欲望那些东西，指引我看穿了世相现实有多么虚假，认清了性灵真实是怎么回事，从而建构出属于我的小说世界。小说于我，只是骚动心灵的洪水流溢，流的溢的，都是淤积我心头的喜怒哀乐和情仇爱恨，而不是飘浮在我眼前的工业农业官场战场。小说家不是选择题材，而是接受题材的选择，在我这里，连我的小说人物都只是我状态情绪感觉欲望的营构工具，就更别说那些背景性的衬底了，它们完全是工具的工具。可这一回，我怎么了，居然要为某一个题材而兴土动木？现在想来，我能清楚地看到，作为一个曾长期着迷于政治问题时时敏感于意识形态的人，不论我如何努力靠拢艺术的法则，把我的着眼点由社会的偶然性转向存在的必然性，关键时刻，我也难免不露出狐狸尾巴。我想，以后我应该全力以赴的，是尽快让我那条进化不彻底的狐狸尾巴萎缩消失，最终还我一个清白之身。

在《安乐窝九号》之前，我的"文革"故事曾叫《节日》。我的想法是，不是有名言称革命是无产者盛大的节日吗（好像当年有一本歌颂文化革命的小说真叫《盛大的节日》）。我故事中的主人公，是我的亲人和我的邻居，在革命的时代里，他们除了拥有以圆滑世故明哲保身为前提的轻信盲从愚忠肤浅外，便一无所有，恰好是有着标准尺码的无产者典型，把他们的狂欢称为节日十分恰当。《节日》之后，我的"文革"故事被易名为《饕餮》。那时我觉得，《节日》这样的名字容易让我高高在上，有俯瞰意识，可在小说中，我这个写作者更愿意充当低调叙述人，我不愿意出现相反的状况。

我记得，当时是图尼埃的《桤木王》给了我启发，使我为我"文革"题材这枚青果，找到了个"饕餮"这个故事之"核"。以我的理解，当无产者只是被动的工具而非主动的人时，他们最需要的，既不是信仰也不是理想，甚至都不是皮鞋和西装，他们要的只是肠肥胃胀，只是大碗喝酒大块吃肉。当然了，若能把这世界上除领袖和自己之外的其他人都当成酒肉饮之啖之，才更叫过瘾，也算是物质精神双丰收吧。不过抽象的《节日》，具体的《饕餮》，都迟迟没进入我的电脑，它们只是时不时地在我的人脑里若隐若现。我倒不是担心故事不新鲜结构没特点或情节细节上存在问题，甚至我都不担心我一厢情愿地抓住"文革"问题不放，会惹人反感遭人嫉恨，使我的作品去经历《阿尔巴特街的儿女们》那类苏联小说的发表命运；我担心的是，我的小说也像其他写"文革"的小说那样，成为浮皮潦草的批判稿或就事论事的控诉书。

这时就到了一九九六年，眨眼之间，"文革"就开始三十年了。那段时间，我重读和首读了《文化大革命十年史》（严家其、高皋著）、《革命委员会好》（各省市自治区成立革委会时给毛泽东写的致敬信）、《耳闻目睹》（闹派性时各群众组织的传单汇编）、《疯狂岁月》（"文革"酷刑实录）、《位卑未敢忘忧国》（"文革"上书集）等一大批与"文革"相关的旧辑新著，并与一些还有闲情逸致回首当年的父兄辈友人交换思想。恰在这时，英国移民作家奈保尔的小说《米格尔大街》进入了我的阅读视野，我一下子就知道了，我的"文革"故事该怎么写，至少，我知道了它的名字该叫《安乐窝九号》。

头一章的万把千字，我一口气（一周左右）就写了出来，讲一个刚上小学的孩子，他的父母被抓以后，辍学来到姥姥家生活。姥姥家住的安乐窝九号院（刚被易名为向阳红九号院），是都市里的贫民窟，其居民成分异常复杂，三教九流应有尽有。而往前追溯，一九四八年以前的安乐窝九号，曾经是遍布东北的连锁妓院的沈阳分号。按我的设计，这个孩子即将经历的一切，就都发生在这样一个地方，这样一个地方的三教九流，在革命时期上演的活剧，对一个懵懂少年早期的人性启蒙来说，或许有一些独特的意义："昨天晚上，姥姥把我从党校大院接出来时，街上已没有公交车了，我们是走了一个半小时的夜路，才回到安乐窝九号姥姥家的。党校在南湖，安乐窝在北市场，两地相距……"但愿，我的小说与批判稿和控诉书的距离，能比党校与安乐窝的距离更大一些。

遗憾的是，当《安乐窝九号》又发掘出下一个武斗时期装电铃的故事后，我就有点写不动了，也是为了先写中篇《情感教育》，我放下了它。可这一放，尽管后来我又多次调看过它，修改过它，还为写完的部分添了不少有趣的细节，却再无力为它立项使其上马了。停工待料的原因很多，但我敢肯定，绝不是我对"文革"故事丧失了兴趣。不，在我的写作历史上，以后，若由于才力不逮，我只给自己一次把小说写成批判稿或控诉书的机会，我所选择的内容，也不会是直接危及到人的/我的当下生存的任何事情，而只能是貌似远去的文化革命。

顺便说一句，在《情感教育》中，我讲述的是一个今天的年轻人，身不由己地卷进了父辈留下的"文革"恩怨中的故事。那篇小说与忏悔有关。

在那批小说中，最早被我写进电脑的，是个短篇，叫《纪念日》。那大约是一九九三年前后，属于我短篇写作的一个高产时期。后来，在我的长篇《私人档案》中，我把其中第五部分的名字取作了《纪念日》，就是借用了那个短篇的题目。开始时，《私人档案》的第五部分叫《从高处看》，取的是萨特一段话中的一句，意思是，那个老人虽然痴呆，但谁能说，把芸芸众生的拙劣表演看清看透的，不是他呢？后来我觉得，"从高处看"有点装腔作势，不如"纪念日"朴素单纯，就改了过来。当然了，《私人档案》里的"纪念日"部分，与仅存两千多字的短篇《纪念日》毫不搭界。

我并不知道，在短篇《纪念日》里我要讲什么故事，完全是要把这个词当做小说名字使用一下的游戏想法，让我把它写了下来。我喜欢以一种游戏的态度进入创作，我经常会为一个人名，为一个小说名，为一个词或词组写一篇小说。在《纪念日》（短篇）已经完成的部分里，我写了一个叫何晶的年轻妇女，始终保留着一种浪漫而又做作的少女习惯，凡是能被她赋予说法的某个日子，她都要纪念一下，并且纪念时还总要找一个从幼儿园到大学一直和她同学的男人当配角捧哏。但他们从来没恋爱过——男人爱何晶，何晶却只把他看成一条忠实的走狗。小说写到这里就难以为继了，我想不好此后何晶与这男人的关系该怎么发展，我只能做出放弃它的沮丧决定。但我一直没把它从电脑中删去，甚至在《私人档案》里已经把"纪念日"这三个字用了一回后还没删去，则与那里边一个给孩子起名的细节有关。那是个挺有意思的小小事件，我希望什么时候能在其他小说里利用一下。

另一个短篇也很奇怪，也是写了多次都无法结束，也是属于我决定放弃的开头之一。可事实上，作为短篇，它已经不仅仅是个开头，它完成的篇幅，绝对超过了三分之二，甚至四分之三。它的名字比较笨拙，叫《有李艳的夜晚》。

我写小说，很少能把经历的或听来的故事敷衍成篇，我更愿意凭空捏造无中生有，至多也就是由燕子的飞翔想象飞机的飞翔。可写《有李艳的夜晚》的原因，却与我认识了在小说里被我称为李艳的女人有关，与她讲给我的两件小事有关。

李艳讲给我的第一件小事，是这样的：她与第一个男朋友谈恋爱时，两人有过一次上床的经历，但因为紧张一事无成。后来，他们因为其他原因，友好分手了，李艳几乎也就忘记了第一个男朋友因未能顺利完成床第之事而表现出来的沮丧和难堪。可在他们互无音讯的许久之后，已经结婚的李艳，迎来了她首任男友的一个至交好友，那个什么事也没有也没什么正经话可说的熟人久坐之后，支支吾吾地告诉李艳，她首任男友的妻子怀孕了。这之后，那个什么事也没有的熟人又三番五次地找到李艳，通报首任男友的妻子预产期快到了、生儿子了、过百日的儿子聪明伶俐很像他爸爸等诸种情况。李艳被熟人搞得莫名其妙，就给首任男友挂去电话，说你一而再再而三地派人骚扰我是什么意思。首任男友显得非常无辜，说我不是要骚扰你，只是想消除你的误会。李艳问什么误会。男友也变得支支吾吾了，我可以让女人怀孕，他说，我和我儿子都不用做亲子鉴定，任谁一看就知道他是我的种。李艳这才又记起首任男友与她上床的事。

李艳给我讲的第二件小事，是这样的：在她结婚几年以后，一个中年男子喜欢上了她，显然她也挺喜欢他。有一次，中年男子借个由头，把李艳邀到自己家里，喝酒吃菜后拥抱接吻，拥抱接吻后准备上床。可当时，不知出于怎样的考虑，李艳在最后的时刻犹豫起来，就趁那男子洗澡的时候，悄悄跑了，自然以后这俩人也就断了来往。不久之后，那中年男子有望提升，由副处提正处由正处提副局之类的提升，反正对他非常重要。这一天，他把李艳找到一家饭店，用父亲和兄长的口吻与李艳说话，他说，他的提升遇到些阻力，有人拿他与女人的事情大做文章。可我是阳痿，那男子说，我有我老婆给组织写的证明材料，说罢他自鸣得意地把一张白纸送给李艳。李艳没接白纸，只问他为什么跟她提这些事。那男子说，我不知道他们会不会调查你，毕竟你一直对我挺好吗，他们也知道。可我是阳痿，我曾如实对你讲过，我们之间什么也没有，只是纯洁的革命友谊，你说是不是这么回事？李艳说是这么回事，然后饭也没吃就起身走了。

我觉得这两件小事相映成趣，幽默滑稽妙不可言，当时就对在小说里被我称作李艳的女人说，我得把这两件事拢到一起写篇小说，里边还要嵌进你的名字。李艳很高兴，说她希望我的小说写完以后，能在某家她经常阅读的杂志上发表。好像那天一送别李艳，我打开电脑就写了起来，且思维敏捷下笔顺畅，一气就呵出了个半成品来。可那天之后，我的写作却越来越涩滞，故事后边的三分之一或四分之一内容，总不能走入我的脑袋，自然就更不能走入电脑了。是因为那个给我讲故事的李艳从此杳无踪影了呢，还是另有别的原因？我百思不得其解。我只好悻悻地将它放弃，心想以后若有可能，一定要把那从不同角度证明自己性能力的两件小事用到别处。

像《纪念日》和《有李艳的夜晚》这样的小说，虽然有着自己的名字，并且肯定也有自己独立的品质（即使还很不清晰），但由于终难独自成篇，也就只能算作我未来小说的备用材料。而事实上，夹在那批小说中的，还有更多的毛坯性文字片断，更多的根本没有被命过名的人物对话细节描写事件过渡之类的东西，才是我真正的备用材料。这类东西，大多是我在修改已经完成的小说时，从它们身上剔下的赘肉，之所以剔下来了却未清除，而是存入了电脑硬盘，那是因为它们并非一无是处，虽然不合适留在此处，却很可能成为彼处锦上添花的意外收获。比如我一九九九年发表的中篇《身体》，是我两篇专门写性的小说之一，里边涉及到了性活动的多个侧面与多种内容。在写作中，我按照故事的内在逻辑和文体要求，随心所欲地信笔写来，可修改时，我则不能不尽量考虑编辑和读者的接受程度，自残般地施以刀斧。可以想见，那些被我忍痛割爱的神来之笔，让我何等的心痛肉疼呀，我只能希望有朝一日，随着人们性心理的日趋健康与社会伪道德观念的日渐式微，再让它们在我的其他小说里重见天日。至于在发表出来的《身体》里，那些不伦不类的"那东西"、"下边"等词，弄巧成拙地取代了我原本冷静客观的"阴茎"、"阴道"等词，则非我本意，而属于编辑的苦心之举。我理解编辑的隐情苦衷，所以，我并不计较那类暧昧的文辞把我的面目搞得多么下作猥琐。再比如我一九九八年在刊物上发表，一九九九年出版了单行本的长篇《证词》，它们毫无差异地都是十八万字，而事实上，它原稿的字数超过了二十三万。最初我拿下那五万字，是因为发表它的刊物篇幅所限，出书时，刊物编辑和出版社的编辑都建议我，把那删除的五万字再恢复上去。可这时我早期的创作冲动已经平复，我已能以一个挑剔读者的尖刻眼光去看待它了，于是我理智地发现，我当初仅从刊物篇幅考虑所摘除的五万余字，恰好正是我有必要削剪下去的枝枝蔓蔓，没有了它们的干扰影响，我的《证词》，显然更加精粹和和谐。这样一来，这五万字的内容，自然就成了我备用材料库中说不上在哪篇小说里或可一用的半成品了。

我电脑里的小说，只要能够单独成篇，哪怕只有三五百字，也有一个属于自己的文件名字，想要看时一目了然；而那些不知将来能否用上，或不知用到哪里的零碎材料，我则把它们堆放杂物一样拢在一起，归集在同一个文件名下，也就是说，它们一旦被我打开，能形成一个莫名其妙的长长的文本。我时常把那些东鳞西爪互不相干的组合文本调上屏幕,津津有味地粗看细读,这时候,我总能想到巴塞尔姆的那句话:碎片是我唯一信赖的形式。于是,我会发出会心的微笑。

在那批小说中,还有四个(完成之后必将)风格各异的中篇小说,分别写出了三五千字的样子。我敢保证,在它们中,我不论集中精力去对付哪个,估计都遇不到大的障碍,顺利地拿出成品没什么问题。可它们却始终只是开头,我想,这应该怪我的思维太多跳跃性和工作缺少规律性吧。

我的写作习惯,与我感受事物的方式有共同之处,总是东一榔头西一棒子,兴之所至随意为之。勤奋固然有了,效率却是不高。经常的情形是这样的,电脑都启动起来了,可具体要写什么我还心中无数:是写《各得其所》呢,还是写《圆形环链》?是写《午夜牛郎》呢,还是写《做父亲太沉重》?我根本就拿不定主意。我总是频繁调出一个个存在盘里的小说开头,看看这个改改那个,然后再视我彼时彼刻曾受到了怎样的刺激触动,来决定我要为哪篇东西增添上去千八百字(我一天至多只写千八百字,一写多了就会觉得在生产水货)。若是刚去趟单位,看了一天知识分子的文化嘴脸,我可能会写《各得其所》;若是刚读完报纸的社会新闻版,让上面那些耸人听闻的血腥报道搞得蠢蠢欲动,我可能会写《圆形环链》;若是黄夜无眠听了半宿风声鹤唳看了满眼树摇草伏,我可能会写《午夜牛郎》；若是刚当了把心理医生为男朋女友解剖完家庭伦理爱情婚姻，我可能会写《做父亲太沉重》……对了，顺手举出的这四个例子，就是我那风格各异的四个中篇。

为了使我的工作卓有成效，有时我也给自己定个计划，如某个时间段里写些什么，给哪家刊物等；可也许一个偶然的情绪变化或兴奋点转移，就能把我的计划全盘打乱。我知道这不好可没有办法。好在我的大计划是雷打不动的，即每年要写出二十万字的小说成品（是否发表不由我负责），而鉴于我的写作速度比较缓慢，我平均每周在电脑前度过的时间都坚持不少于二十小时，这样，才保证了我在喜新厌旧见异思迁心猿意马乱花迷眼的状态之下，也能写出相当数量的定型产品。

《各得其所》是个闹剧，一帮以写所谓报告文学为专长的作家记者，打着弘扬主旋律歌颂改革者的旗号，组成一个松散集体，彼此壮着胆去混吃混喝混小钱；当然精明的生意人不会上当，能够既巧妙地利用一下这群"高雅"之士，又让他们空欢喜一场后还有苦说不出。至于《午夜牛郎》，虽然也写文化人，却笼罩在神秘诡谲的气氛之中，那个欲评教授的大学教员，与一部高深莫测的哲学书稿和一个神出鬼没的陌生女郎发生了瓜葛；值得一提的是，这个故事的空间背景，罕见地不再是我经营多年的沈阳或张集，而变成了南方一座多雨的城市。《圆形环链》写一个连环杀人的恐怖故事，但没有侦破没有推理，只有主人公在杀戮中所体会到的自由感与满足感；我一直迷恋暴力色情那一类东西，以弱（个人）抗强（社会）或（个人）打不过你（社会）也甩你一脸大鼻涕的无奈悲凉始终是我乐此不疲的小说主题。《做父亲太沉重》的名字有点敏感，它借鉴了一本禁书的书名：《叫父亲太沉重》，我特别喜欢这种怪异的句型；在我的故事里，我也是通过女儿的眼睛来看父亲，但那个死在父亲手里的女儿，仅仅活了十二个年头；我还能记得，在小说起首，那个有些超现实能力的短命的女儿，是这样开始进入叙述的："出生以前我没有记忆，我能记住的，只是我出生以后的事。"而在小说末尾，她整个叙述的结束语，我也先于她将说出的许多别的话替她记了下来："死去以后我没有记忆，我能记住的，只是我死去以前的事。"

在那批小说中，还有记录一个男人成长历程的长篇《教育》，还有分析一个女人性格曲线的中篇《酩酊》，还有解释一段男人女人情感状态的短篇《在小屋的日子有多长》……

白皮书：祭

前边提到的那批小说，加在一起有二十几篇，总字数差不多也有二十万字，在二〇〇〇年的六月以前，全是我电脑硬盘这座金屋子里边藏匿的娇娃，不论我何时需要它们，它们都能热情洋溢地向我扑来。可某天下午，我坐到桌前，习惯性地接通电源打开电脑，琢磨着我该翻它们谁的牌时，眼前却跳出一行英文字母，匕首一样向我刺来，我还处于懵懂中呢，就被它给了致命的一击：硬盘损坏。天哪！这就是说，我前边提到的那批小说，全消失了，而与之同时消失的，还包括自一九九〇年来，我用电脑生产的其他两百万字小说成品。我立刻疯了。我早期使用的是二八六电脑，后来使用的是台式五八六电脑和笔记本四八六电脑，但它们很少出什么毛病。大概正是这种一路平安麻痹了我，再加之我懒惰成性，当我的小说最终修改完成后，我从不以其他方式再作保留，而只是在五八六里存储两份（发表后还会再删除一份）。我头大如斗，四肢发颤，汗水横流（本来我是刚冲过冷水澡的）。我首先想到的是砸烂电脑，并且武器是我的人脑，不惜让这两脑同归于尽；然后我想到的是恋人的离去，想到一个曾与我千恩万爱的女人对我的抛弃……我从疯狂之中清醒了过来。我知道，我不能杀死我热爱过的女人，所以，我也不该砸烂帮助过我的电脑，她/它们给予我的快乐足以抵消我受到的伤害。

在这之后，我想尽了办法遍寻高手，希望有人能沙里淘金，从损坏的电脑硬盘里搜寻出我写下的文字，哪怕只是一小部分，哪怕只有一字一句。可一无所获，电脑轻描淡写地把我的写作历史涂抹掉了，使我的来路都变得可疑。

有一个小小的插曲值得提及。在我这十年心血毁于一旦的同一个月份，二〇〇〇年那个炎热的六月，我的长篇小说《回家》发表了出来，我的中篇小说《解决》也写作完成了，我不知道，这两个充满暗示意味的小说名字，是不是在对我进行一次宿命的隐喻：

我的小说都回老家了，我的小说都被解决掉了。对命运的判决我无言以对。不过，这两篇小说的名字，若真能与我的电脑故障发生某种神秘的联系，我倒更愿意相信，它们所预言的，除了是一个旧我的消亡，更是一个新我的诞生。从严格的意义上讲，我的小说写作正好进行了十年，而十年，对一个人的创作生命来说不能算短。那么，此时此刻，难道我不该借助某个高深莫测的偶然契机，来一次更上层楼的攀升飞跃吗？对呀，肯定是这样！

我那批被电脑硬盘毁掉的小说，如今已是一桩死案里查无实据的消失的佐证，因而，当我现在从我人脑的记忆中搜索它们时，我敢于厚着脸皮吹嘘一句：它们若能最终完成，肯定篇篇都精彩漂亮。有这可能吗？有吧。好的读者都很清楚，欣赏文学，靠"名著梗概"那种大学里教授唬学生的拙劣骗术是行不通的，只有纵览全篇通观整体，才可进行臧否褒贬。所以我不指望我的读者从上文我那三言五语的故事提要中看出好来，我出示给读者的是我的信誉。不是这样的流行语已经深入人心了吗：写什么并不重要，重要的是怎么写。我的读者和我一样，对我的怎么写充满信心，我们都不担心我在这里泄露出来的构思选题被人剽窃。

可是，对不起，事实上，作为当事人我无比清楚，我的那批小说没能写出或没能写完，其根本问题只是我写不出它们或写不完它们。否则的话，为什么同是写关于男人的长篇，我先动笔的《教育》总是停滞不前，后动笔的《回家》却能一蹴而就；为什么同是写关于女人的中篇，我先构思的《酩酊》迟迟无从下手，后构思的《身体》却能手到擒来；为什么同是写关于男女关系的短篇，我先设计的《在小屋的日子有多长》怎么看都不成模样，后设计的《去天堂的路有多远》却一搭眼就神形兼备……问题在我，与电脑无关，没准电脑故障还帮我下了台阶呢：要不然，面对我那些小说的毛坯，写还是不写，就会发展成哈姆雷特式的极端问题。

当然捏着鼻子硬写，我也不是写不成它们。作为一个比较熟练的小说工匠，生拉硬扯地说圆一个故事的本领我还具备，甚至我也真的善于把思想技巧上的俗手败着伪装成别有洞天的生花妙笔。事情的关键是我不能那么干。

我是一个自尊的人，自然也尊重我的工作，若制造假冒伪劣产品去瞒天过海，读者的眼睛能饶过我，我自己的良知也饶不过我——我私下认为，我的良心，还没完全让狗叼去。所以说，如果我的电脑硬盘没有损坏，什么时候我打开电脑，我那批已经开头的长中短篇小说都能跳上屏幕，争着抢着等我续写，那么，我很可能仍然不会再去问津它们。我的意思是，就如同人口需要优化一样，既然我怀的是个病胎，那趁它尚未夺门而出，就果断地给它来个人工流产，无疑是我最好的选择。

作为一个小说写作者，我对自己的要求并不苛刻，只要体会到了写作的愉悦，我的写作就进行得下去；而我对愉悦的理解也很实际，那就是我的感官享受到了快乐的刺激——顺便说一句，我一向都把那个依附于我身上的、无处不在而又无形无状的、名为精神的东西，作为我感觉器官的总控制台与总调度师。可是，什么样的写作才算愉悦呢？这实在是个复杂的问题，它不只具有单一的理由，甚至，它的诸多理由在化整为零时，还自相矛盾，常常是能为此文酿制愉悦的酵母，也会成为彼文滋生恶俗的温床。所以，我若说我能写出来的小说就让我愉悦，我写不出来的就没让我愉悦，那好像抬杠，好像遵循的是"第二十二条军规"式的荒唐逻辑。可实际上真是这么回事，真的只有感觉能给出答案。多年以来，写小说几乎是我唯一的工作，我最大的愿望，就是把这世界存储在我脑子里的那些小说，都一五一十地记录出来，还给这世界。我不敢瞒产量吃回扣，不敢只把《回家》、《身体》、《去天堂的路有多远》这些小说上报交公，却留下《教育》、《酩酊》、《在小屋的日子有多长》这批作品私藏独吞。没那必要。我若那么干，不也是跟稿费过不去吗。我从来都是个贪婪型男人，除了渴望妻妾成群，也还愿意腰缠万贯。事实上，《教育》、《酩酊》、《在小屋的日子有多长》这批作品的半途而废，原因尽在它们自身，是它们自身的外疾内伤，限制了它们的出笼面世。当然了，在这个问题上，我的毛病也一目了然。无需隐讳，作为一个功利时代里的"旧旧人类"，我身上还残留了些落伍的劣根顽症，使我有些不合时宜：比如严于律己，比如追求完美（我力所能及那种程度的完美），比如自爱自重。我的这种不合时宜表现在创作上，就是一旦对自己的作品不能满意，便唆使感觉这个检察官去封杀它们，宁可影响稿费收入也绝不手软。这样一来，《教育》、《酩酊》、《在小屋的日子有多长》这样的作品，自然便有了与《回家》、《身体》、《去天堂的路有多远》这样的作品截然不同的劫数命运。

我不知道，同是出自我脑袋手笔的长文短制，何以会带给我不同的感觉；我只知道，感觉是一种奇怪的东西，只可意会不能言传，更多的时候，它似乎只受宿命的操纵。这就好比，我们都同意"性格即命运"这样的说法，可为什么相同的性格也会导致不同的命运，就解释不清了。

不过说解释不清也不尽然，神秘和虚无可是不同的概念，解释本身就有意义。况且，我写小说，其根本动机正是为了解释我的状态情绪感觉欲望。要知道，不光"每日三次一次两片孕妇忌服"的药品说明书是解释，不光"为了迎接×节的到来市场出现了繁荣局面"的新闻报道是解释，不光"强奸主要是指行为人以暴力、胁迫或其他手段，完全违背妇女意愿，强迫与之发生性行为"的法律条文是解释，不光"题材是指作品中具体描绘的社会生活事件或现象，根据作品反映的生活范围、性质和本身蕴含的意义，有工业题材、农业题材、军事题材、科技题材、历史题材、童话题材等"的文学词典是解释，小说也是解释，是对——比如我感兴趣的那类小说吧，所提供出来的那种骚动不安的、暧昧不明的、似是而非的、神秘莫测的言说内容与言说方式——生活的解释，对存在的解释，对世界的解释，是对所有解释所做的更为高级和有趣的解释。

我喜欢小说，就在于它的言说高级有趣，而小说的言说之所以高级有趣，在我看来，这是由它远离功利的纯粹品格和性灵化的真实属性所决定的。在人类所能从事的诸多项类的智力活动中，写作小说，是为数不多的能把极端的严肃认真与极端的荒谬随意结合起来的益智游戏，正是这严肃认真与荒谬随意的结盟共谋，才使得小说的游戏精神获得了本体化与绝对化的地位，使之进入了一重"虚有"的境界。是的，是"虚有"，这是一个像小说一样奥妙无穷的词汇，我为我杜撰了它感到得意。"虚有"的意义是神性的，它是在一种浑沌的状态下，袒露似无实有似有若无和似虚实实似实若虚的事物本质，以象征隐喻和暗示的方式恢复人与世界的本来面貌，因而它标志的境界至高无上。"虚有"的境界使得小说成了人类最为亲切的精神伴侣之一，它所喻示给人类的独特发现，具有无以替代的愉悦效力。

当然了，当一篇小说只存在于小说写作者的构想中时，它就像一个女人，一个引你注目惹你心动的漂亮女人，由于你们并无实质性的恋爱，你便永远不会知道她有多么出色或多么糟糕；相同的道理是，只有写作这一类似恋爱的行为，才能决定一篇小说达到了怎样的高度，也才能对我们构想中的作品给出价值的判断。在这点上，我是一个务实的人，我看重写作本身带给我的启示与影响。若一篇小说，我都写下题目了，写下第一句话了，写下第一自然段了，写下第一章甚至两章半近三万字了，给我的感觉还是不咸不淡不痛不痒不死不活不三不四，那无论它的故事怎样的耐人寻味，结构如何的出奇制胜，语言多么的恰如其分，它也不会是个让我愉悦的东西。

故事、结构、语言，这的确是我长期以来在阅读和写作小说中最为关注的三个要素，我认为，正是它们的彼此勾连，才搭建出了小说世界的三维空间。一般来讲，我喜欢那种比较感性的平凡故事，它具有模糊而又脆弱的质地，能更直接地指向性灵而不是世相；我喜欢那种富含形式意味的包装结构，宁可形迹彰显，也不毫无自觉，它应该理直气壮地成为内容的组成部分；我喜欢那种出之于口头而归之于书面的智性语言，在流畅中有断裂，在朴素中有奢华，含而不露却又处处机锋……当然我不是要用肉食加工厂的工艺流程来拆解小说，我在这里的量化分配，只是为了行文的方便。我很清楚，不容割裂的小说即使真有所谓的凤头猪肚豹尾，它也不是可以轻易归类分堆的拱嘴肘子心肝皮骨。故事和结构还有语言，它们的关系如同水乳，是一个自洽的严密体系，作为一个和谐统一的有机整体，它们在共同支撑着一篇小说。在一篇小说里，只有这三样东西彼此呼应着发挥了作用，文学的发言才能实现，对于生命的存在和世界的规律，小说也才能以它独有的方式，做出有力量的揭橥与展览，有预见的宣谕与指认。

但写作小说，实在不是一种理性行为，更主要地参与写作活动的，倒是直觉、敏感、猜测、偶然性、笔在意先和信手拈来这些感性的东西，是它们以一种空穴来风的形式作用于不同的写作者，才有了不同写作者笔下那各有千秋的匪夷所思的独立世界。小说进入"虚有"的路径，是依地势走向自然生成的河床，而不是为了分流或灌溉，经由人工修凿的水渠。就是说，小说提供的象征隐喻暗示，是整体的和全部的，应该通过作品的自洽系统呈现出来，而不能刻意攀附，仅仅用某个人来象征什么以某件事来隐喻什么拿某种经验来暗示什么。如此一来，依我的理解，写作小说就又不光是个技能技巧问题了，它还成了小说写作者的宇宙观问题。

前边我说过，我指称的愉悦，就是我的感官所享受到的快乐的刺激；前边我还说过，我那批消失了的小说如果没有消失，我也不会再捏着鼻子去硬写它们，因为我意识到了，它们不能让我愉悦。可是，何以《回家》、《身体》、《去天堂的路有多远》能让我愉悦，而《教育》、《酩酊》、《在小屋的日子有多长》就不能让我体会到愉悦呢？

容我再对小说进行一次粗暴的量化分配。比如，耐人寻味的故事能悦我心，出奇制胜的结构能悦我眼，恰如其分的语言能悦我耳，甚至我的嗅觉触觉都能在小说的作用下被唤醒起来。可是，这样的愉悦就是愉悦的全部吗？不可否认的是，我的那批消失了的小说，它们不是从最开始就不存在愉悦性的，或者说，最开始时，它们也是存在着发散出全部愉悦的潜在素质的。我想象它们时，为它们确定了作品题目和人物名字，并写出了它们的一段一节一章一部分时，我肯定曾认为它们完全符合我的小说标准，它们带给我的愉悦必将愈益强烈；可这些小说在后来的演进结果却让我失望，它们的愉悦功能在无可挽回地一点点丧失，至少，它们的愉悦功能是零散而浅表的。我不能说《安乐窝九号》的故事不耐人寻味，我不能说《有李艳的夜晚》的结构不出奇制胜，我也不能说《各得其所》、《午夜牛郎》、《圆形环链》、《做父亲太沉重》的语言不恰如其分，我能说的只是，在一个综合的精神指数上，它们碰巧偏离了我的思想轨道。说到这，或许我有必要换一个说法强调一句，所谓愉悦，其实是一种自由的体验，它出现和生长于对未来的好奇与期待中，至于那个令人好奇与期待的未来大体应该什么样子，我说不好，但却知道，它必须由意料之外与情理之中来杂交生成。

　　写作小说的过程，是一个提升生命质量的过程，它能让我的感官丰富我思想，又能让我的思想照亮我感官，最终确立起我的小说精神。至于我那批消失了的小说，有了我今天理性的记述与祭奠，我想，它们若有朝一日获得再生，一定会与我未来人脑与电脑里的其他小说一样，放射出让我由衷欢喜的愉悦之光。

"轻浮"的小说

有些小说特别严肃，像德育教授指导成人说你好谢谢对不起，又像一砖一瓦一坯一石垒起来的鸡窝猪圈。我以为这种小说对人的心智发育不负责任。我喜欢阅读和写作"轻浮"的小说，它说出来的话让人不知所云，它搭成的建筑如同海市蜃楼。

按说严肃没什么不对，在小说的诸表情中，就包括了不苟言笑。在我启蒙时代的文学背景中，或正言厉色，或语重心长，或煽情论理，都是我乐于接受的方式，直到现在，那些面容凝重忧愤弥胸的前辈高人们的训谕教导，还时常回荡在我的耳畔：狄更斯、巴尔扎克、特罗洛普、雨果、左拉、托尔斯泰……他们确定了我最初看待人生的视角与视域。如果早生百八十年，也喝小说这碗稀粥，没准我真会继承他们的衣钵，板着道德主义的面孔，在一个因果关系架构的世界里扶正驱邪，惩恶扬善。可谁知道呢，也许我出生及至读书和写作的时日早一百年，我也仍然会像现在一样，于幡然醒悟后，去追寻另一类人开创的小说传统：塞万提斯、卜伽丘、拉伯雷、斯威夫特、斯特恩……我的意思是，用"严肃"启蒙了我的大师巨匠们的确是我老师，甚至是一以贯之地对我高标准严要求的班主任老师，我永远都要感激他们；但有了一些生活的阅历与人世的经验后，我必须承认，给那些炮制"轻浮"小说的老顽童们当亲传弟子，倒更符合我的心愿，尽管，他们给我授课的地点不是高雅的讲堂而是低俗的酒馆，他们授课时的态度也不够端庄方正而是嬉皮笑脸。

小说是一门感性的艺术，它的功用不在于规训教化，而在于反规训反教化，在于帮助日益僵化麻木的生命找回遗失殆尽的古老直觉，以润泽情感开启心智。从数百年前诞生伊始，它就是一个无忧无虑的快乐精灵，东捅一个娄子西开一个玩笑，自得其乐地潜伏在政治经济科学宗教这些大神老仙们身后的暗影中，把视听弄"混淆"，将黑白搞"颠倒"，像如来佛手心里的孙悟空一样，在给定的地盘上捣鬼闹妖。那时候，游戏精神使它血统纯粹，趣味主义让它筋骨健朗。但十九世纪到来以后，肯定与政治经济科学宗教异乎寻常的动荡变革有关，小说精灵受到了影响，它的"责任心"和"使命感"陡然增强，竟巴望着在人类生活这个大舞台的光亮处粉墨登场。结果，这个永远的孩童也卖起老来，粘一抹胡须画几条皱纹，操着老祖父的口吻耳提面命，把写小说的笔与决斗的剑甚至镇压的枪杂交成了同一样东西。我不否认，孩童也可以呼风唤雨，也能说至理名言，如闹海的哪吒和《皇帝的新装》里的稚儿。但孩童更是骑鹅旅行的尼尔斯和泛舟历险的哈克贝利·芬，其天性是游戏和好奇：在游戏中怡情找乐，在好奇中探究发现；一旦把孩童定位为传道解惑的牧师神甫，只能贻笑于大方之家。幸好，很快，聪明的小说精灵找回了自我，一踏上二十世纪的大T型台，它就识趣地脱下厚道袍换上了薄纱裙，仅在二十世纪的前二十五年里，就以《审判》、《城堡》、《追忆逝水年华》、《好兵》、《尤利西斯》、《泽诺的意识》、《好兵帅克历险记》、《雅考伯·冯·贡腾》、《伪币制造者》等一批成熟的"轻浮"之作，重现了它灵动妖娆的腾挪之姿。这是一次脱胎换骨的革命性解放，不光小说精灵因之找回了活力，像我这种小说作坊里的学徒小工，也得以循着捷径找到了榜样。

我当然知道，其实一百年来，小说精灵的厚道袍从未真正褪下，它身上的薄纱裙更是始终没能穿戴齐整。可我并不觉得它这副样子有什么不好，半疯半傻，不伦不类，也许这正是它的本相。如果它只剩下一副面孔，或一色的严肃或全盘的"轻浮"，倒不会今天这般活泼可爱了——尽管，它肩负严肃有点勉为其难。不过，小说的窘境并不在于它肩负严肃是否力所能及，而在于，"严肃"这块裹在厚道袍里的陈皮懈肉，虽然早已尽失鲜嫩，全无了昔日的勃勃生机，却凭借政治学与社会学的声援策应，挥舞起海盗版的巴尔扎克托尔斯泰的虎皮大旗，一味对薄纱裙中那"轻浮"的冰肌雪骨拳脚相加，要么指斥其"小圈子文学"、"个人化写作"，要么批判其"缺少人文关怀"、"没有时代精神"，就好像萨特的"介入文学"是文学而博尔赫斯的"图书馆文学"就不文学了。大言霸市，剥夺了小说美学与叙事伦理的发言权利。

　　人是一种"跟着感觉走"的动物，喜欢横生枝节旁逸斜出，其本性是非理性即不"着调"的；可人又是一种社会动物，社会要以各种伦常教条整合规范人的本能，要求人"着调"，步调一致声调一律。这样，无所适从的人类为了避免沦为宠物，只能坚守在小说这类有助于平衡攻守的情感掩体里，与驯化他的世界建立一种虚有的对话关系，以缓解心理压力，赢取思想自由。正因为如此，何等样貌的小说都不是无根无脉的镜花水月，严肃有严肃的理念观点，"轻浮"有"轻浮"的态度立场，两者可以各执一词，但不应该你死我活。把追求小说的严肃置换成强求严肃的小说，这本身即是对小说精神的歪曲与背叛，而歪曲和背叛小说精神，追根溯源，它暴露的不仅仅是艺术问题，更证明了人在自我认知过程中的低能或伪善。至于我，之所以在小说家族里偏向于认同"轻浮"的小说，只取决于我的认知方式与认知结果。我认为，当小说与人性中非理性的不"着调"特质声气相求遥相呼应时，它透视出的是意义的根柢，它反照到的是价值的背面，从而能帮我更准确地洞悉存在的真相，使我活得明晰而清醒。

　　显然，在我这里，"轻浮"的小说更指向人类内心图景的精确与真实，它的核心是自省和自救，仅此一点，它的严肃性即毋庸置疑。需要声明的是，它的严肃是小说的严肃，而非严肃的小说。

感动与骚动

　　一部小说好还是不好，判断的依据有无数条，于是，无数的理论应运而生，从多个角度多个侧面，生发和阐释小说的内容，测量和纠察小说的形式。这些理论千姿百态，与千娇百媚的小说相比，顶多逊色一星半点。它们有的放矢也隔靴搔痒，信口雌黄也一针见血，洞幽烛微也望文生义，大而无当也高屋建瓴，它们有时敏锐如勘探仪，在小说的矿脉中寻奇觅胜，挖掘隐藏在字缝之间或文本背后的奇珍异宝，它们有时冷漠似解剖刀，给血肉丰盈的小说生灵开膛破肚，将无限生机封存在福尔马林的标本瓶中……它们寄生在小说身上，让人爱恨交织，既可以是解放小说的救世主，又可以是屠杀小说的刽子手。但不论小说理论优长多还是毛病大，我这个逾四十年而兴致不减的小说读者，给予它的都是尊重，并完全相信，若融会地而非机械地掌握和运用这些理论，必将有助于提高阅读的质量，也有助于让小说这门愉人娱人也愚人的艺术，更成其为小说而不是别的。小说的使命是摆弄人，其主要目的，是给情感造型，给负载情感的生活提供比喻。可情感和生活都混沌模糊，又芜杂纷纭，终致小说也似是而非，在这种背景下，以理论去佐餐小说，让蛰伏于比喻中的生活方便显形，让寄寓在形象中的情感易于索解，其合理性，也就不难被接受了。

　　但合理的存在与事实的存在，往往不是同一码事，其间的距离，比小说与小说理论间的距离还大一截。比如科学饮食营养配餐，谁都知道有益健康，可绝大部分家庭的一日三餐，仍由肠胃的习惯和舌头的味蕾支配主宰，科学与营养只能兼顾。现实中的阅读也是这样。除了文学课堂上的教授与学习，或专业机构里的分析与研究，没人把小说理论当阅读指南，倒常常视其为赘生物或绊脚石。很明晰的道理，一个官员没有腐败，并非因为记牢了廉政箴言，而另一个官员贪赃枉法，也与他忽略了对廉政箴言的朝背晚诵没有关系。一般来讲，那个广阔散漫的读者群体，消费小说时不按图索骥，由于没有教条的约束，他们对自己判断标准的粗略和取舍原则的简易，并不羞愧反而满足——在我看来，这不偏离小说的美学立场，倒挺吻合小说的美学精神。比如我的阅读，固然在有些时候，要受缚于专业需要的条框限定，情不情愿，都得舞弄起理论的勘探仪与解剖刀，去钩沉索引或五马分尸。可更多的时候，在小说的世界里东游西逛，我只是个连体育课都没上过的赤足少年，单凭一股没来由的冲动，就能在一个既无球门更无裁判的足球场上热闹一番。玩乐是我的第一需要，甚至也是唯一的需要。显然，我的美学态度就粗略简易，可没有办法，我的确读得越多越直觉主义，越趣味主义，越某种意义上地无政府主义：一部小说好还是不好，在我看来，只取决于它是否好玩有趣，刺不刺激，依文雅的说法，就是看它是否打动人心。小说是供人读的，用心是阅读的前提，一旦读出妙处来了，怦然心动是自然的事情。当然，这个用心并不艰辛，更不霸道，无须殚精竭虑只须意随笔遣。小说不是应考习题或整党材料，读它不是责任义务，用心待之，只出于读者的自觉自愿——也有些喜欢做文学秀的人面对小说时三心二意，那是另一回事，他们是演员不是读者。

但打动人心只是笼统的说辞，即使一部小说把不同的读者都打动了，那些读者心的"动法"，也没法不五花八门。决定着此"动"与彼"动"的，是每个人不同的审美诉求，而这诉求，与每个人艺术感应力的宽窄和深浅关系紧密。据我所知，许多读者的有感而动，以鼻酸眼湿作为标志，俗称感动，由通行的伦理尺度和雷同的价值参数规范而来，属于同一生态环境下的共性化情感，在阅读时，无条件地依附于可言传的道具演示，只为故事情节或人物命运而笑骂歌哭：哇，太残酷了／多伟大呀／好悲壮耶／真神奇哟！我们初涉小说的园地，把读小说当成听评书时，或只流连于教化训诫的瓜田李下时，所收获的，多半就是这样的精神果实：感想浅表，感受空泛，感悟苍白。但小说的园地姹紫嫣红，累累的硕果品类繁多，那些不肯止步于"从前有个山山上有个庙……"的读者，没法满足于光把干瘪和萧条采摘下来。小说由事物勾连而成，但演示事物，只是它闯关夺隘前的虚晃一枪，它真正要闯的关卡夺的隘口，是对事物间微妙关系的把握处理，并将那些关系结构成新鲜的图谱，解构为奇异的布局。阅读与写作本质上一样，也是一个艺术的过程，可艺术之于事物，从来不是为了知道，而是为了觉悟和体验。知道只是对道具的了解，觉悟及体验，才是对人性的发现和介入。我们都知道，给人下定义特别困难，其实定义小说也是如此，要说明白何为小说，几乎没人敢三言两语地盖棺论定。这也是小说的妙处之一，与人一样妙不可言。或许正因了这样的理由，总也弄不明白自己算个什么玩意的人类才需要小说。但说人不是什么就容易了，小说同理。人不是光丰衣足食就敢妄称幸福的猪，这应该不错，同样不错的是，巡演英模的铁与血或春晚民工的歌与泪，文学化程度再高也不是小说。推理下去，便可了然，去小说中寻找感动，很像去爱情里讨生活补贴，不能说讨不到，不能说不该讨，不能说讨了就是玷污什么亵渎什么，但文不对题是肯定的。好小说完全可以让人感动，但让人感动的小说未必就好。许多小说满身优点，偏偏就没有感动这条。

在我看来，诱人骚动，这才是好小说的共同指标。

依据我们惯常的概念，骚这个字眼有点轻佻，不低眉顺眼，不中规中矩，不道貌岸然，而是目光蒙眬身段妖娆，作为一种不和谐音，奏鸣在以伪道学假正经为时代主旋律的交响乐中。但我喜欢它的异端品质。它的奔放与暧昧，犹疑与坦荡，享乐主义与戏谑精神，以及明知不可为却偏要为之的冒犯的勇气——通过牢骚和骚扰，去以弱抗强以卵击石——几乎就是小说的性格写照。很难否认，屈原的骚体芳菲流转，与因骚而动的人性意趣的声应气求没有关系，而作为屈原的同行，诸如我吧，若有幸被称为骚客骚人，除了自惭骚得不够，格局太小，心中的骄傲是由衷的。骚动是一种不安的状态，只可意会，其标志是神迷心痒，有点像误入一个移步换景的精美园林，又有点像在考场上，忽然对一道原本熟记的试题答案产生了怀疑，更有点像回味暗恋对象的惊鸿一瞥时，一会觉得那是示好的秋波，一会又认为那是厌恶的睥睨。与感动比，骚动样貌多变，表情纠结，遍食百家又自给自足，来路不明且去处难定：它的悲喜是莫名的，它的好恶是夹缠的，它的苦甜是不确的，它的痛快是伴生的。

写小说是一项把玩艺术的智力游戏，读小说是参与这项游戏，最深刻和广泛的参与，无疑是对这游戏进行挑剔和批判：通过挑剔以审视成见扩大认知，通过批判以摆脱拘囿更新架构。感动不生成这样的能力。故事是感动唯一的酵母，若背叛故事，感动便失去了存活的根基，因此，感动常常只能愚忠，蒙昧地闭上洞察的眼睛，浑噩地垂下创造的双手，与小说建立主仆的关系：小说说哪是开头它便哪里抬腿，小说说哪是结尾它便哪里停脚。骚动则不然，它与小说建立对话的关系：因平等而融洽，因融洽而认同，因认同而亲和，因亲和而勾肩搭臂或脖子粗脸红。它挑剔时，从不迂阔地向"写什么"发难，它批判时，只明敏地向"怎么写"问责。骚动多情，多情者易感，能够将它点燃的引线，可能藏匿于一部小说的任何地方：一段对话，一个细节，几句器物描写，几处心理分析，某些修辞手法的妙用，某种版式设置的独特……都能给骚动以嚣张的力量。骚动引领读者踏上阅读之旅后，并不反对起点终点的泾渭分明；但它同样看重的，甚至更为看重的，是起点终点的混淆不清：这边起于茫茫云深处，那边终于遥遥地平线，而头尾间所有风物景致的旁逸斜出或不知所云，除了江山一统时让人豁然开朗，各抱地势时，也让人若有所思并似有所悟，如是，江山从地势中所聚拢来的，除了扩大了的面积，更有增殖了的体积。

从表面看，小说呈示的是时间生活，但无法否认，最终让时间生活熠熠闪光的，必然是其间的价值生活。价值生活虚有其形而实在其影，千变万化又无可计数，属于无法言说的灵魂的信息，自由地播撒在目的性思维之外的非理性田野，它传递另类知识，动摇固有秩序，以特立独行的个体意识背弃和挑衅约定俗成的集体意识，建立自我的生存经验。价值生活并非空穴来风，它在叙事的原野里破苞绽蕾，再成长壮大，而叙事的原野，因肥沃广袤而哺育万物，单调的让人感动只是它手边的花之一朵，丰饶的诱人骚动才是它怀里的缤纷百花。叙事以想象和语言灌溉小说，在这一过程中，它行使的是上帝的职责，发掘与命名世上那些无从指认又无以言表的幽暗部分，让那寂寂的幽暗成为幸运的种子和独立的新蓓，有机会萌芽吐蕊，有条件竞艳争荣。叙事再现上帝的神迹，足以证明小说比故事宽阔高级，但这不是最主要的，更为主要的是它能证明，插足在新闻、科技、历史、政治、经济乃至哲学和宗教的队列之中，小说不仅不是附庸，不是配搭，不是抱养的弃儿或混饭的食客，还是个最有资格也最有能力以揶揄打趣甚至捉弄挑逗的方式，笼罩它们覆盖它们的聪慧的兄弟。

就写作者来说，光会配制感动是手艺人，艺术家才能诱发骚动——当然，手艺人也让我尊重，可对艺术家，我怀有恋人般的欣赏与喜欢。而就读者来说，那些有能力超越感动抵达骚动的，在我眼里更可爱些。粗糙的心灵也会感动，但能骚动的，定然是一颗敏感的心灵。敏感的心灵丰姿绰约，适合于落户人的胸腔。我以为，那些读小说从来都体验不到骚动的人，最好先别草率地责怪没好小说，更该做的，也许是心平气和地三省吾身：何以面对斑斓的艺术风光，自己的心跳却单调刻板，不解风情，不识风韵，不知风月，不谙风流。

剩余的麦穗

写小说的妙趣之一，是它总能以种种稀奇古怪的方式给你带来神秘体验，让你惊讶精神活动之委曲，感叹心灵世界之诡谲。我喜欢神秘。

二〇〇〇年夏天，我电脑出现过一次毁灭性"崩盘"，抹去了那之前我写在电脑里的全部文字。懒惰的我没任何备份。当时，我写了一篇万字长文，哀悼我电脑里的二三十个小说开头，思考我写作中遇到和想到的种种问题。那篇文章叫《消失的小说》，其中有一段话是这样说的：

> 停工待料的原因很多，但我敢肯定，绝不是我对"文革"故事丧失了兴趣。不，在我的写作历史上，以后，若由于才力不逮，我只给自己一次把小说写成批判稿或控诉书的机会，我所选择的内容，也不会是直接危及到人的/我的当下生存的任何事情，而只能是貌似远去的文化革命。

引发我这番意气之辞的，是一部叫《安乐窝九号》的长篇开头，有三万余字，它将讲的，是一幢陈旧破败的住宅楼里各色人等的"文革"故事。它起笔于毛泽东发动"文革"三十周年。我以为它在我的写作史上已成死胎，因为从它的雏形看，它的确有批判稿与控诉书之嫌。我的艺术道德不允许我拿批判稿控诉书滥竽充数。但写作的神秘性在此彰显，我自己都没想到，数年之后，它竟能长成个近三十万字的壮年男子，名字也变成了《我哥刁北年表》。

我这样说，不是要表明"安乐窝"和"我哥刁北"是同一篇小说。我很清楚，即使"安乐窝"最终被我搭好建成，它与"我哥刁北"也非同类，从故事设计到结构方式，从出场人物到情节安排，从叙述语调到风貌旨趣，它们不会有半点相同。那我为什么要把它们中的前者看成后者的胚胎，又把后者看成前者的果实呢？

容我慢慢道来。

《安乐窝九号》也不是开始就叫这个名字，在它只是一片空无时，在它只有几百几千字时，在它超过了一万字两万字时，它也叫过《节日》和《饕餮》，如果它没夭折于三万字，而是径直长成了三十万字，我不知道它还会不会叫别的名字。叫什么也许并不重要。但命名从来都是仪式，而仪式，正是神秘的因或者果。是这时，发生了电脑"崩盘"事件，"安乐窝"随即化为废墟，"这一条"通往神秘的写作之路仿佛断了。它没断。我说过，我电脑里和"安乐窝"一道化为废墟的，有二三十个小说开头，时间一久，在我记忆里风化湮灭，成了它们唯一的命运。这很正常，时间是死亡的秘密恋人。可再谨慎的私情也能导致怀孕，而拒绝婚生，恰恰是许多艺术品的光荣所在。"安乐窝"成了奇迹的幼芽，它没像它的同伴那样成为"消失的小说"。是的，它实在的生命确已消失，但死亡与时间这对喜欢恶作剧的父母，却把它作为一粒虚有的种子留了下来，诱惑般地，向我展示和开启它的顽强。其实我看不清它，就像看不清阳光如何驱除黑暗，微风怎样拂过面颊，但阳光的明亮与微风的凉爽，我又确实能感受到。套用瓦尔特·本雅明那个著名的比喻就是，"安乐窝"在我心中展开的方式，不是由一只纸船展开为一张白纸，而是由一株花苞展开即绽开为一朵鲜花。它不作为具体的构想存在于我头脑中，而是作为飘忽的幻影、模糊的意念、无形状的呈示与不确定的发现，存在于我的感觉之中。感觉是我生命的养分，尊重它是我的不二选择。就这样，"安乐窝"这颗时间与死亡私孕的种子，借我之腹发育了起来，渐渐地，我终于能看清它了，看到它正由一只青蚕变成飞蛾，正由一幢陈旧破败的建筑变成一个命途多舛的壮年男子。二〇〇四年初，我再度开始分娩它，并以《我为我哥写悼词》对他重新命名。大约又是写出三万字后，我腹中另一粒虚有的种子，忽然破空而来，这个叫"SBS"的家伙，像个霸道的小弟弟那样插队加塞，要抢在"我哥刁北"前出生面世。"我哥刁北"大人大量，安静地看着小弟弟茁壮成长，直到二〇〇六年金秋时节，我的《代号SBS》定稿之后，它才悄然踏上成熟之旅。我愿意多说一句的是，在它十七个月的分娩旅程中，它还接受过我为它举行的另两次命名典礼:一次叫《死前史》,一次叫《亡》。

在《我哥刁北年表》里,主人公刁北是个书生,喜欢格言警句。如果由他总结他自一九九六至二〇〇八的漫长旅行,他也许要说:写作的确是神秘之事,但写作不为制造神秘,而是为了戳穿神秘。

最后我想引维克多·雨果写死亡的两行诗结束此文,我认为它与"我哥刁北"有些互证的关系。它与我这篇短文也有关吗?我希望有。

严峻的收割者,手执着大镰刀前进
一步接一步,沉思着走近剩余的麦穗

我的小说主题（一）

写作是一种反抗方式，我越来越坚信这样的观点。是的，作为一个多少有些抽象含混的逻辑结论，反抗的意义，往往不是一个写作者在写作之初就能意识到的，它是我们在漫长的写作实践中逐渐总结和提炼的结果。打个比方吧，这就像人类最早制作衣服，考虑的只是蔽体与御寒，但到了后来，衣服的最大功用却是帮助人类实现自我美化。

写作为的是反抗什么呢？这问题容易产生歧义生成误会。但没办法，人类的所有语言和文字，不论怎样准确，也都要与歧义和误会相伴而生，去除遮蔽抽取精义，倚仗的只能是我们心灵的宽阔程度。事实上，说到这里我们已经触及到了"反抗"这一词汇的冰山一角，写作行为的源远流长和绵延不断，恰好就包括了对歧义与误会的一种反抗。

事实上，我的"反抗理论"并不新鲜，反抗存在于我们生活的所有方面。比如，健身是对衰老的反抗，学习是对无知的反抗，起义是对压迫的反抗，游戏是对枯燥的反抗。我之所以格外强调写作的反抗意义，是因为在我看来，任何具体的反抗与理智的反抗都是物质的、功利的、形而下的，只有抽象的反抗与本能的反抗才是精神的、纯粹的、形而上的。在我个人的生存活动中，我更看重精神的、纯粹的、形而上的部分。

那么我的反抗理念是如何建立的呢？我知道，它只能来之于我的写作实践；可我的写作实践又何以能帮助我提取出如上思想呢？我以为，这大概与我始终钟情的一个小说主题有些关系。

我的许多小说，不论写作动机怎样，都凸显或隐含着一个情欲主题。以我的两部长篇为例，在《证词》中，我试图思考独善其身的是否可能，在《回家》中，我想要观察精神家园的如何毁弃。可有趣的是，随着它们情节的发展与故事的演进，我发现，它们的内在结构却是由情欲主题搭建起来的，是情欲主题保证了它们前行的脚步能步步为营；我甚至认为，如果情欲材料在我的小说屋宇中不是梁柱椽檩，而只是盆景花瓶，那我的"独善其身"没准就不会实现，我的"精神家园"也很可能无从打造。在我的其他小说里，这样的情形也不鲜见，显然，涉足情欲主题我几乎情不自禁。

过去有个说法叫爱与死是永恒的主题，我所说的情欲主题，无疑与前者搭边。但我不想不负责任地把爱这个词汇任意搬用。"爱"很可爱，可遗憾的是，它如今已被奸污得秽痕斑斑，其真实面目模糊不清了。可我愿意尊重它，我尊重它的方式就是让它退隐到情欲背后而不是相反。既然情欲主题与永恒沾边，也就是说，情不自禁地拿它说事的小说写作者不独是我；但别人为何对它留连忘返我不清楚，我只知道，作为一个素来对职业规则心怀敬畏的人，我乐于在情欲主题中安营扎寨而不是只当匆匆过客，并非我要刻意地弄色猎艳以炫人眼目引诱视听，也不是因为操作得得心应手了就轻车熟路地批量生产标准型材。我想，我乐此不疲地在情欲的疆土上摸爬滚打，大约理由有二。

第一个理由比较简单，我喜欢情欲这件事情，对情欲本能在人身上的发生发展走向路径，对情欲本能对人的思想行为的启示淘洗影响刺激，充满强烈的窥探热情。第二个理由稍微复杂，大概易与文学讲义上的某些款项产生对应，如小说的教化劝谕功能或作者的社会责任感之类。但我不是文学乐园中豢养的家畜，倒更是文学荒原里奔突的野兽，所以我知道，我的理由与文学讲义及其他规范严格的条条本本都没关系，有关系的，只是我的内在需要。我认为，在这世界上，主宰希望的只是虚妄，奠基快乐的唯有痛苦，而情欲主题，恰好能成为那样一种希望与快乐的缩影和虚妄与痛苦的注脚。另外，多年来我一直仇视虚伪，我把它看成最无耻的事情，似乎我耳闻目睹的所有罪愆都与它有关。我恨它，要与它作战，我选择的武器就是小说，恰好情欲主题又能成为源源不断地填充我那武器的子弹炸药。我总有一种天真的幻想，希望我的读者能因对我的阅读而开始正视自身，并由正视自身进而去正视他人正视生活。一个人若能"正视"而不是"斜视"、"旁视"、"仰视"、"俯视"，那多好呀。这样，当我琢磨自由与限制的故事时（《捕蝉》），当我把玩精神寄托的故事时（《古典爱情》），当我编织剥去人格面具以还原人性的真实是否可能的故事时（《罪》、《重现的镜子》），情欲主题的引入和拓展便成为必然，它们使我对某些问题的发现与提出，获得了一种超越于情欲主题及我的个人趣味之上的意义与价值。

如此推导，我那"反抗理论"的出处来源也就一目了然了，是在实践它的过程中我获得了它：不论短暂的希望快乐还是长久的虚妄痛苦，都会像"爱与死"一样，与人类永恒地相伴下去，如果我们不想束手待毙，就只能坚持不懈地奋力反抗，夺取希望快乐，阻击虚妄痛苦。当然，反抗的形式多种多样，写作只是形式之一。但对我来说，写作则是唯一的形式。

反抗即是自救，而自救没有终点。

我的小说主题 （二）

我们这个社会进步的标志之一，就是人们已经逐渐懂得全面关注自身问题了。这很好，关注自身有百利而无一害，能使我们活得踏实。修身齐家治国平天下嘛，万事都由自身始；否则，小时候学说"解放天下三分之二受苦人"，长大了才学说"谢谢""对不起"，这本末倒置。事实上，一个人的自身并不复杂，其基本构成，不外乎一个食一个色，是食色发展出了人的包罗万象，这老祖宗已早有明断。可以前，人们只关注吃饭问题，对情欲问题视而不见，至少，情欲问题成了丢在大街上的一个钱包，谁都看到它了，谁都想把它据为己有，但由于众目睽睽，便谁也不好意思也不敢伸手去拣。我不知道这跟以前的大部分中国人吃不饱肚子有无关系，食在色前是逻辑前提吗？

我的童年少年和青春前期，也赶上了吃不饱肚子的革命时代，但由于我的家境还说得过去，我便从未饿着，结果，我好像从十几岁起，就在蠢蠢欲动的性意识的萌芽绽蕾过程中，去想跟情欲有关的一些问题了。这一想，三十年弹指一挥而过，到了今天，我终于想明白了许多东西，这让我骄傲；可有许多东西仍然模糊，却又实实在在地摆在那里，就让我暗恨自己的脑子笨了。但我尊重我的兴趣指向，并且越是神秘莫测暧昧不明的物事也越吸引我，所以，我打算锲而不舍地再琢磨它三十年。对我来说，情欲的神秘性暧昧性与小说的神秘性暧昧性同样魅力无穷。

情欲问题是个杂种，它由一个人的生理特点心理特点及遗传因素社会因素甚至情欲对象情欲方式的改换更迭共同孕育，谁都没权力用一个简单化的定义将它打发到"另类"堆里。明确了这点很有必要，如此一来，我就不光可以理直气壮地在脑子里边琢磨它想它，更可以面无赧颜地在小说里玩味它赏析它了。懂小说的人都懂这样的道理，某物某事一有了定义，进入小说就特别寡淡；只有那些多义的、不确定的、模棱两可似是而非的东西，在小说里放射的光芒才多姿多彩。当然了，在这世界上，最难于定义而又属于小说主题的，并不光是情欲，也不光是温饱，而更是情欲和温饱都为之服务的人，人自身的一切一切，才是小说无法穷尽的重大主题，才是小说永恒的和唯一的主题。艺术的法则告诉我们，如果小说写作不去关注人的自身，那就像树木离开了土地或燕雀失去了翅膀，小说也就该寿终正寝了。可小说是我的命脉所系，我不愿意让它一命呜呼，为此，不管是作为一个生物学意义上的人还是作为一个社会学意义上的小说写作者，我都希望我对情欲的思考和写作能宽广而具体。比如，在生活里，当性不再作为制造所谓爱情结晶的手段并被剔除人为附加的责任义务后，是更美好了还是更丑陋了？比如，在小说中，"阴茎"、"阴道"这种名词的正确使用比之"那东西"、"那地方"那种代词的欲盖弥彰，是更纯洁了还是更肮脏了？我这样举例并非在制造二元对立，极端化地强调非此即彼；我的意思是，人自身所拥有的一切都天然地纯洁美好，除了人们那因后天的污染而变质的内心。

最后我有必要申明一点，当我准备写作这篇短文时，我对文中的关键词"情欲"颇费心思，我是在舍弃了性欲和爱欲之后选择它的，我希望它能更准确地表达我的意思。假设我们的所欲一定需要个具体对象，那么我认为："性欲"一词太功利化，它容易导致在精神的一极无法尽情舒展，因为它虽然最贴近本能，可它也接受通过金钱和权力和暴力在两个独立的生命体间建立联系的不平等因素，这非我本意，而"爱欲"一词又太虚妄化，它有点像我们单位一个老领导×婚纪念时宣称的那样，他和他孩子妈妈，是为共产主义事业才同床共枕睡到一块的，这也不是我关心的所在，肉身这东西即使不像垃圾那么低贱，也绝没有主义那样堂皇，上挂下连对谁都是亵渎；只有"情欲"这词，能恰到好处地对灵肉进行人性化粘接，由精神的勾连走向感官的需求，再由感官的享乐走向精神的愉悦，这样，由此生成的所有喜厌苦甜、分合憎爱、满足与不满足、有意思与没意思，才会是真的善的，才属于活生生的人的自身。

借此机会，我向能正视自身的读者致敬。

总结：写作小说的理由

1.我不愿意干别的。我也是个老大不小的人了，虽然从事过的职业不多，但对五行八作也还有所了解。我发现，在我能做的事情里，只有写小说能带给我持续的快乐，而让自己快乐是我的生活原则。我很懒，还散漫，不愿意有外在的纪律约束，连季节和时间的约束都很排斥。我比较自我中心，缺少合作精神，不希望负担太多的责任，独善其身是我的又一项原则。我的物质欲望容易满足，认为能吃饱穿暖，出有自行车住有两室房（要是有四室当然最好）就不错了。而写作小说，基本上能使我的这些生活必需得到保障。

2.我喜欢文字。小时候家里别无长物，只有几大箱子书让我看来看去，我觉得那些白纸上的黑字妙趣无穷，惹人爱恋，我就给自己派定了作家的角色。文字相当于我的图腾。一个字和一个字，一个词和一个词，一个句子和一个句子，一个段落和一个段落，被作家的手和心那么一组合一搭配一连接，让你就得心驰神往豁然开朗想入非非，真是一件美不胜收的事。比如这样一个短语吧：红旗下的蛋。你要是有兴致多咂摸咂摸，它那种陌生的关联、不确定的含义、别致的韵味和无从把握的判断，保证能让你混身上下都痒酥酥的。

3.我热衷于幻想。有一个成语叫白日做梦，我觉得它说的是我。我总是白日做梦，睁着眼睛做梦，不着边际地做梦。我在每天清醒的时刻里，不论干什么，都要干上一会就停下来东想西想的，甚至边干边想。想的事不论好坏，都让我着迷。于是我想，光是想想就能让我这么开心，那我要是把我想的事都写出来，一来满足了倾诉欲，二来满足了书写欲，我不是可以享受到更大的快乐吗？写作能把我想象的快乐和操纵文字的快乐合并起来，这简直就像我钟爱的女人也爱我一样。

4.我渴望受到他人关注。易受关注是名人的特权，我也知道许多名人都说过不堪受人关注之重负的话。可我没当过名人，又有虚荣心，就无法不总对受人关注心向往之。我是个悲观主义者，但没有勇气自己死掉，这样，写作差不多就成了我活下去的理由。而一旦我因我的写作受到了关注，特别是当那关注里能多一些尊重和爱的成分时，我的内心就会感到温暖，这也就使我活下去的理由更充分了。

5.我的反抗情绪需要宣泄。我也算得上一个知书识礼宽厚友善的人了，可不知为何，我却天生对许多制度化规范化及一切约定俗成的东西反感厌恶，越是外部强加于我的东西，我就越愿意与之抗争。我也希望能与我生存的这个世界达成和解，可它总与我格格不入，而如果我向它妥协或哪怕只是放弃反抗，我便会成为自己的敌人。我不想这样。我崇尚自由的思想独立的人格，只要我的立场与原则没被证明是不人道的，那我就不会改变它们，尽管我一直都清楚，我的反抗无胜利可言。当然我反抗的方式是文明的方式，那就是文学写作这项智力游戏。

6.对我来说，有以上几点也就够了。

图书在版编目（CIP）数据

一个小说家的生活与想象/刁斗著. –北京：作家出版社，2012.8

ISBN 978-7-5063-6423-2

Ⅰ.①一… Ⅱ.①刁… Ⅲ.①随笔–作品集–中国–当代 Ⅳ.① I267.1

中国版本图书馆CIP数据核字（2012）第096793号

一个小说家的生活与想象

作　　者：刁　斗
责任编辑：李宏伟
装帧设计：任凌云
出版发行：作家出版社
社　　址：北京农展馆南里10号　　邮　　编：100125
电话传真：86–10–65930756（出版发行部）
　　　　　86–10–65004079（总编室）
　　　　　86–10–65015116（邮购部）
E-mail:zuojia@zuojia.net.cn
http://www.haozuojia.com（作家在线）
印刷：北京中科印刷有限公司
成品尺寸：145×210
字数：220千
印张：11
版次：2012年8月第1版
印次：2012年8月第1次印刷
ISBN 978–7–5063–6423–2
定价：39.80元
